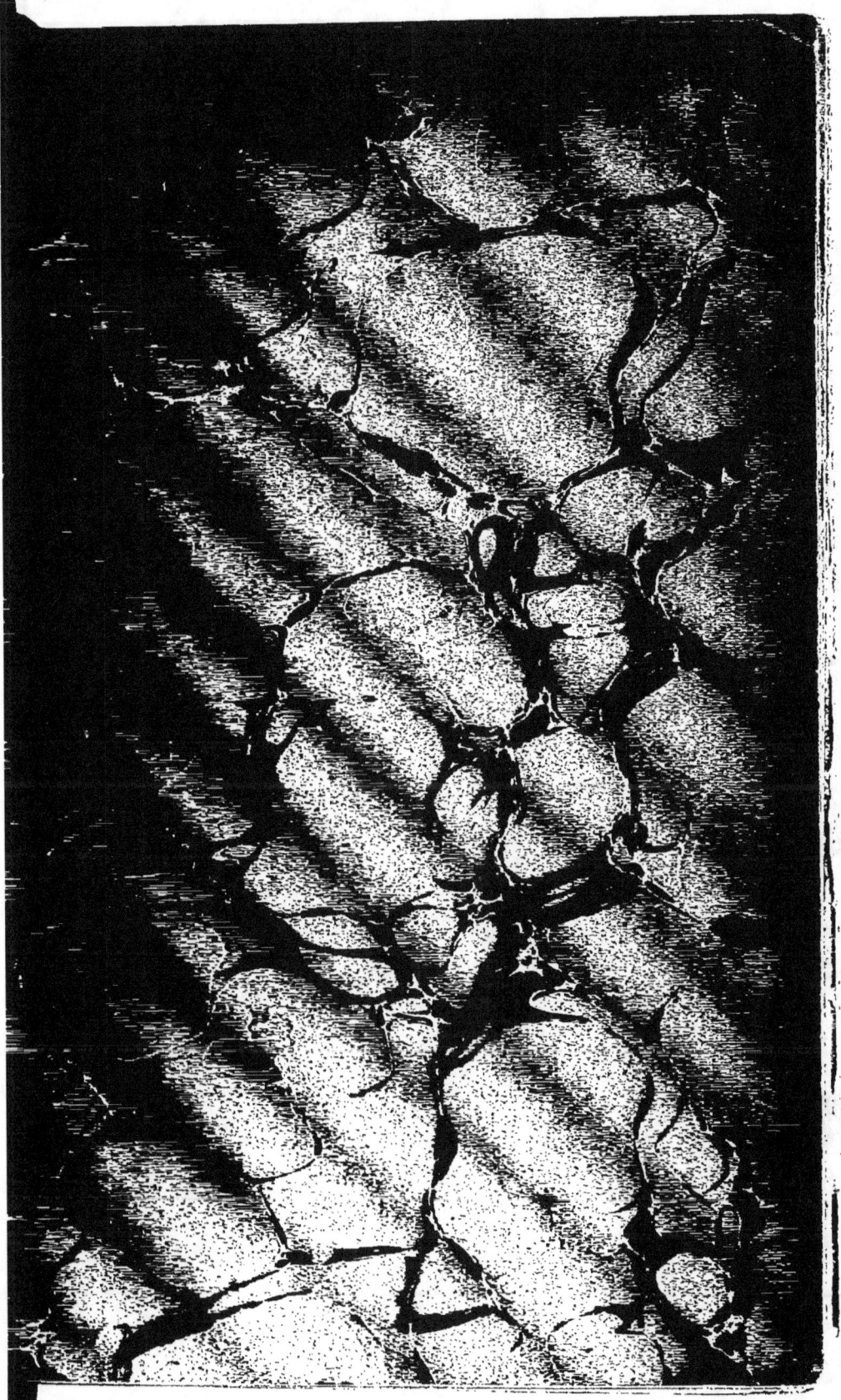

ÉMILE ZOLA

63
100/56

CONTES A NINON

A Ninon.
Simplice. — Le Carnet de Danse.
Celle qui m'aime. — La Fée Amoureuse.
Le Sang. — Les Voleurs et l'Ane.
Sœur-des-Pauvres.
Aventures du grand Sidoine
et du petit Médéric.

PARIS

LIBRAIRIE INTERNATIONALE

15, BOULEVARD MONTMARTRE
au coin de la rue Vivienne

J. HETZEL ET A. LACROIX, ÉDITEURS

CONTES A NINON

PARIS. — IMPRIMERIE POUPART-DAVYL ET Cᵉ, 30, RUE DU BAC.

ÉMILE ZOLA

CONTES A NINON

A Ninon.
Simplice. — Le Carnet de Danse.
Celle qui m'aime. — La Fée Amoureuse.
Le Sang. — Les Voleurs et l'Ane.
Sœur-des-Pauvres.
Aventures du grand Sidoine
et du petit Médéric.

PARIS

LIBRAIRIE INTERNATIONALE

15, BOULEVARD MONTMARTRE
Au coin de la rue Vivienne

J. HETZEL ET A. LACROIX, ÉDITEURS

1864

A NINON

A NINON

Les voici donc, mon amie, ces libres récits de notre
jeune âge, que je t'ai contés dans les campagnes de
ma chère Provence, et que tu écoutais d'une oreille
attentive, suivant vaguement du regard les grandes
lignes bleues des collines lointaines.

Les soirs de mai, à l'heure où la terre et le ciel
s'anéantissaient avec lenteur dans une paix suprême,
je quittais la ville et gagnais les champs : les coteaux
arides, couverts çà et là de ronces et de genévriers;
ou bien les bords de la petite rivière, ce torrent de
décembre, si discret aux beaux jours; ou encore un
coin perdu de la plaine, tiède des embrasements de
midi, vastes terrains jaunes et rouges, plantés d'aman-
diers aux branches maigres, de vieux oliviers grison-

nants et de vignes laissant traîner sur le sol leurs ceps entrelacés.

Pauvre terre desséchée, elle flamboie au soleil, grise et nue, entre les prairies grasses et fertiles de la Durance et les bois d'orangers et de lauriers-roses du littoral. Je l'aime pour sa beauté âpre et sauvage, ses roches désolées, ses thyms et ses lavandes. Il y a dans ce vallon stérile je ne sais quel air brûlant de désolation : un étrange ouragan de passion semble avoir soufflé sur la contrée ; puis un grand accablement s'est fait, et les campagnes, ardentes encore, se sont comme endormies dans un dernier désir. Aujourd'hui, au milieu de mes forêts du Nord, lorsque je revois en pensée ces poussières et ces cailloux, je me sens un amour profond pour cette patrie sévère qui n'est pas la mienne. Sans doute, l'enfant rieur et les vieilles roches chagrines s'étaient autrefois pris de tendresse, et, maintenant, l'enfant devenu homme dédaigne les prés humides et les vertes allées, amoureux des grandes routes blanches et des montagnes brûlées et désertes, où son âme, fraîche de ses quinze ans, a rêvé ses premiers songes.

Je gagnais les champs, et là, au milieu des terres labourées ou sur les dalles des coteaux, lorsque je m'étais couché à demi, perdu dans cette paix et dans cette fraîcheur qui tombaient des profondeurs du ciel, je te trouvais, en tournant la tête, mollement couchée à ma droite, pensive, le menton dans la main, et me regardant de tes grands yeux. Tu étais l'ange de mes solitudes, mon bon ange gardien que j'apercevais près de moi, quelle que fût ma retraite; sans doute tu lisais dans mon cœur mes secrets désirs, et tu t'asseyais partout à mon côté, ne pouvant être où je n'étais pas. Aujourd'hui j'explique ainsi ta présence de chaque soir. Autrefois, sans jamais te voir venir, je n'avais point d'étonnement à rencontrer sans cesse tes clairs regards : je te savais fidèle, toujours en moi.

Ma chère âme, tu me rendais plus douces les tristesses des soirées mélancoliques. Tu avais la beauté désolée de ces collines, leur pâleur de marbre, rougissante aux derniers baisers du soleil. Je ne sais quelle pensée éternelle élevait ton front et grandissait tes yeux. Puis, lorsqu'un sourire passait sur tes lèvres paresseuses, on eût dit, dans la jeunesse et la splendeur soudaine de ton visage, ce rayon de mai qui fait monter toutes fleurs et toutes verdures de cette terre frémissante, fleurs et verdures d'un jour que brûlent les soleils de juin. Il existait, entre toi et les horizons, de secrètes harmonies qui me faisaient aimer les pierres des sentiers. La petite rivière avait ta voix; les étoiles, à leur lever, regardaient de ton regard; toutes choses, autour de moi, souriaient de ton sourire. Et toi, donnant ta grâce à cette nature, tu en prenais les sévérités passionnées. Je vous confondais l'une avec l'autre. A te voir, j'avais conscience de son ciel libre et ardent, et, lorsque mes yeux interrogeaient la vallée, je retrouvais tes lignes souples et fortes dans les ondulations des terrains. C'est à vous comparer ainsi que je me mis à vous aimer follement toutes deux, ne sachant laquelle j'adorais davantage, de ma chère Provence ou de ma chère Ninon.

Chaque matin, mon amie, je me sens des besoins nouveaux de te remercier des jours d'autrefois. Tu fus charitable et douce, de m'aimer un peu et de vivre en moi; tu peuplas mon désert, et, dans cet âge où le cœur souffre d'être seul, tu m'apportas ton cœur pour épargner au mien toute souffrance. Si tu savais combien de pauvres âmes meurent aujourd'hui de solitude! Les temps sont durs à ces âmes faites d'amour. Moi, je n'ai pas connu ces misères. Tu m'as présenté à toute heure un visage de femme à adorer; tu m'as donné la sainte ivresse, te mêlant à mon sang, vivante dans ma pensée. Et moi, perdu en ces amours profondes, j'oubliais, te sentant en mon être. Nous étions deux, et la joie suprême de notre hymen me faisait traverser en paix cette rude contrée des seize ans, où tant de mes compagnons ont laissé des lambeaux de leurs cœurs.

Créature étrange, aujourd'hui que tu es loin de moi et que je puis voir clair en mon âme, je trouve un âpre plaisir à étudier pièce à pièce nos amours. Tu étais femme, belle et ardente, et je t'aimais en amant. Puis, je ne sais comment, parfois tu devenais une sœur, sans cesser d'être une amante, et je t'aimais en amant et en frère à la fois, avec toute la chasteté de l'affection et tout l'emportement du désir. D'autres fois, je trouvais en toi un compagnon, une robuste intelligence d'homme, et toujours aussi une enchante-

resse, une bien-aimée, dont je couvrais le visage de
baisers, tout en lui serrant la main en vieux camarade.
Dans la folie de ma tendresse, je donnais ton beau
corps que j'aimais tant, à chacune de mes affections.
Songe divin, qui me faisait adorer en toi chaque créature, corps et âme, de toute ma puissance, en dehors
du sexe et du sang. Tu contentais les délicatesses et
les délires de mon imagination, les besoins de mon
intelligence. Ainsi, tu réalisais le rêve de l'ancienne
Grèce, l'amante faite homme, aux exquises élégances
de forme, à l'esprit viril, digne de science et de sagesse. Je t'adorais de tous mes amours, toi qui suffi-
sais à mon être, et dont la beauté innommée me péné-
trait et m'emplissait de mon rêve. Lorsque je sentais
en moi ton corps souple et ferme, ton doux visage
d'enfant et ta pensée faite de ma pensée, je goûtais
dans son plein cette volupté inouïe et vainement cherchée aux anciens âges, de posséder une créature par
tous les nerfs de ma chair, toutes les affections de mon
cœur, toutes les facultés de mon intelligence.

Je gagnais les champs. Couché sur la terre, appuyant ta tête sur ma poitrine, je te parlais pendant de
longues heures, le regard perdu dans l'immensité
sombre de tes yeux. Je te parlais, insoucieux de mes
paroles, selon mon caprice du moment. Parfois, me
penchant vers toi, comme pour te bercer, je m'adres-
sais à une petite fille naïve, qui ne veut point dormir
et qu'on endort avec de belles histoires, leçons de charité et de sagesse; d'autres fois, mes lèvres sur tes

lèvres, je contais à une bien-aimée les amours des fées
ou les tendresses charmantes de deux jeunes amants;
plus souvent encore, les jours où je souffrais de la
sotte méchanceté de mes compagnons, et ces jours-là
réunis ont fait les années de ma jeunesse; je te prenais
la main, et, l'ironie aux lèvres, le doute et la négation
au cœur, je me plaignais à un frère des misères de ce
monde, dans quelque conte désolant, satire pleine de
larmes. Et toi, te pliant à mes caprices, tout en restant
femme et épouse, tu étais tour à tour petite fille naïve,
bien-aimée, frère consolateur. Tu entendais chacun de
mes langages, et, sans jamais répondre, tu m'écoutais,
me laissant lire dans tes yeux les émotions, les gaietés
et les tristesses de mes récits. Je t'ouvrais mon âme
toute large, désireux de ne rien cacher. Je ne te trai-
tais point comme ces amantes communes auxquelles
les amants mesurent leurs pensées, et je me donnais
entier, sans jamais veiller à mes discours. Aussi,
quels longs bavardages, quelles histoires étranges, filles
du rêve ! quels récits décousus, où l'invention s'en allait
au hasard, et dont les seuls épisodes supportables étaient
les baisers que nous échangions ! Si quelque passant
nous eût épiés le soir, au pied de nos rochers, je ne sais
quelle singulière figure il eût faite à entendre mes paroles libres et hardies, et à te voir les comprendre et me
caresser, ma petite fille naïve, ma bien-aimée, mon frère
consolateur.

Hélas ! ces beaux soirs ne sont plus. Un jour est venu
où j'ai dû vous quitter, toi et les champs de Provence.

Te souviens-tu, mon beau rêve, nous nous sommes dit adieu, par une soirée d'automne, au bord de la petite rivière. Les arbres dépouillés rendaient les horizons plus vastes et plus mornes; la campagne, à cette heure avancée, couverte de feuilles sèches et humide des premières pluies, s'étendait noire, avec de grandes taches jaunes, comme un immense tapis de bure. Au ciel, les derniers rayons s'effaçaient, et, du levant, montait la nuit, menaçante de brouillards, nuit sombre que devait suivre une aube inconnue. Il en était de ma vie comme de ce ciel d'automne; l'astre de ma jeunesse venait de disparaître, et la nuit de l'âge montait, me gardant je ne savais quel avenir. Je me sentais des besoins cuisants de réalité; je me trouvais las du songe, las du printemps, las de toi, ma chère âme, qui échappais à mes étreintes et ne pouvais, devant mes larmes, que me sourire avec tristesse. Nos amours divines étaient bien finies; elles avaient, comme toutes choses, vécu leur saison, et, voyant que tu te mourais en moi, j'allai ce soir-là, au bord de la petite rivière, dans la campagne moribonde, te donner mes baisers du départ. Oh! l'amoureuse et triste soirée! Je te baisai, ma blanche mourante, j'essayai une dernière fois de te rendre la vie puissante de tes beaux jours; je ne pus, car j'étais moi-même ton bourreau. Alors tu montas en moi plus haut que le corps, plus haut que le cœur, et tu ne fus plus qu'un souvenir.

Voici bientôt sept ans que je t'ai quittée. Depuis le jour des adieux, dans mes joies et dans mes chagrins,

1.

j'ai souvent écouté ta voix, la voix caressante d'un souvenir, qui me demandait les contes de nos soirées de Provence.

Je ne sais quel écho de nos roches sonores répond dans mon cœur. Toi que j'ai laissée loin de moi, tu m'adresses de ton exil des prières si touchantes qu'il me semble les entendre tout au fond de mon être. Ce doux frémissement que laissent en nous les voluptés passées m'invite à céder à tes désirs. Pauvre ombre disparue, si je dois te consoler par mes vieilles histoires, dans les solitudes où vivent les chers fantômes de nos songes évanouis, je sens combien moi-même je trouverai d'apaisement et de sereine mélancolie à m'écouter te parler, comme aux jours de notre jeune âge.

J'accueille tes prières et je vais reprendre, un à un, les contes de nos amours, non pas tous, car il en est qui ne sauraient être dits une seconde fois, le soleil ayant fané, dès leur naissance, ces fleurs délicates, trop divinement simples pour le grand jour; mais ceux de vie plus robuste, et dont la mémoire humaine, cette grossière machine, peut garder le souvenir.

Hélas! je crains de me préparer ici de grands chagrins. C'est violer le secret de nos tendresses que de confier nos causeries au vent qui passe, et les amants indiscrets sont punis en ce monde par l'indifférente froideur de leurs confidents. Ces feuilles écrites pour toi seule et que toi seule peux comprendre, vont peut-être tomber entre les mains de quelque curieux;

elles seront pour lui une courte distraction, et, comme
il n'y verra pas les félicités qu'elles nous rappellent,
elles lui sembleront bien vides et bien légères. Sans
doute, il aura le droit de déclarer nos contes inutiles; il
conclura avec raison, dès les premières lignes, que ce
sont là des riens, et que le mieux, pour éviter toute
perte de temps, est de n'en pas lire davantage. En jugeant sévèrement nos bavardages, il ne sera que juste;
et moi, cependant, je sais combien je me sentirais
attristé, dans mes affections, s'il lui prend fantaisie
de me venir crier son jugement à l'oreille.

Certaine espèce de curieux a souvent cette fantaisie.

Une espérance me reste : c'est qu'il ne se trouvera
pas une seule personne en ce pays qui ait la tentation de
lire nos histoires. Notre siècle est vraiment bien trop
occupé pour s'arrêter aux causeries de deux amants
inconnus. Mes feuilles volantes passeront sans bruit
dans la foule et te parviendront vierges encore. Ainsi,
je puis être fou tout à mon aise; je puis, comme autrefois, aller à l'aventure, insoucieux des sentiers. Toi
seule me liras, je sais avec quelle indulgence.

Et maintenant, Ninon, j'ai satisfait tes vœux. Voici
mes contes. N'élève plus ta voix en moi, cette voix du
souvenir qui fait monter des larmes à mes yeux. Laisse
en paix mon cœur qui a besoin de repos, et ne viens
plus, dans mes jours de lutte, m'attrister en me rappelant nos paresseuses nuits. S'il te faut une promesse,
je m'engage à t'aimer encore, plus tard, lorsque j'aurai

vainement cherché d'autres maîtresses en ce monde, et que j'en reviendrai à mes premières amours. Alors, je regagnerai la Provence et je te retrouverai au bord de la petite rivière. L'hiver sera venu, un hiver triste et doux, avec un ciel clair et une terre pleine des espérances de la moisson future. Va, nous nous adorerons, toute une saison nouvelle; nous reprendrons nos soirées paisibles, dans les campagnes aimées; nous achèverons notre rêve.

Attends-moi, ma chère âme, vision fidèle, amante de l'enfant et du vieillard.

EMILE ZOLA.

1er octobre 1864.

SIMPLICE

CONTES A NINON

SIMPLICE

I

Il y avait autrefois, — écoute bien, Ninon, je tiens
ce récit d'un vieux pâtre, — il y avait autrefois, dans
une île que la mer a depuis longtemps engloutie, un
roi et une reine qui avaient un fils. Le roi était un
grand roi : son verre était le plus profond de son
empire ; son épée, la plus lourde ; il tuait et buvait
royalement. La reine était une belle reine : elle usait
tant de fard qu'elle n'avait guère plus de quarante ans.
Le fils était un niais.

Mais un niais de la plus grosse espèce, disaient les
gens d'esprit du royaume. A seize ans, il fut emmené
en guerre par le roi : il s'agissait d'exterminer certaine
nation voisine qui avait le grand tort de posséder un

territoire. Simplice se comporta comme un sot : il sauva
du carnage deux douzaines de femmes et trois douzaines et demie d'enfants ; il faillit pleurer à chaque
coup d'épée qu'il donna ; enfin la vue du champ de bataille, souillé de sang et encombré de cadavres, lui mit
une telle pitié au cœur qu'il n'en mangea pas de trois
jours. C'était un grand sot, Ninon, comme tu vois.

A dix-sept ans, il dut assister à un festin donné par
son père à tous les grands gosiers du royaume. Là
encore il commit sottise sur sottise. Il se contenta
de quelques bouchés, parlant peu, ne jurant point. Son
verre risquant de rester toujours plein devant lui, le
roi, pour sauvegarder la dignité de la famille, se vit
forcé de le vider de temps en temps en cachette.

A dix-huit ans, comme le poil lui poussait au menton, il fut remarqué par une dame d'honneur de la
reine. Les dames d'honneur sont terribles, Ninon. La
nôtre ne voulait rien moins que se faire embrasser
par le jeune prince. Le pauvre enfant n'y songeait
guère ; il tremblait fort lorsqu'elle lui adressait la
parole, et se sauvait dès qu'il apercevait le bord de
ses jupes dans les jardins. Son père, qui était un bon
père, voyait tout et riait dans sa barbe. Mais, comme
la dame courait toujours et que le baiser n'arrivait pas,
il rougit d'avoir un tel fils, et, pour sauvegarder encore la dignité de sa race, il donna lui-même le baiser
demandé.

— Ah ! le petit imbécile ! disait ce grand roi qui
avait de l'esprit.

II

Ce fut à vingt ans que Simplice devint complétement idiot. Il rencontra une forêt et tomba amoureux.

Dans ces temps anciens, on n'embellissait point encore les arbres à coups de ciseaux, et la mode n'était pas de semer le gazon ni de sabler les allées. Les branches poussaient comme elles l'entendaient, et Dieu seul se chargeait de modérer les ronces et de ménager les sentiers. La forêt que Simplice rencontra était un immense nid de verdure, des feuilles et encore des feuilles, des charmilles impénétrables coupées par de majestueuses avenues. La mousse s'y enivrait de rosée et s'y livrait à une débauche de croissance ; les églantiers, allongeant leurs bras flexibles, se cherchaient dans les clairières et exécutaient des danses folles autour des grands arbres ; les grands arbres eux-mêmes, tout en restant calmes et sereins, tordaient leur pied dans l'ombre et montaient en tumulte baiser les rayons d'été. L'herbe verte croissait au hasard, sur les branches comme sur le sol ; la feuille embrassait le bois, et, dans leur hâte de s'épanouir, pâquerettes et myosotis se trompaient parfois et fleurissaient sur les vieux troncs abattus. Et toutes ces branches, toutes ces herbes, toutes ces fleurs chantaient ; toutes se mêlaient, se pressaient, pour babiller plus à l'aise et se dire tout bas les mystérieuses amours des corolles. Un souffle de vie courait au fond des taillis ténébreux, et donnait une voix à chaque brin de mousse dans les ineffables concerts de l'aurore et du crépuscule. C'était la fête immense du feuillage.

Les bêtes à bon Dieu, les scarabées, les libellules, les papillons, tous les beaux amoureux des haies fleuries, se donnaient rendez-vous aux quatre coins du bois. Ils y avaient établi leur petite république; les sentiers étaient leurs sentiers; les ruisseaux, leurs ruisseaux; la forêt, leur forêt. Ils se logeaient commodément au pied des arbres, sur les branches basses, dans les feuilles sèches, et vivaient là comme chez eux, tranquillement et par droit de conquête. Ils avaient, d'ailleurs, en bonnes gens, abandonné les hautes branches aux fauvettes et aux rossignols.

La forêt, qui chantait déjà par ses branches, par ses feuilles, par ses fleurs, chantait encore par ses insectes et par ses oiseaux.

III

Simplice devint en peu de jours un vieil ami de la forêt. Ils bavardèrent si follement ensemble, qu'elle lui enleva le peu de raison qui lui restait. Lorsqu'il la quittait pour venir s'enfermer entre quatre murs, s'asseoir devant une table, se coucher dans un lit, il demeurait tout songeur. Enfin, un beau matin, il abandonna soudain ses appartements et alla s'installer sous les feuillages aimés.

Là, il se choisit un immense palais.

Son salon fut une vaste clairière ronde, d'environ mille toises de surface. De longues draperies vert sombre en ornaient le pourtour ; cinq cents colonnes flexibles soutenaient çà et là sous le plafond un voile de dentelle couleur d'émeraude ; le plafond lui-même était un large dôme de satin bleu-changeant, semé de clous d'or.

Pour chambre à coucher, il eut un délicieux boudoir, plein de mystère et de fraîcheur. Le plancher et les murs en étaient cachés sous de moëlleux tapis d'un travail inimitable. L'alcôve, creusée dans le roc par quelque géant, avait des parois de marbre rose et un sol de poussière de rubis.

Il eut aussi sa chambre de bains, une source d'eau vive, une baignoire de cristal perdue dans un bouquet de fleurs. Je ne te parlerai pas, Ninon, des mille galeries qui se croisaient dans le palais, ni des salles de danse et de spectacle, ni des jardins. C'était une de ces royales demeures comme Dieu sait en bâtir.

Le prince put désormais être un sot tout à son aise. Son père le crut changé en loup et chercha un héritier plus digne du trône.

I V

Simplice fut très-occupé les jours qui suivirent son installation. Il lia connaissance avec ses voisins, le scarabée de l'herbe et le papillon de l'air. Tous étaient de bonnes bêtes, ayant presque autant d'esprit que les hommes.

Dans les commencements, il eut quelque peine à comprendre leur langage; mais il s'aperçut bientôt qu'il devait s'en prendre à son éducation première. Il se conforma vite à la concision de la langue des insectes. Un son finit par lui suffire, comme à eux, pour désigner cent objets différents, suivant l'inflexion de la voix et la tenue de la note. De sorte qu'il alla se déshabituant de parler la langue des hommes, si pauvre dans sa richesse.

Les façons d'être de ses nouveaux amis le charmèrent. Il s'émerveilla surtout de leur manière de juger les rois, qui est celle de ne point en avoir. Enfin il se sentit ignorant et ridicule auprès d'eux, et prit la résolution d'aller étudier à leurs écoles.

Il fut plus discret dans ses rapports avec les mousses et les aubépines. Il ne pouvait encore saisir les paroles du brin d'herbe et de la fleur, et cette impuissance jetait beaucoup de froid dans leurs relations.

Somme toute, la forêt ne le vit pas d'un mauvais

œil. Elle comprit que c'était là un simple d'esprit et qu'il vivrait en bonne intelligence avec les bêtes. On ne se cacha plus de lui, et souvent il lui arrivait de surprendre au fond d'une allée un papillon chiffonnant la collerette d'une marguerite.

Bientôt l'aubépine vainquit sa timidité jusqu'à donner des leçons au jeune prince. Elle lui apprit amoureusement le langage des parfums et des couleurs. Dès lors, chaque matin, les corolles empourprées saluaient Simplice à son lever; la feuille verte lui coutait les cancans de la nuit, et le grillon lui confiait tout bas qu'il était amoureux fou de la violette.

Simplice s'était choisi pour bonne amie une libellule dorée, au fin corsage, aux ailes frémissantes. La chère belle se montrait d'une désespérante coquetterie; elle se jouait, semblait l'appeler, puis fuyait lestement sous sa main. Les grands arbres, qui voyaient ce manége, la tançaient vertement, et, graves, disaient entre eux qu'elle ferait une mauvaise fin.

V

Simplice devint subitement inquiet.

La bête à bon Dieu, qui s'aperçut la première de la tristesse de leur ami, essaya de le confesser. Il répondit en pleurant qu'il était gai comme aux premiers jours.

Maintenant, il se levait avec l'aurore et courait les taillis jusqu'au soir. Il écartait doucement les branches et visitait chaque buisson. Il levait la feuille et regardait dans son ombre.

— Que cherche donc notre élève ? demandait l'aubépine à la mousse.

La libellule, étonnée de l'abandon de son amant, le crut devenu fou d'amour. Elle vint lutiner autour de lui. Mais il ne la regarda plus. Les grands arbres l'avaient bien jugée : elle se consola vite avec le premier papillon du carrefour.

Les feuillages étaient tristes. Ils regardaient le jeune prince interroger chaque touffe d'herbe et sonder du regard les longues avenues ; ils l'écoutaient gémir et se plaindre de la profondeur des broussailles, et ils disaient : « Simplice a vu Fleur-des-eaux, l'ondine de la source. »

VI

Fleur-des-eaux était fille d'un rayon et d'une goutte de rosée. Elle était si limpidement belle, que le baiser d'un amant devait la faire mourir ; elle exhalait un parfum si doux, que le baiser de ses lèvres devait faire mourir un amant.

La forêt le savait, et la forêt jalouse cachait son enfant adorée. Elle lui avait donné pour asile une fon-

taine ombragée de ses rameaux les plus touffus. Là,
dans le silence et dans l'ombre, Fleur-des-eaux rayonnait au milieu de ses sœurs. Paresseuse, elle s'aban-
donnait au courant, ses petits pieds demi-voilés par
les flots, sa tête blonde couronnée de perles liquides.
Son sourire faisait les délices des nénuphars et des
glaïeuls. Elle était l'âme de la forêt.

Elle vivait insoucieuse, ne connaissant de la terre
que sa mère, la rosée, et du ciel que le rayon, son
père. Elle se sentait aimée du flot qui la berçait, de la
branche qui lui donnait son ombre. Elle avait mille
amoureux et pas un amant.

Fleur-des-eaux n'ignorait pas qu'elle devait mourir
d'amour ; elle se plaisait dans cette pensée, et vivait
en espérant la mort. Souriante, elle attendait le bien-
aimé.

Une nuit, à la clarté des étoiles, Simplice l'avait
vue au détour d'une allée. Il la chercha pendant un
long mois, pensant la rencontrer derrière chaque tronc
d'arbre. Il croyait toujours la voir glisser dans les
taillis, et ne trouvait, en accourant, que les grandes
ombres des peupliers agités par les souffles du ciel.

VII

La forêt se taisait maintenant ; elle se défiait de
Simplice. Elle épaississait son feuillage et jetait toute

sa nuit sur les pas du jeune prince. Le péril qui mena-
çait Fleur-des-eaux la rendait chagrine et muette; elle
n'avait plus de caresses, plus d'amoureux babil.

L'ondine revint dans les clairières, et Simplice la vit
de nouveau. Enivré, il s'élança à sa poursuite. L'enfant, montée sur un rayon de lune, n'entendit point le
bruit de ses pas. Elle volait ainsi, légère comme la
plume qu'emporte le vent.

Simplice courait, courait à sa suite et ne pouvait
l'atteindre. Des larmes coulaient de ses yeux, et le
désespoir était dans son âme.

Il courait, et la forêt suivait avec anxiété cette course
insensée. Les arbustes lui barraient le chemin. Les
ronces l'entouraient de leurs bras épineux et l'arrêtaient
brusquement au passage. Le bois entier défendait son
enfant.

Il courait, et sentait la mousse devenir glissante sous
ses pas. Les branches des taillis s'enlaçaient plus
étroitement et se présentaient à lui rigides comme des
tiges d'airain. Les feuilles sèches s'amassaient dans les
vallons, formant un sol vague et sans résistance. Les
troncs d'arbres abattus se mettaient en travers des
sentiers ; et les rochers roulaient d'eux-mêmes au-
devant du prince. L'insecte le piquait au talon; le papillon l'aveuglait en se heurtant à ses paupières.

Fleur-des-eaux, sans le voir, sans l'entendre, fuyait
toujours sur le rayon de lune. Simplice sentait avec
angoisse venir l'instant où elle allait disparaître.

Et, désespéré, haletant, il courait, il courait.

VIII

Il entendit les vieux chênes qui lui criaient avec colère :

— Que ne disais-tu que tu étais un homme? Nous nous serions cachés de toi, nous t'aurions refusé nos leçons, et ton œil de ténèbres n'aurait pu voir Fleur-des-eaux, l'ondine de la source. Tu t'es présenté à nous avec l'innocence des bêtes, et voici qu'aujourd'hui tu montres l'esprit des hommes. Vois, tu écrases les scarabées, tu arraches nos feuilles, tu brises nos branches. Le vent d'égoïsme t'emporte, et tu veux nous voler notre âme.

Et l'aubépine ajouta :

— Simplice, arrête, par pitié! Lorsque l'enfant capricieux désire respirer le parfum de mes bouquets étoilés, que ne les laisse-t-il s'épanouir librement sur la branche! Il les cueille et n'en jouit qu'une heure.

Et la mousse dit à son tour :

— Arrête, Simplice, et viens rêver sur le velours de mon frais tapis. Au loin, entre les arbres, tu verras se jouer Fleur-des-eaux. Tu la verras se baigner dans la source et jeter à son cou des colliers de perles humides. Nous te mettrons de moitié dans la joie de son regard, et, comme à nous, il te sera permis de vivre pour la voir.

Et toute la forêt reprit :

— Arrête, Simplice, un baiser doit la tuer, ne donne pas ce baiser. Ne le sais-tu pas? la brise du soir, notre messagère, ne te l'a-t-elle pas dit? Fleur-des-eaux est la fleur céleste dont le parfum donne la mort. Hélas ! la pauvrette, sa destinée est étrange. Pitié pour elle, Simplice, ne bois pas son âme sur ses lèvres.

IX

Fleur-des-eaux se tourna et vit Simplice. Elle sourit et lui fit signe d'approcher, en disant à la forêt :

— Voici venir le bien-aimé.

Il y avait trois jours, trois heures, trois minutes, que le prince poursuivait l'ondine. Les paroles des chênes vibraient encore derrière lui ; il fut tenté de s'enfuir.

Fleur-des-eaux lui pressait déjà les mains. Elle se dressait sur ses petits pieds, et mirait son sourire dans les yeux du jeune homme.

— Tu as bien tardé, dit-elle. Mon cœur te savait dans la forêt. J'ai monté sur un rayon de lune et je t'ai cherché trois jours, trois heures, trois minutes.

Simplice se taisait et retenait son souffle. Elle le fit asseoir au bord de la fontaine ; elle le caressait du regard ; et lui, il la contemplait longuement.

— Ne me reconnais-tu pas? reprit-elle. Je t'ai vu souvent en rêve. J'allais à toi, tu me prenais la main, et nous marchions, muets et frémissants. Ne m'as-tu pas vue ? ne te rappelles-tu pas tes rêves ?

Et comme il ouvrait enfin la bouche :

— Ne dis rien, reprit-elle encore. Je suis Fleur-des-eaux, et tu es le bien-aimé. Nous allons mourir.

X

Les grands arbres se penchaient pour mieux voir le jeune couple. Ils tressaillaient de douleur, et se disaient de taillis en taillis que leur âme allait prendre son vol.

Toutes les voix firent silence. Le brin d'herbe et le chêne se sentaient pris d'une immense pitié. Il n'y avait plus dans les feuillages un seul cri de colère. Simplice, le bien-aimé de Fleur-des-eaux, était le fils de la vieille forêt.

Elle avait appuyé la tête à son épaule, et, se penchant au-dessus du ruisseau, tous deux se souriaient. Parfois, levant le front, ils suivaient du regard la poussière d'or qui tremblait dans les derniers rayons du soleil. Ils s'enlaçaient lentement, lentement, et semblaient attendre la première étoile pour se confondre et s'envoler à jamais.

Aucune parole ne troublait leur extase. Leurs âmes, qui montaient à leurs lèvres, s'échangeaient dans leurs haleines.

Le jour pâlissait, et les lèvres des deux amants se rapprochaient de plus en plus. Une angoisse terrible tenait la forêt immobile et muette. De grands rochers d'où jaillissait la source jetaient de larges ombres sur le couple, et le couple rayonnait dans la nuit.

Et l'étoile parut, et les lèvres s'unirent dans le suprême baiser, et les chênes eurent un long sanglot. Les lèvres s'unirent, et les âmes s'envolèrent.

XI

Un homme d'esprit s'égara dans la forêt. Il était en compagnie d'un homme savant.

L'homme d'esprit faisait de profondes remarques sur l'humidité malsaine des bois, et songeait aux beaux champs de luzerne qu'on obtiendrait en coupant tous ces grands vilains arbres.

L'homme savant rêvait de se faire un nom dans les sciences en découvrant quelque plante encore inconnue. Il furetait dans tous les coins et découvrait des orties et du chiendent.

Ils arrivèrent à une source et trouvèrent le cadavre de Simplice. Le prince souriait dans le sommeil de la mort. Le flot jouait avec ses pieds, et sa tête reposait sur le gazon de la rive. Il pressait sur ses lèvres, à jamais fermées, une petite fleur blanche et rose, d'une exquise délicatesse et d'un parfum pénétrant.

— Le pauvre fou ! dit l'homme d'esprit, il aura voulu cueillir un bouquet, et se sera noyé.

L'homme savant se souciait peu du cadavre. Il avait saisi la fleur, et, sous prétexte de l'étudier, en déchirait la corolle. Puis, lorsqu'il l'eut mise en pièces :

— Précieuse trouvaille ! s'écria-t-il. Je veux, en souvenir de ce niais, nommer cette fleur *Anthapheleia limnaia.*

Ah ! Ninette, Ninette, mon idéale Fleur-des-eaux, le barbare la nommait *Anthapheleia limnaia !*

LE CARNET DE DANSE

LE CARNET DE DANSE

I

Te souviens-tu, Ninon, de notre longue course dans les bois ? L'automne semait déjà les arbres de feuilles d'un jaune pourpre que doraient encore les rayons du soleil couchant. L'herbe était plus claire sous nos pas qu'aux premiers jours de mai, et les mousses, privées de rosée, pouvaient à peine donner asile à quelques rares insectes. Perdus dans la forêt pleine de bruits mélancoliques, nous pensions entendre les plaintes naïves de la femme qui croit voir à son front la première ride. Les feuillages, que ne pouvait tromper cette pâle et douce soirée, sentaient venir l'hiver dans la brise plus fraîche, et se laissaient tristement bercer, pleurant leur verdure rougie.

Longtemps nous errâmes dans les taillis, peu soucieux de la direction des sentiers, mais choisissant les plus ombreux et les plus secrets. Nos francs éclats de rire effrayaient les grives et les merles qui sifflaient dans les haies ; et, parfois, nous entendions glisser bruyamment sous les ronces un lézard vert troublé dans son extase par le bruit de nos pas. Notre course était sans but ; nous avions vu, après une journée de nuages, le ciel sourire vers le soir, et nous étions lestement sortis pour profiter de ce rayon de soleil. Nous allions ainsi, soulevant sous nos pieds une odeur de sauge et de thym, tantôt nous poursuivant, tantôt marchant lentement et les mains enlacées. Puis je cueillais pour toi les dernières fleurs, ou je cherchais à atteindre les baies rouges des aubépines que tu désirais comme un enfant ; et toi, Ninon, pendant ce temps, couronnée de fleurs, tu courais à la source voisine, sous prétexte de boire, mais plutôt pour admirer ta coiffure, ô coquette et paresseuse fille.

Il se mêla soudain aux murmures vagues de la forêt de lointains éclats de rire ; un fifre et un tambourin se firent entendre, et la brise nous apporta des bruits affaiblis de danse. Nous nous étions arrêtés, l'oreille tendue, tout disposés à voir dans cette musique le bal mystérieux des sylphes. Nous nous glissâmes d'arbre en arbre, dirigés par le son des instruments, et, lorsque nous eûmes écarté avec précaution les branches du dernier massif, voici le spectacle qui s'offrit à nos yeux.

Au centre d'une clairière, sur une bande de gazon
entourée de genévriers et de pistachiers sauvages, allaient et venaient en cadence une dizaine de paysans et
de paysannes. Les femmes nu-tête, la gorge demi-voilée
sous un fichu, sautaient franchement, en laissant échapper ces éclats de rire que nous avions entendus ; les
hommes, pour danser plus à l'aise, avaient jeté leurs
vêtements parmi leurs outils de travail qui brillaient
dans l'herbe.

Ces braves gens faisaient peu de cas de la mesure.
Adossé contre un chêne, un homme sec et anguleux
jouait du fifre, et, selon la mode de Provence, frappait de l'autre main sur un tambourin au son grêle.
Il semblait suivre avec amour la mesure pressée et
criarde. Parfois son regard s'égarait sur les danseurs ;
il haussait alors les épaules de pitié. Musicien juré
de quelque gros village, il avait été arrêté comme il
passait par là, et ne pouvait voir sans colère ces habitants de l'intérieur des campagnes violer ainsi les lois
de la belle danse. Blessé durant le quadrille par les
sauts et les trépignements des paysans, il rougit
d'indignation, lorsque, l'air achevé, ils continuèrent
leurs enjambées, cinq grandes minutes, sans paraître se
douter seulement de l'absence du fifre et du tambourin.

Il eût été charmant sans doute de surprendre les lu-
tins de la forêt dans leurs ébats mystérieux ; mais, au
moindre souffle, ils se fussent évanouis, et, courant à
la salle de bal, à peine eussions-nous trouvé, pour

trace de leur passage, quelques brins d'herbe demi-
fanés. C'eût été moquerie : nous faire entendre des
rires et des instruments, nous invitant partager leur
joie, puis s'enfuir à notre approche, sans nous permettre le moindre quadrille.

On ne pouvait danser avec des sylphes, Ninette ;
avec des paysans, rien n'était d'une réalité plus en-
gageante.

Nous sortîmes brusquement du massif. Nos bruyants
danseurs n'eurent garde de s'envoler, et, nullement
aux aguets, ne s'aperçurent que longtemps après de
notre présence. Ils s'étaient remis à gambader. Le
joueur de fifre, qui avait fait mine de s'éloigner, ayant
vu briller quelques pièces de monnaie, venait de reprendre ses instruments, et, soupirant de prostituer
ainsi la mélodie, battait et soufflait de nouveau. Je
crus reconnaître la mesure lente et insaisissable d'une
valse. J'enlaçais déjà ta taille et j'épiais l'instant de
t'emporter dans mes bras, lorsque tu te dégageas vivement et te mis à rire et à sauter, tout comme une
brune et hardie paysanne. L'homme au tambourin,
que mes préparatifs de beau danseur consolait, n'eut
plus qu'à voiler sa face et à gémir sur la décadence
de l'art.

Je ne sais pourquoi, Ninon, je me souvins hier soir
de ces folies, de notre longue course et de nos danses
libres et rieuses. Puis, ce vague souvenir fut suivi de
cent autres vagues rêveries. Me pardonneras-tu de te
les conter ? Cheminant au hasard, m'arrêtant et cou-

rant sans raison, je m'inquiète peu de la foule; mes
récits ne sont que de bien pâles ébauches; mais tu
m'as dit que tu les aimais.

La danse, cette nymphe pudiquement lascive, me
charme plutôt qu'elle ne m'attire. J'aime, simple specta-
teur, à la voir secouer ses grelots sur le monde; ardente
et voluptueuse sous les cieux d'Espagne et d'Italie, se
tordre en étreintes et en baisers; long voilée dans
la blonde Allemagne, glisser amoureusement comme
un rêve; et même, discrète et spirituelle, marcher
dans les salons de France. J'aime à la retrouver partout : sur la mousse des bois et sur de riches tapis;
à la noce de village et dans les soirées étince-
lantes.

Mollement renversée, l'œil humide et les lèvres entr'ouvertes, elle a traversé les temps, en nouant et
dénouant ses bras sur sa tête blonde. Toutes les portes
se sont ouvertes, au bruit cadencé de ses pas, celles des
temples et celles des joyeuses retraites; là parfumée
d'encens, ici la robe rougie de vin, elle a frappé harmonieusement le sol; et, après tant de siècles, elle
nous arrive, légère et souriante, sans que ses membres
souples et agiles pressent ou retardent la mélodieuse
cadence.

Vienne donc la déesse. Les groupes se forment,
les danseurs enlacent les jeunes filles. Voici l'immortelle. Ses bras levés tiennent un tambour de basque;
elle sourit, puis donne le signal; les couples s'ébran-
lent, suivent ses pas, imitent ses attitudes. Et moi, je

caresse de l'œil le tourbillon léger ; je cherche à surprendre tous les regards, toutes les paroles d'amour ;
je m'enivre, immobile et en silence, de mouvement et
de bruit, et je remercie la nymphe, ne m'ayant pas
créé danseur, de m'avoir donné le sentiment de son
art harmonieux.

A vrai dire, Ninette, je la préférerais, la blonde déesse,
dans son amoureuse nudité, écartant et agitant sans
lois sa blanche ceinture. Je la préférerais loin des salons,
se croyant cachée à tout regard profane et traçant sur
le gazon ses pas les plus capricieux. Là, à peine voilée
et foulant mollement l'herbe de ses pieds roses, elle
agirait dans son innocente liberté et trouverait le secret de la mélodie du mouvement. Là, j'irais, caché
dans le feuillage, admirer son beau corps, mince et
flexible, et suivre du regard les jeux de l'ombre sur
ses épaules, selon que son caprice l'emporterait ou la
ramènerait.

Mais, parfois, je me suis pris à la détester, lorsqu'elle
s'est présentée à moi sous l'aspect d'une jeune coquette, bien empesée et niaisement décente ; lorsque
je l'ai vue obéir aveuglément à un orchestre, faire la
moue, paraître s'ennuyer, et, ne dansant pas pour danser, s'acquitter de ses pas comme d'un devoir. Je dirai
le tout : jamais je n'ai admiré sans chagrin l'immortelle dans un salon. Ses fines jambes s'embarrassent
dans les grandes jupes de nos élégantes ; elle se trouve
par trop gênée, elle qui ne veut être que liberté et que
caprice : et, troublée, elle se conforme lourdement à

nos sottes révérences, perdant toujours sa grâce et rencontrant souvent le ridicule.

Je voudrais pouvoir lui fermer nos portes. Si je la souffre quelquefois sous les lustres, sans trop de tristesse, c'est grâce à ses tablettes d'amour, à son carnet de danse.

Ninon, le vois-tu dans sa main, ce petit livre? Regarde: le fermoir et le porte-crayon sont en or; jamais on ne vit papier plus doux et plus parfumé; jamais reliure n'eut plus d'élégance. Voilà notre offrande à la déesse. D'autres lui ont donné la couronne et l'écharpe; nous, par bonté d'âme, lui avons fait cadeau du carnet de danse.

Elle avait tant d'adorateurs, la pauvre enfant, on la pressait de tant d'invitations, qu'elle ne savait plus où donner de la tête. Chacun venait l'admirer en implorant un quadrille, et la coquette accordait toujours; elle dansait, dansait, perdait la mémoire, était accablée de réclamations, et se trompait encore; de là une confusion terrible et d'immenses jalousies. Elle se retirait, les pieds brisés et la mémoire perclue. On eut pitié d'elle, on lui donna le petit livre doré. Depuis ce temps, plus d'oubli, plus de confusion, plus de passe-droit. Lorsque les amants l'assiégent, elle leur présente le carnet; chacun y inscrit son nom, et c'est aux plus amoureux à arriver les premiers. Fussent-ils cent, les pages blanches sont en grand nombre. Si, lorsque les lustres pâlissent, tous n'ont pas pressé sa fine taille, qu'ils s'en prennent à leur paresse et non à l'indifférence de l'enfant.

Sans doute, Ninon, le moyen était simple, et tu dois t'étonner de mes exclamations à propos de quelques feuilles de papier. Mais quelles charmantes feuilles, exhalant un parfum de coquetterie et pleines de doux secrets! Quelle longue liste de beaux amoureux, dont chaque nom est un hommage, chaque page une soirée entière de triomphe et d'adoration! Quel livre magique, contenant une vie de tendresse, où le profane ne peut épeler que de vains noms, où la jeune fille lit couramment sa beauté et l'admiration qu'elle excite!

Chacun vient à son tour faire acte de soumission, chacun vient signer sa lettre d'amour. Ne sont-ce pas là, en effet, les mille signatures d'une déclaration sous-entendue, et ne devrait-on pas, si l'on était de bonne foi, les écrire sur le premier feuillet, ces éternelles phrases, toujours jeunes? Mais le petit livre est discret, il ne veut pas forcer sa maîtresse à rougir. Elle et lui savent seuls ce qu'il faut rêver.

Franchement, je le soupçonne d'être fort rusé. Vois comme il se dissimule, comme il se fait naïf et nécessaire. Qu'est-il? sinon un aide pour la mémoire, un moyen tout primitif de rendre la justice en accordant à chacun son tour. Lui, parler d'amour, troubler les jeunes filles! on se trompe grandement. Tourne les pages, tu ne trouveras pas le plus petit : « Je t'aime. » Il le dit en vérité, rien n'est plus innocent, plus naïf, plus primitif que lui. Aussi les grands-parents le voient-ils sans effroi dans les mains de leurs filles. Tan-

dis que le billet signé d'un seul nom se cache sous le
corsage, lui, la lettre aux mille signatures, se montre
hardiment. On le rencontre partout au grand jour,
dans les salons et dans la chambre de l'enfant. N'est-
il pas le petit livre le moins dangereux qu'on con-
naisse ?

Il trompe jusqu'à sa maîtresse elle-même. Quel péril
peut offrir un objet d'un usage si commun et approuvé
par les grands-parents ? Elle le feuillette sans crainte.
C'est ici qu'on peut accuser le carnet de danse de ma-
nifeste hypocrisie. Dans le silence, que penses-tu qu'il
murmure à l'oreille de l'enfant ? De simples noms ? Oh !
que non pas ! mais bel et bien de longues conversations
amoureuses. Il n'a plus cet air de nécessité et de désintéressement. Il babille, il caresse ; il brûle et bal-
butie de tendres paroles. La jeune fille se sent oppres-
sée ; tremblante, elle continue sa lecture. Et soudain
la fête renaît pour elle, les lustres brillent, l'orchestre
chante amoureusement ; soudain chaque nom se per-
sonnifie, et le bal, dont elle était la reine, recommence
avec ses ovations et ses paroles caressantes et flat-
teuses.

Ah ! livre malin, quel défilé de jeunes cavaliers !
Celui-là, tout en pressant mollement sa taille, vantait
ses yeux bleus ; celui-ci, ému et tremblant, ne pouvait
que lui sourire ; cet autre parlait, parlait sans cesse et
débitait ces mille galanteries qui, malgré leur vide de
sens, en disent plus que de longs discours.

Et, lorsque la vierge s'est oubliée une fois avec lui,

le rusé sait bien qu'elle reviendra. Jeune femme, elle parcourt les feuillets et les consulte avec anxiété pour connaître de combien s'est augmenté le nombre de ses admirateurs. Elle s'arrête avec un triste sourire à certains noms qu'elle ne retrouve plus sur les dernières pages, et qui sans doute sont allés enrichir d'autres carnets. La plupart de ses sujets lui restent fidèles ; elle passe avec indifférence. Le petit livre rit de tout cela. Il connaît sa puissance ; il doit recevoir les caresses d'une vie entière.

La vieillesse vient, le carnet n'est pas oublié. Les dorures en sont fanées, les feuillets tiennent à peine. Sa maîtresse, qui a vieilli avec lui, paraît l'en aimer davantage. Elle en tourne encore souvent les pages et s'enivre de son lointain parfum de jeunesse.

N'est-ce pas un rôle charmant, Ninon, que celui du carnet de danse ? N'est-il pas, comme toute poésie, incompris de la foule et lu couramment des seuls initiés ? Confident des secrets de la femme, il l'accompagne dans la vie, ainsi qu'un ange d'amour versant à pleine main les espérances et les souvenirs.

II

Georgette sortait à peine du couvent. Elle avait encore cet âge heureux où le songe et la réalité se confondent ; douce et passagère époque, l'esprit voit ce qu'il rêve et rêve ce qu'il voit. Comme tous les enfants, elle s'était laissé éblouir par les dorures et par les lustres ; elle se croyait de bonne foi dans une sphère supérieure, parmi des êtres demi-dieux, graciés des mauvais côtés de la vie.

Légèrement brunes, ses joues avaient les reflets dorés des seins d'une fille de Sicile ; ses grands cils noirs voilaient à demi le feu de son regard. Oubliant toujours qu'elle ne se trouvait plus au couvent, elle contenait la vie ardente qui brûlait en elle. Dans un salon, elle n'était jamais qu'une petite fille, timide, presque sotte, rougissant pour un mot et baissant les yeux.

Viens, nous nous cacherons derrière les grands rideaux et nous verrons l'indolente étendre les bras et s'éveiller en découvrant ses pieds roses. Ne sois pas jalouse, Ninon : tous mes baisers sont pour toi.

Te souviens-tu ? onze heures sonnaient. La chambre était encore sombre. Le soleil du dehors se perdait dans les épaisses draperies des fenêtres, et une veilleuse, aux lueurs mourantes, luttait vainement avec l'ombre. Sur le lit, lorsque la flamme de la veilleuse se ravivait, apparaissait une forme blanche et indécise : un front pur, une gorge perdue sous des flots de dentelles ; plus loin, l'extrémité délicate d'un petit pied ; hors du lit, un bras de neige pendant, la main ouverte.

A deux reprises, la paresseuse se retourna sur la couche et s'endormit de nouveau, mais d'un sommeil

si léger que le subit craquement d'un meuble la fit
enfin dresser à demi. Elle écarta ses cheveux tombant
en désordre sur son front, et essuya ses yeux gros de
sommeil, ramenant sur ses épaules tous les coins
des couvertures et croisant les bras pour se mieux
voiler.

Quand elle fut bien éveillée, elle avança la main
vers un cordon de sonnette qui pendait auprès d'elle ;
mais elle la retira vivement et, sautant à terre, courut
écarter elle-même les draperies des fenêtres. Un gai
rayon de soleil emplit la chambre de lumière. L'enfant, surprise de ce grand jour et venant à se voir
dans une glace demi-nue et en désordre, fut fort ef-
frayée et revint se blottir au fond de son lit, rouge et
tremblante de ce bel exploit. Sa chambrière était une
fille sotte et curieuse ; Georgette préférait sa rêverie
aux bavardages de cette femme. Mais, bon Dieu! quel
grand jour il faisait, et combien les glaces sont indiscrètes !

Maintenant, sur les siéges épars, on voyait, négli-
gemment jetée, une toilette de bal. La jeune fille,
presque endormie, avait laissé ici sa jupe de gaze, là son
écharpe, plus loin ses souliers de satin. Auprès d'elle,
dans une coupe d'agate, brillaient des bijoux ; un bouquet fané se mourait à côté d'un carnet de danse.

Le front sur l'un de ses bras nus, elle prit un col-
lier et se mit à jouer avec les perles. Puis elle le posa,
ouvrit le carnet et le feuilleta. Le petit livre avait un
air ennuyé et indifférent. Georgette le parcourait sans

grande attention, paraissant songer à toute autre chose.

Comme elle en tournait les pages, le nom de Charles, inscrit en tête de chacune d'elles, finit par l'impatienter.

— Toujours Charles, se dit-elle. Mon cousin a une belle écriture; voilà des lettres longues et penchées qui ont un aspect grave. La main lui tremble rarement, même lorsqu'elle presse la mienne. Mon cousin est un jeune homme très-sérieux. Il doit être un jour mon mari. A chaque bal, sans m'en faire la demande, il prend mon carnet et s'inscrit pour la première danse. C'est là sans doute un droit de mari. Ce droit me déplait.

Le carnet devenait de plus en plus froid. Georgette, le regard perdu dans le vide, semblait résoudre quelque grave problème.

— Un mari, reprit-elle, voilà qui me fait peur. Charles me traite toujours en petite fille; parce qu'il a remporté huit ou dix prix au collége, il se croit forcé d'être pédant. Après tout, je ne sais trop pourquoi il sera mon mari; ce n'est pas moi qui l'ai prié de m'épouser; lui-même ne m'en a jamais demandé la permission. Nous avons joué ensemble autrefois; je me souviens qu'il était très-méchant. Maintenant il est très-poli; je l'aimerais mieux méchant. Ainsi je vais être sa femme; je n'avais jamais bien songé à cela; sa femme, je n'en vois vraiment pas la raison. Charles, toujours Charles! on dirait que je lui appartiens déjà.

Je vais le prier de ne pas écrire si gros sur mon carnet : son nom tient trop de place.

Le petit livre qui, lui aussi, semblait las du cousin Charles, faillit se fermer d'ennui. Les carnets de danse, je le soupçonne, détestent franchement les maris. Le nôtre tourna ses feuillets et présenta sournoisement d'autres noms à Georgette.

— Louis, murmura l'enfant. Ce nom me rappelle un singulier danseur. Il est venu, sans presque me regarder, me prier de lui accorder un quadrille. Puis, aux premiers accords des instruments, il m'a entraînée à l'autre bout du salon, j'ignore pourquoi, en face d'une grande dame blonde qui le suivait des yeux. Il lui souriait par moments, et m'oubliait si bien que je me suis vue forcée à deux reprises de ramasser moi-même mon bouquet. Quand la danse le ramenait auprès d'elle, il lui parlait bas ; moi, j'écoutais et je ne comprenais point. C'était peut-être sa sœur. Sa sœur, oh! non : il lui prenait la main en tremblant, et, lorsqu'il tenait cette main dans la sienne, l'orchestre le rappelait vainement auprès de moi. Je demeurais là, comme une sotte, le bras tendu, ce qui faisait fort mauvais effet; les figures en restaient toutes brouillées. C'était peut-être sa femme. Que je suis niaise! sa femme, vraiment, oui! Charles ne me parle jamais en dansant. C'était peut-être...

Georgette resta les lèvres demi-closes, absorbée, pareille à un enfant mis en face d'un jouet inconnu, n'osant approcher et agrandissant les yeux pour mieux voir. Elle comptait machinalement sous ses doigts les glands de la couverture, et tenait son autre main grande ouverte sur le carnet. Celui-ci commençait à donner signe de vie; il s'agitait et paraissait savoir parfaitement ce qu'était la dame blonde. J'ignore si le libertin en confia le secret à la jeune fille. Elle ramena sur ses épaules la dentelle qui glissait, acheva de compter scrupuleusement les glands de la couverture et dit enfin à demi-voix :

— C'est singulier, cette belle dame n'était sûrement ni la femme ni la sœur de monsieur Louis.

Elle se remit à feuilleter les pages. Un nom l'arrêta bientôt.

— Ce Robert est un vilain homme, reprit-elle. Je n'aurais jamais cru qu'avec un gilet d'une telle élégance on pût avoir l'âme aussi noire. Durant un grand quart d'heure, il m'a comparée à mille belles choses, aux étoiles, aux fleurs, que sais-je, moi? J'étais flattée et j'éprouvais tant de plaisir que je ne savais quoi répondre. Il parlait bien et longtemps sans s'arrêter. Puis il m'a reconduite à ma place, et là, il a manqué pleurer en me quittant. Ensuite je me suis mise à une fenêtre; les rideaux m'ont cachée en retombant derrière moi. Je songeais un peu, je crois, à mon bavard de danseur, lorsque je l'ai entendu rire et causer. Il parlait à un ami d'une petite sotte, rougissant au moindre mot, d'une échappée de couvent, baissant les yeux et s'enlaidissant par un maintien trop modeste. Sans doute il parlait de Thérèse, ma bonne amie. Thérèse a de petits yeux et une grande bouche. C'est une excellente fille. Peut-être parlaient-ils de moi. Les jeunes gens mentent donc. Alors je serais laide. Laide ! Thérèse l'est cependant davantage. Sûrement ils parlaient de Thérèse.

Georgette sourit et eut comme une tentation d'aller consulter son miroir.

— Puis, ajouta-t-elle, ils se sont moqués des dames qui étaient au bal. J'écoutais toujours et j'ai fini par ne plus comprendre. J'ai pensé qu'ils disaient de gros mots, et, comme je ne pouvais m'éloigner, je me suis bravement bouché les oreilles.

Le carnet de danse était en pleine hilarité. Il se mit à débiter une foule de noms pour prouver à Georgette que Thérèse était bien la petite sotte enlaidie par un maintien trop modeste.

— Paul a des yeux bleus, dit-il. Certes, Paul n'est pas menteur, et je l'ai entendu te dire des paroles bien douces.

— Oui, oui, répéta Georgette, monsieur Paul a des yeux bleus, et monsieur Paul n'est pas menteur. Il a des moustaches blondes que je préfère de beaucoup à celles de Charles.

— Ne me parle pas de Charles, reprit le carnet; ses moustaches ne méritent pas le moindre sourire. Que penses-tu d'Édouard? il est timide et n'ose parler que du regard. Je ne sais si tu comprends ce langage. Et Jules? il n'y a que toi, assure-t-il, qui saches valser. Et Lucien, et Georges, et Albert? tous te trouvent char-

mante et quêtent pendant de longues heures l'aumône
de ton sourire.

Georgette se remit à compter les glands de la couverture. Le bavardage du carnet commençait à l'effrayer. Elle le sentait qui brûlait ses mains ; elle eût
voulu le fermer et n'en avait pas le courage.

— Car tu étais reine, continua le démon. Tes dentelles se refusaient à cacher tes bras nus, et ton front
de seize ans faisait pâlir ta couronne. Ah ! ma Georgette, tu ne pouvais tout voir, sans cela tu aurais eu
pitié. Les pauvres garçons sont bien malades à l'heure
qu'il est.

Et il eut un silence plein de commisération. L'enfant
qui l'écoutait, souriante et effarouchée, le voyant rester muet :

— Un nœud de ma robe était tombé, dit-elle. Sûrement cela me rendait laide. Les jeunes gens devaient
se moquer en passant. Ces couturières ont si peu de
soin.

— N'a-t-il pas dansé avec toi? interrompit le carnet.

— Qui donc? demanda Georgette en rougissant si
fort que ses épaules devinrent toutes roses.

Et, prononçant enfin un nom qu'elle avait depuis un
quart d'heure sous les yeux, et que son cœur épelait,
tandis que ses lèvres parlaient de robe déchirée :

— Monsieur Edmond, dit-elle, m'a paru triste, hier
soir. Je le voyais de loin me regarder, et, comme il
n'osait approcher, je me suis levée et je suis allée
à lui. Il a bien été forcé de m'inviter.

— J'aime beaucoup monsieur Edmond, soupira le petit livre.

Georgette fit mine de ne pas entendre. Elle continua :

— En dansant, j'ai senti sa main trembler sur ma taille. Il a bégayé quelques mots, se plaignant de la chaleur. Moi, voyant que les roses de mon bouquet lui faisaient envie, je lui en ai donné une. Il n'y a pas de mal à cela.

— Oh non ! Puis, en prenant la fleur, ses lèvres, par un singulier hasard, se sont trouvées près de tes doigts. Il les a baisés un petit peu.

— Il n'y a pas de mal à cela, répéta Georgette qui depuis un instant se tourmentait fort sur le lit.

— Oh non ! J'ai à te gronder vraiment de lui avoir tant fait attendre ce pauvre baiser. Edmond ferait un charmant petit mari.

L'enfant, de plus en plus troublée, ne s'aperçut pas que son fichu était tombé et que l'un de ses pieds avait rejeté la couverture.

— Un charmant petit mari, répéta-t-elle de nouveau.

— Moi, je l'aime bien, reprit le tentateur. Si j'étais à ta place, vois-tu, je lui rendrais volontiers son baiser.

Georgette fut scandalisée. Le bon apôtre continua :

— Rien qu'un baiser, là, doucement, sur son nom. Je ne le lui dirai pas.

La jeune fille jura ses grands dieux qu'elle n'en ferait rien. Et, je ne sais comment, la page se trouva sous ses lèvres. Elle n'en sut rien elle-même. Tout en protestant, elle baisa le nom à deux reprises.

Alors elle aperçut son pied, qui riait dans un rayon de soleil. Confuse, elle ramenait la couverture, quand elle acheva de perdre la tête en entendant crier la clef dans la serrure.

Le carnet de danse se glissa parmi les dentelles et disparut en toute hâte sous l'oreiller.

C'était la chambrière.

CELLE QUI M'AIME

CELLE QUI M'AIME

I

Celle qui m'aime est-elle grande dame, toute de soie, de dentelles et de bijoux, rêvant à nos amours sur le sofa d'un boudoir? marquise ou duchesse, mignonne et légère comme un rêve, traînant languissamment sur les tapis les flots de ses jupes blanches et faisant une petite moue plus douce qu'un sourire?

Celle qui m'aime est-elle grisette pimpante, trottant menu, se troussant pour sauter les ruisseaux et quêtant d'un regard l'éloge de sa jambe fine? Est-elle la bonne fille qui boit dans tous les verres, vêtue de satin aujourd'hui, d'indienne grossière demain, et qui trouve dans les trésors de son cœur un brin d'amour pour chacun?

Celle qui m'aime est-elle l'enfant blonde s'agenouil-
lant et priant au côté de sa mère? la vierge folle m'appelant le soir dans l'ombre des ruelles? Est-elle la
brune paysanne qui me regarde au passage et qui emporte mon souvenir au milieu des blés et des vignes
mûres? la pauvresse qui me remercie de mon aumône? la femme d'un autre, amant ou mari, que j'ai
suivie un jour et que je n'ai plus revue?

Celle qui m'aime est-elle fille d'Europe, blanche
comme l'aube? fille d'Asie, au teint jaune et doré comme
un coucher de soleil? ou fille du désert, noire comme
une nuit d'orage?

Celle qui m'aime est-elle séparée de moi par une
mince cloison? est-elle au delà des mers? est-elle au
delà des étoiles?

Celle qui m'aime est-elle encore à naître? est-elle
morte il y a cent ans?

II

Hier, je l'ai cherchée sur un champ de foire. Il y
avait fête au faubourg, et le peuple endimanché montait bruyamment par les rues.

On venait d'allumer les lampions. L'avenue, de distance en distance, était ornée de poteaux jaunes et
bleus, garnis de petits pots de couleur où brûlaient
des mèches fumeuses que le vent effarait. Çà et là,

dans les arbres, vacillaient des lanternes vénitiennes.
Des baraques en toile bordaient les trottoirs, laissant
traîner dans le ruisseau les franges de leurs rideaux
rouges. Les faïences dorées, les bonbons fraîchement
peints, le clinquant des étalages, miroitaient à la lumière crue des quinquets.

Il y avait dans l'air une odeur de poussière, de
pain d'épices et de gaufres à la graisse. Les orgues
chantaient; les paillasses enfarinés riaient et pleuraient sous une grêle de soufflets et de coups de
pied. Une nuée chaude et lourde pesait sur cette joie.

Au-dessus de cette nuée, au-dessus de ces bruits,
se montrait un ciel d'été, aux profondeurs pures et
mélancoliques. Un ange venait d'illuminer l'azur pour
quelque fête divine, fête calme et silencieuse de l'infini.

Perdu dans la foule, je sentais la solitude de mon
cœur. J'allais, suivant du regard les jeunes filles qui
me souriaient au passage, et me disant que je ne re-
verrais plus ces sourires. Cette pensée de tant de lèvres
amoureuses, entrevues un instant et perdues à jamais,
était une angoisse pour mon âme.

J'arrivai ainsi à un carrefour, au milieu de l'avenue.
A gauche, appuyée contre un orme, se dressait une
baraque isolée. Sur le devant, quelques planches mal
jointes formaient estrade, et deux lanternes éclairaient
la porte, qui n'était autre chose qu'un pan de toile re-
levé en façon de rideau. Comme je m'arrêtais, un
homme portant un costume de Magicien, grande robe

noire et chapeau en pointe semé d'étoiles, haranguait
la foule du haut des planches.

— Entrez, criait-il, entrez mes beaux messieurs,
entrez mes belles demoiselles. J'arrive en toute hâte
du fond de l'Inde pour réjouir les jeunes cœurs. C'est
là que j'ai conquis au péril de ma vie le Miroir d'amour
que gardait un horrible Dragon. Mes beaux messieurs,
mes belles demoiselles, je vous apporte la réalisation
de vos rêves. Entrez, entrez voir Celle qui vous aime !
Pour deux sous Celle qui vous aime !

Une vieille femme, vêtue en Bayadère, souleva le
pan de toile. Elle promena sur la foule un regard hé-
bêté ; puis, d'une voix épaisse :

— Pour deux sous, cria-t-elle, pour deux sous Celle
qui vous aime ! Entrez voir Celle qui vous aime !

III

Le Magicien battit une fantaisie entraînante sur la
grosse caisse. La Bayadère se pendit à une cloche et
accompagna.

Le peuple hésitait. Un âne savant jouant aux cartes
offre un grand intérêt ; un hercule soulevant des poids
de cent livres est un spectacle dont on ne saurait se
lasser ; on ne peut nier non plus qu'une géante demi-
nue ne soit faite pour distraire agréablement tous les
âges. Mais voir Celle qui vous aime, voilà bien la chose

dont on se soucie le moins et qui ne promet pas la plus légère émotion.

Moi, j'avais écouté avec ferveur l'appel de l'homme à la grande robe. Ses promesses répondaient au désir de mon cœur, et je voyais une Providence dans le hasard qui venait de diriger mes pas. Ce misérable grandit singulièrement à mes yeux, de tout l'étonnement que j'éprouvais à l'entendre lire mes secrètes pensées. Il me sembla le voir fixer sur moi des regards flamboyants, battant la grosse caisse avec une furie diabolique et me criant d'entrer d'une voix plus haute que celle de la cloche.

Je posais le pied sur la première planche, lorsque je me sentis arrêté. M'étant tourné, je vis au pied de l'estrade un homme me retenant par mon vêtement. Cet homme était grand et maigre ; il avait de larges mains couvertes de gants de fil plus larges encore, et portait un chapeau devenu rouge, un habit noir blanchi aux coudes et de déplorables culottes de casimir, jaunes de graisse et de boue. Il se plia en deux, dans une longue et exquise révérence, puis, d'une voix douce et flûtée, me tint ce discours :

— Je suis fâché, Monsieur, qu'un jeune homme bien élevé donne un mauvais exemple à la foule. C'est une grande légèreté que d'encourager dans son impudence ce coquin spéculant sur nos mauvais instincts ; car je trouve profondément immorales ces paroles criées en plein vent, qui appellent filles et garçons à une débauche du regard et de l'esprit. Ah ! Monsieur, le peuple est faible, et nous avons, nous les hommes rendus forts par l'instruction, nous avons, songez-y, de graves et impérieux devoirs. Ne cédons pas à de coupables curiosités, soyons dignes en toutes choses. La moralité de la société dépend de nous, Monsieur.

Je l'écoutai parler. Il n'avait pas'lâché mon vêtement et ne pouvait se décider à achever sa révérence. Son chapeau à la main, il discourait avec un calme si complaisant que je ne songeai pas à me fâcher. Je me contentai, quand il se tut, de le regarder en face, sans lui répondre. Il vit une question dans ce silence.

— Monsieur, reprit-il avec un nouveau salut, Monsieur, je suis l'Ami du peuple, et j'ai pour mission le bonheur de l'humanité.

Il prononça ces mots avec un modeste orgueil et se grandit brusquement de toute sa haute taille. Je lui tournai le dos et montai sur l'estrade. Avant d'entrer, comme je soulevais le pan de toile, je le regardai une dernière fois. Il avait délicatement pris de sa main droite les doigts de sa main gauche, et cherchait à effacer les plis de ses gants qui menaçaient de le quitter.

Puis, croisant les bras, l'Ami du peuple contempla la Bayadère avec tendresse.

IV

Je laissai retomber le rideau et me trouvai dans le temple. C'était une sorte de chambre longue et étroite, sans aucun siége, aux murs de toile, et éclairée par un seul quinquet. Quelques personnes, des filles curieuses et des garçons faisant tapage, s'y trouvaient déjà réunies. Tout se passait d'ailleurs avec la plus grande décence : une corde, tendue au milieu de la pièce, séparait les hommes des femmes.

Le Miroir d'amour, à vrai dire, n'était autre chose que deux glaces sans tain, une dans chaque compartiment, petites vitres rondes donnant sur l'intérieur de la baraque. Le miracle promis s'accomplissait avec une admirable simplicité : il suffisait d'appliquer l'œil droit contre la vitre, et au delà, sans qu'il soit question de tonnerre ni de soufre, apparaissait la bien-aimée. Comment ne pas croire à une vision aussi naturelle !

Je ne me sentis pas la force de tenter l'épreuve dès l'entrée. La Bayadère m'avait regardé au passage, et ce regard me donnait froid au cœur. Savais-je, moi, ce qui m'attendait derrière cette vitre : peut-être un horrible visage, aux yeux éteints, aux lèvres violettes; une centenaire avide de jeune sang, une de ces créatures difformes que je vois, la nuit, passer dans mes

4

mauvais rêves. Je ne croyais plus aux blondes créa-
tions dont je peuple charitablement mon désert. Je me
rappelais toutes les laides qui me témoignent quelque
affection, et je me demandais avec terreur si ce n'é-
tait pas une de ces laides que j'allais voir apparaître.

Je me retirai en un coin, et, pour reprendre courage, je regardai ceux qui, plus hardis que moi, con-
sultaient le destin, sans tant de façons. Je ne tardai pas
à goûter un singulier plaisir au spectacle de ces diverses figures, l'œil droit grand ouvert, le gauche
fermé avec deux doigts, et ayant chacune leur sourire,
selon que la vision plaisait plus ou moins. La vitre se
trouvant un peu basse, il fallait se courber légèrement.
Rien ne me parut plus grotesque que ces hommes
venant à la file voir l'âme sœur de leur âme par un
trou de quelques centimètres de tour.

Deux soldats s'avancèrent d'abord : un Sergent bruni
au soleil d'Afrique, et un jeune Conscrit, garçon sentant encore le labour, les bras gênés dans une capote
trois fois trop grande. Le Sergent eut un rire scepti-
que. Le Conscrit demeura longtemps courbé, singulièrement flatté d'avoir une bonne amie.

Puis vint un gros homme en veste blanche, à la face
rouge et bouffie, qui regarda tranquillement, sans grimace de joie ni de déplaisir, comme s'il eût été tout
naturel qu'il pût être aimé de quelqu'un.

Il fut suivi par trois Ecoliers, bonshommes de quinze
à seize ans, à la mine effrontée, et se poussant pour
faire accroire qu'ils avaient l'honneur d'être ivres.

Tous trois jurèrent qu'ils reconnaissaient leurs tantes.

Ainsi les curieux se succédaient devant la vitre, et je ne saurais me rappeler aujourd'hui les différentes expressions de physionomie qui me frappèrent alors. O vision de la bien-aimée! quelles rudes vérités tu faisais dire à ces yeux grands ouverts! Ils étaient les vrais Miroirs d'amour, Miroirs où la grâce et la tendresse de la femme se reflétaient en passions et en sottises laides et misérables.

V

Les filles, à l'autre carreau, s'égayaient d'une plus honnête façon. Je ne lisais que beaucoup de curiosité sur leurs visages; pas le moindre vilain désir, pas la plus petite méchante pensée. Elles venaient tour à tour jeter un regard étonné par l'étroite ouverture, et se retiraient, les unes un peu songeuses, les autres riant comme des folles.

A vrai dire, je ne sais trop ce qu'elles faisaient là. Je serais femme, si peu que je fusse jolie, que je n'aurais jamais la sotte idée de me déranger pour aller voir un homme qui m'aime. Les jours où mon cœur pleurerait d'être seul, ces jours-là sont jours de printemps et de beau soleil, je m'en irais dans un sentier en fleurs me faire adorer de chaque passant. Le soir, je reviendrais riche d'amour.

Certes, mes curieuses n'étaient pas toutes également
jeunes et jolies. Les belles se moquaient bien de la
science du Magicien; depuis longtemps elles n'avaient
plus besoin de lui. Les laides, au contraire, ne s'étaient
jamais trouvées à pareille fête. Il en vint une, aux cheveux rares, à la bouche grande, qui ne pouvait s'éloigner du Miroir magique; elle gardait aux lèvres le
sourire joyeux et navrant du pauvre apaisant sa faim
après un long jeûne.

Je me demandai quelles belles idées s'éveillaient
dans ces têtes folles. Ce n'était pas mince problème.
Toutes avaient, à coup sûr, vu en songe un prince se
mettre à leurs genoux; toutes désiraient mieux connaître l'amant dont elles se souvenaient confusément
au réveil. Il y eut sans doute beaucoup de décep-
tions : les princes deviennent rares, et les yeux de
notre âme, qui s'ouvrent la nuit sur un monde meilleur, sont des yeux bien autrement complaisants que
ceux dont nous nous servons le jour. Il y eut aussi
de grandes joies : le songe se réalisait, l'amant avait
la moustache et la noire chevelure rêvées.

Ainsi chacune, dans quelques secondes, vivait une
vie d'amour. Romans naïfs et rapides comme l'espérance, qui se devinaient dans la rougeur des joues et
dans les frissons plus amoureux du corsage.

Après tout, ces filles étaient peut-être des sottes, et
je suis un sot moi-même d'avoir vu tant de choses,
lorsqu'il n'y avait rien à voir. Toutefois je me rassurai
complétement à les regarder. Je remarquai qu'hommes

et femmes paraissaient en général fort satisfaits de l'apparition. Le Magicien n'aurait certes jamais eu le mauvais cœur de causer le moindre déplaisir à de braves gens qui lui donnaient deux sous.

Je m'approchai, et j'appliquai, sans trop d'émotion, mon œil droit contre la vitre. J'aperçus, entre deux grands rideaux rouges, une femme accoudée au dossier d'un fauteuil. Elle était vivement éclairée par des quinquets que je ne pouvais voir, et se détachait sur une toile peinte, tendue au fond ; cette toile, coupée par endroits, avait dû représenter jadis un galant bocage d'arbres bleus.

Celle qui m'aime portait, en vision bien née, une longue robe blanche, à peine serrée à la taille, et traînant sur le plancher en façon de nuage. Elle avait au front un large voile également blanc, retenu par une couronne de fleurs d'aubépine. Le cher ange était, ainsi vêtu, toute blancheur, toute innocence.

Elle s'appuyait coquettement, tournant les yeux vers moi, de grands yeux bleus caressants. Elle me parut ravissante sous le voile : tresses blondes perdues dans la mousseline, front candide de vierge, lèvres délicates, fossettes qui sont nids à baisers. Au premier regard, je la pris pour une sainte; au second, je lui trouvai un air bonne fille, point bégueule du tout et fort accommodant.

Elle porta trois doigts à ses lèvres et m'envoya un baiser, avec une révérence qui ne se sentait aucunement du royaume des ombres. Voyant qu'elle ne se

décidait pas à s'envoler, je fixai ses traits dans ma mémoire, et je me retirai.

Comme je sortais, je vis entrer l'Ami du peuple. Ce
grave moraliste ne m'aperçut pas et courut donner le
mauvais exemple d'une coupable curiosité. Sa longue
échine, courbée en demi-cercle, frémit de désir; puis,
ne pouvant aller plus loin, il embrassa le verre magique.

VI

Je descendis les trois planches et me trouvai de nouveau dans la foule, décidé à chercher Celle qui m'aime,
maintenant que je connaissais son sourire.

Les lampions fumaient, le tumulte croissait, le peuple se pressait à renverser les baraques. La fête en
était à cette heure de joie idéale où l'on risque d'avoir
le bonheur d'être étouffé.

J'avais, en me dressant, un horizon de bonnets de
linge et de chapeaux de soie. J'avançais, poussant les
hommes, tournant avec précaution les grandes jupes
des dames. Peut-être était-ce cette capote rose; peut-
être cette coiffe de tulle ornée de rubans mauves; peut-
être cette délicieuse toque de paille à plume de cygne.
Hélas! la capote avait soixante ans; la coiffe était laide
et s'appuyait amoureusement à l'épaule d'un sapeur;
la toque riait aux éclats, agrandissant les plus beaux

yeux du monde, et je ne reconnaissais point ces beaux yeux.

Il y a, au-dessus des foules, je ne sais quelle angoisse, quelle immense tristesse, comme s'il se dégageait de la multitude un souffle de terreur et de pitié. Jamais je ne me suis trouvé dans un grand rassemblement de peuple sans éprouver un vague malaise. Il me semble qu'un épouvantable malheur menace ces hommes réunis, qu'un seul éclair va suffire, dans l'exaltation de leurs gestes et de leurs voix, pour les frapper d'immobilité et d'éternel silence.

Peu à peu je ralentis le pas, regardant cette joie qui me navrait. Au pied d'un arbre, en plein dans la lumière jaune des lampions, se tenait debout un vieux mendiant, le corps roidi et horriblement tordu par une paralysie. Il levait vers les passants sa face blême, clignant les yeux d'une façon lamentable, pour mieux exciter la pitié, et imprimant à ses membres de rapides frissons. Les jeunes filles, fraîches et rougissantes, passaient en riant devant ce hideux spectacle.

Plus loin, à la porte d'un cabaret, deux ouvriers se battaient. Dans la lutte, les verres avaient été renversés, et, à voir couler le vin sur le trottoir, on eût dit le sang de larges blessures.

Les rires me parurent se changer en sanglots, les lumières devinrent à mes yeux un vaste incendie, la foule tourna, frappée d'épouvante. J'allais, me sentant triste à mourir, interrogeant les jeunes visages et ne pouvant trouver Celle qui m'aime.

VII

Je vis un homme debout devant un des poteaux qui portaient les lampions, et le considérant d'un air profondément absorbé. A ses regards inquiets, je crus comprendre qu'il cherchait la solution de quelque grave problème. Cet homme était l'Ami du peuple.

Ayant tourné la tête, il m'aperçut.

— Monsieur, me dit-il, l'huile employée dans les fêtes coûte vingt sous le litre. Dans un litre, il y a vingt godets comme ceux que vous voyez là : soit un sou d'huile par godet. Or, ce poteau a seize rangs de huit godets chacun : cent vingt-huit godets en tout. De plus, — suivez bien mes calculs, — j'ai compté soixante poteaux semblables dans l'avenue, ce qui fait sept mille six cent quatre-vingts godets, ce qui fait par conséquent sept mille six cent quatre-vingts sous, ou mieux trois cent quatre-vingt-quatre francs.

En parlant ainsi, l'Ami du peuple gesticulait, appuyant de la voix sur les chiffres et courbant sa longue taille pour se mettre à la portée de mon faible entendement. Quand il se tut, il se renversa triomphalement en arrière; puis croisa les bras, me regardant en face d'un air pénétré.

— Trois cent quatre-vingt-quatre francs d'huile ! s'écria-t-il en scandant chaque syllabe, et le pauvre

peuple manque de pain, Monsieur ! Je vous le demande,
et je vous le demande les larmes aux yeux, ne serait-il
pas plus honorable pour l'humanité de distribuer ces
trois cent quatre-vingt-quatre francs aux trois mille
indigents que l'on compte dans ce faubourg ? Une mesure aussi charitable donnerait à chacun d'eux environ
deux sous et demi de pain. Cette pensée est faite pour
faire réfléchir les âmes tendres, Monsieur.

Voyant que je le regardais curieusement, il continua
d'une voix mourante, en assurant ses gants entre ses
doigts :

— Le pauvre ne doit pas rire, Monsieur. Il est tout à
fait déshonnête qu'il oublie sa pauvreté pendant une
heure. J'ai bien du chagrin, cette nuit : à voir le peuple
si heureux, je ne sais plus comment pleurer sur ses
malheurs.

Il essuya une larme et me quitta. Je le vis entrer
chez un marchand de vin, et noyer son émotion dans
cinq ou six petits verres pris coup sur coup devant le
comptoir.

VIII

Le dernier lampion venait de s'éteindre. La foule
s'en était allée, et, aux clartés vacillantes des réverbères, je ne voyais plus errer sous les arbres que quelques formes noires, couples d'amoureux attardés,

ivrognes et sergents de ville promenant leur mélancolie. Les baraques s'allongeaient, grises et muettes, aux
deux bords de l'avenue, comme les tentes d'un camp
désert.

Le vent du matin, un vent humide de rosée, donnait un frisson aux feuilles des ormes. Les émanations
brûlantes de la soirée avaient fait place à une fraîcheur
délicieuse. Le silence et l'ombre transparente de l'infini tombaient lentement des profondeurs du ciel, et la
fête des étoiles succédait à celle des lampions. Les
honnêtes gens allaient enfin pouvoir se divertir un peu.

Je me sentais tout ragaillardi, l'heure de mes joies
étant venue. Je marchais d'un bon pas; montant et descendant les allées, lorsque je vis une ombre grise
glisser le long des maisons. Cette ombre venait à moi,
rapidement et sans paraître me voir ; à la légèreté de la
démarche, aux ondulations cadencées des vêtements,
je reconnus une femme.

Elle allait me heurter, quand elle leva instinctive-
ment les yeux. Son visage m'apparut à la lueur d'une
lanterne voisine, et voilà que je reconnus Celle qui
m'aime : non pas l'immortelle au blanc nuage de
mousseline ; mais une pauvre fille de la terre, vêtue
d'indienne déteinte. Dans sa misère, elle me parut
charmante encore, bien que pâle et fatiguée. Je ne
pouvais douter : c'étaient là les grands yeux, les lèvres
caressantes de la vision ; et c'était de plus, à la voir
ainsi de près, la suavité de traits que donne la souffrance.

Comme elle s'arrêtait une seconde, je saisis sa main et la baisai. Elle leva la tête et me sourit vaguement, sans chercher à retirer ses doigts. Me voyant rester muet, l'émotion me serrant à la gorge, elle haussa les épaules et reprit sa marche rapide.

Je courus à elle et l'accompagnai, mon bras serré à sa taille. Elle eut un rire silencieux; puis frissonna et dit à voix basse :

— J'ai froid : marchons vite.

Pauvre ange, elle avait froid. Sous le mince châle noir, ses épaules tremblaient au vent frais de la nuit. Je l'embrassai sur le front et lui demandai doucement :

— Me connais-tu?

Une troisième fois elle leva les yeux, et sans hésiter :

— Non, me répondit-elle.

Je ne sais quel rapide raisonnement se fit dans mon esprit. A mon tour je frissonnai.

— Où allons-nous? lui demandai-je de nouveau.

Elle haussa les épaules, avec une petite moue d'insouciance, et me dit de sa voix d'enfant :

— Mais où tu voudras, chez moi, chez toi, peu importe.

IX

Nous marchions toujours, descendant l'avenue.

J'aperçus sur un banc deux soldats, dont l'un dis-courait gravement, tandis que l'autre écoutait avec respect. C'étaient le Sergent et le Conscrit. Le Sergent, qui me parut très-ému, m'adressa un salut moqueur, me disant : « Les riches prêtent parfois, Monsieur. » Le Conscrit, âme tendre et naïve, me dit d'un ton do-lent : « Ah! je n'avais qu'elle, Monsieur : vous me volez Celle qui m'aime. »

Je traversai la route et pris l'autre allée.

Trois gamins venaient à nous, se tenant par les bras et chantant à tue-tête. Je reconnus les Ecoliers. Les petits malheureux n'avaient plus besoin de feindre l'ivresse. Ils s'arrêtèrent, pouffant de rire, puis me suivirent quelques pas, me criant chacun d'une voix mal assurée : « Eh! Monsieur, madame vous trompe, madame est Celle qui m'aime! »

Je sentais une sueur froide mouiller mes tempes. Je précipitais mes pas, ayant hâte de fuir et ne pensant plus à cette femme que j'emportais dans mes bras. Au bout de l'avenue, comme j'allais enfin quitter ce lieu maudit, je heurtai, en descendant du trottoir, un homme commodément assis dans le ruisseau. Il appuyait la tête sur la dalle, et, la face tournée vers le ciel, se livrait sur ses doigts à un calcul fort compliqué.

Il tourna les yeux, et, sans quitter l'oreiller :

— Ah ! c'est vous, Monsieur, me dit-il en balbutiant. Vous devriez bien m'aider à compter les étoiles. J'en ai déjà trouvé plusieurs millions, mais je crains d'en oublier quelqu'une. C'est de la statistique seule, Monsieur, que dépend le bonheur de l'humanité.

Un hoquet l'interrompit. Il reprit en larmoyant :

— Savez-vous combien coûte une étoile ? Sûrement le bon Dieu a fait là-haut une grosse dépense, et le peuple manque de pain, Monsieur ! A quoi bon ces lampions ? Est-ce que cela se mange ? quelle en est l'application pratique, je vous prie ? Nous avions bien besoin de cette fête éternelle. Allez, Dieu n'a jamais eu la moindre teinte d'économie sociale.

Il avait réussi à se mettre sur son séant; et promenait autour de lui des regards troubles, hochant la tête d'un air indigné. C'est alors qu'il vint à apercevoir ma compagne. Il tressaillit, et, le visage pourpre, tendit avidement les bras.

— Eh ! eh ! reprit-il, c'est Celle qui m'aime.

X

. . . .

. . . .

— « Voici, me dit-elle, je suis pauvre et je fais ce que je peux pour manger. L'hiver dernier, je passais quinze heures courbée sur un métier, et je n'avais pas du pain tous les jours. Au printemps, je jetai mon aiguille par la fenêtre. Je venais de trouver une occupation moins fatigante et plus lucrative.

« Je m'habille chaque soir de mousseline blanche. Seule dans une sorte de réduit, appuyée au dossier d'un fauteuil, j'ai pour tout travail à sourire depuis six heures jusqu'à minuit. D'instant en instant, je fais une révérence, j'envoie un baiser dans le vide. On me paye cela trois francs par séance.

« En face de moi, contre une petite vitre enchâssée dans la cloison, je vois sans cesse un œil qui me regarde. Il est tantôt noir, tantôt bleu. Sans cet œil, je serais parfaitement heureuse; il gâte le métier. Par moments, à le rencontrer toujours seul et fixe, il me prend de folles terreurs; je suis tentée de crier et de fuir.

« Mais il faut bien travailler pour vivre. Je souris, je salue, j'envoie un baiser. A minuit, j'efface mon rouge et je remets ma robe d'indienne. Bah! que de femmes, sans y être forcées, font ainsi les gracieuses devant un mur. »

. . . .
. . . .
. . . .

Hélas! hélas! Celle qui m'aime est Celle qui aime tout le monde.

LA FÉE AMOUREUSE

LA FÉE AMOUREUSE

Entends-tu , Ninon , la pluie de décembre frap-, per nos vitres? Le vent se plaint dans le long corri- dor. C'est une vilaine soirée, une de ces soirées où le pauvre grelotte à la porte du riche que le bal entraîne dans ses danses, sous les lustres dorés. Laisse là tes souliers de satin et viens t'asseoir sur mes genoux, près de l'âtre brûlant. Laisse là ta riche parure : je veux ce soir te dire un conte, un beau conte de fée.

Tu sauras, Ninon, qu'il y avait autrefois, sur le haut d'une montagne, un vieux château sombre et lugubre. Ce n'étaient que tourelles, que remparts, que ponts- levis chargés de chaînes; des hommes couverts de fer veillaient nuit et jour sur les créneaux, et seuls les sol-

dats trouvaient bon accueil auprès du comte Enguerrand, le seigneur du manoir.

Si tu l'avais aperçu, le vieux guerrier, se promenant
dans les longues galeries, si tu avais entendu les éclats
de sa voix brève et menaçante, tu aurais tremblé d'effroi, tout comme tremblait sa nièce Odette, la pieuse
et jolie damoiselle. N'as-tu jamais remarqué, le matin,
une pâquerette s'épanouir aux premiers baisers du soleil parmi des orties et des ronces? Telle s'épanouissait la jeune fille parmi de rudes chevaliers. Enfant,
lorsque au milieu de ses jeux elle apercevait son oncle,
elle s'arrêtait, et ses yeux se gonflaient de larmes.
Maintenant elle était grande et belle ; son sein s'emplissait de vagues soupirs ; et un effroi plus âpre encore la saisissait, chaque fois que venait à paraître le
seigneur Enguerrand.

Elle demeurait dans une tourelle éloignée, s'occupant à broder de belles bannières et se reposant de ce
travail en priant Dieu, en contemplant de sa fenêtre la
campagne d'émeraude et le ciel d'azur. Que de fois, la
nuit, se levant de sa couche, elle était venue regarder
les étoiles, et, là, que de fois son cœur de seize ans s'é-
tait élancé vers les espaces célestes, demandant à ces
sœurs radieuses ce qui pouvait l'agiter ainsi. Après ces
nuits sans sommeil, après ces élans d'amour, elle avait
des envies de se suspendre au cou du vieux chevalier ;
mais une rude parole, un froid regard l'arrêtaient, et,
tremblante, elle reprenait son aiguille. Tu plains la
pauvre fille, Ninon ; elle était comme la fleur fraîche

et embaumée dont on dédaigne l'éclat et le parfum.

Un jour, Odette la désolée suivait de l'œil en rêvant deux tourterelles qui fuyaient, lorsqu'elle entendit une voix douce au pied du château. Elle se pencha et vit un beau jeune homme qui, la chanson sur les lèvres, réclamait l'hospitalité. Elle écouta et ne comprit pas les paroles; mais la voix douce oppressait son cœur, et, sans qu'elle le sût, des larmes coulaient lentement le long de ses joues, mouillant une tige de marjolaine qu'elle tenait à la main.

Le château resta fermé, et un homme d'armes cria des murs :

— Retirez-vous : il n'y a céans que des guerriers.

Odette regardait toujours. Elle laissa échapper la tige de marjolaine humide de larmes, qui s'en vint tomber aux pieds du chanteur. Ce dernier leva les yeux, et, voyant cette tête blonde, il baisa la branche et s'éloigna, se retournant à chaque pas.

Quand il eut disparu, Odette se mit à son prie-Dieu et fit une bien longue prière. Elle remerciait le ciel sans savoir pourquoi; elle se sentait heureuse et ignorait le sujet de sa joie.

La nuit, elle eut un beau rêve. Il lui sembla voir la tige de marjolaine qu'elle avait jetée. Lentement, du sein des feuilles frissonnantes, se dressa une fée, mais une fée si mignonne, avec des ailes de flamme, une couronne de myosotis et une longue robe verte, couleur de l'espérance.

— Odette, dit-elle harmonieusement, je suis la fée Amoureuse. C'est moi qui t'ai envoyé ce matin Loïs, le jeune homme à la voix douce ; c'est moi qui, voyant tes pleurs, ai voulu les sécher. Je vais par la terre, glanant des cœurs et rapprochant ceux qui soupirent. Je visite la chaumière aussi bien que le manoir, et parfois je me plais à unir la houlette au sceptre des rois. Je sème des fleurs sous les pas de mes protégés, je les enchaîne avec des fils si brillants et si précieux que leurs cœurs en tressaillent de joie. J'habite les herbes des sentiers, les tisons étincelants du foyer d'hiver, les draperies du lit des époux ; et partout où mon pied se pose, naissent les baisers et les tendres causeries. Ne pleure plus, Odette : je suis Amoureuse, la bonne fée, et je viens sécher tes larmes.

Et elle rentra dans sa fleur, qui redevint bouton en repliant ses feuilles.

Tu le sais bien, toi, Ninon, que la fée Amoureuse existe. Vois-la danser dans notre foyer, et plains les pauvres gens qui ne croiront pas à ma belle fée.

Lorsque Odette s'éveilla, un rayon de soleil éclairait sa chambre, un chant d'oiseau montait du dehors, et le vent du matin caressait ses tresses blondes, parfumé du premier baiser qu'il venait de donner aux fleurs. Elle se leva, joyeuse, et passa la journée à chanter, espérant en ce que lui avait dit la bonne fée. Elle regardait par instants la campagne, souriant à chaque oiseau qui passait, et sentant en elle des élans qui la faisaient bondir et frapper ses petites mains l'une contre l'autre.

Le soir venu, elle descendit dans la grande salle du château. Près du comte Enguerrand se trouvait un chevalier qui écoutait les récits du vieillard. Elle prit sa quenouille, s'assit devant l'âtre où chantait le grillon, et le fuseau d'ivoire tourna rapidement entre ses doigts.

Au fort de son travail, ayant jeté les yeux sur le chevalier, elle lui vit la tige de marjolaine entre les mains, et voilà qu'elle reconnut Loïs à la voix douce. Un cri de joie faillit lui échapper. Pour cacher sa rougeur, elle se pencha vers les cendres et remua les tisons avec une longue tige de fer. Le brasier crépita, les flammes s'effarèrent, des gerbes bruyantes jaillirent, et soudain, du milieu des étincelles, surgit Amoureuse, souriante et empressée. Elle secoua de sa robe verte les parcelles embrasées qui couraient sur la soie, pareilles à des paillettes d'or ; elle s'élança dans la salle, et, invisible pour le comte, vint se placer derrière les jeunes gens. Là, tandis que le vieux chevalier contait un combat effroyable contre les Infidèles, elle leur dit doucement :

— Aimez-vous, mes enfants. Laissez les souvenirs à l'austère vieillesse, laissez-lui les longs récits, auprès des tisons ardents. Qu'au petillement de là flamme ne se mêle que le bruit de vos baisers. Plus tard il sera temps d'adoucir vos chagrins en vous rappelant

ces douces heures. Quand on aime à seize ans, la voix
est inutile ; un seul regard en dit plus qu'un grand
discours. Aimez-vous, mes enfants ; laissez parler la
vieillesse.

Puis elle les recouvrit de ses ailes, si bien que le
comte, qui expliquait comme quoi le géant Buch Tête-
de-Fer fut occis par un terrible coup de Giralda, la
lourde épée, ne vit pas Loïs déposant son premier
baiser sur le front d'Odette frissonnante.

Il faut, Ninon, que je te parle de ces belles ailes de
ma fée Amoureuse. Elles étaient transparentes comme
verre et menues comme ailes de moucherons. Mais,
lorsque deux amants se trouvaient en péril d'être vus,
elles grandissaient, grandissaient, et devenaient si
obscures et si épaisses qu'elles arrêtaient les regards
et étouffaient le bruit des baisers. Aussi le vieillard
continua-t-il longtemps son prodigieux récit, et longtemps Loïs caressa Odette, la blonde, à la barbe du
méchant suzerain.

Mon Dieu ! mon Dieu ! les belles ailes que c'était !
Les jeunes filles, m'a-t-on dit, les retrouvent parfois ;
plus d'une sait ainsi se cacher aux yeux des grands-
parents. Est-ce vrai, Ninon ?

La longue histoire du comte finit, cependant. La fée
Amoureuse disparut dans la flamme, et Loïs s'en alla,
remerciant son hôte et envoyant un dernier baiser à
Odette. La jeune fille dormit si heureuse, cette nuit-là,
qu'elle rêva des montagnes de fleurs éclairées par des

milliers d'astres, chacun mille fois plus brillant que
notre soleil.

Le lendemain, elle descendit au jardin et se perdit
sous une allée. Elle rencontra un guerrier, le salua et
allait s'éloigner, lorsqu'elle lui vit dans la main la tige
de marjolaine baignée de larmes, et voilà qu'elle re-
reconnut encore Loïs à la voix douce, qui venait de
rentrer au château sous un nouveau déguisement. Il la
fit asseoir sur un banc de gazon, auprès d'une fontaine.
Ils se regardaient tous deux, ravis de se voir en plein
jour. Les fauvettes chantaient, et l'on sentait dans l'air
que la bonne fée devait rôder par-là. Je ne te dirai pas
toutes les paroles qu'entendirent les vieux chênes dis-
crets ; c'était plaisir de les voir bavarder si longtemps,
si longtemps qu'une fauvette qui se trouvait dans un
buisson voisin, eut le temps de se bâtir son nid.

Tout à coup les pas lourds du comte Enguerraud se
firent entendre dans l'allée. Les deux pauvres amoureux tremblèrent. Mais l'eau de la fontaine chanta plus
doucement, et Amoureuse sortit, riante et empressée,
du flot clair de la source. Elle entoura les amants de
ses ailes, puis glissa légèrement avec eux, passant à
côté du comte, qui fut fort étonné d'avoir ouï des voix
et de ne trouver personne.

Elle berce ses protégés, et va, leur répétant tout
bas :

— Je suis celle qui protége les amours, celle qui
ferme les yeux et les oreilles des gens qui n'aiment
plus. Ne craignez rien, beaux amoureux : aimez-vous

sous le jour éclatant, dans les allées, près de l'eau des fontaines, partout où vous serez. Je suis là et je veille sur vous. Dieu m'a mise ici-bas pour que les hommes, ces railleurs de toute sainteté, ne viennent jamais troubler vos pures émotions. Il m'a donné mes belles ailes et m'a dit : « Va, et que les jeunes cœurs se réjouissent. » Aimez-vous, je suis là et je veille sur vous.

Et elle allait, butinant la rosée qui était sa seule nourriture, et entraînant, dans une ronde joyeuse, Odette et Loïs, dont les mains se trouvaient enlacées.

Tu me demanderas ce qu'elle fit des deux amants. Vraiment, mon amie, je n'ose te le dire. J'ai peur que tu te refuses à me croire, ou bien que, jalouse de leur fortune, tu ne me rendes plus mes baisers. Mais te voilà toute curieuse, méchante fille, et je vois bien qu'il me faut te contenter.

Or, apprends que la fée rôda ainsi jusqu'à la nuit. Lorsqu'elle voulut séparer les amants, elle les vit si chagrins, mais si chagrins de se quitter, qu'elle se mit à leur parler tout bas. Il paraît qu'elle leur disait quelque chose de bien beau, car leurs visages rayonnaient et leurs yeux grandissaient de joie. Et, lorsqu'elle eut parlé et qu'ils eurent consenti, elle toucha leurs fronts de sa baguette.

Soudain... Oh! Ninon, quels yeux grands d'étonnement! Comme tu frapperais du pied, si je n'achevais pas!

Soudain Loïs et Odette furent changés en tiges de marjolaine, mais de marjolaine si belle qu'il n'y a qu'une fée pour en faire de pareille. Elles se trouvaient placées côte à côte et si près l'une de l'autre que leurs feuilles se mêlaient. C'étaient là des fleurs merveilleuses qui devaient rester épanouies et échanger éternellement leurs parfums et leur rosée.

Quant au comte Enguerraud, il se consola, dit-on, en contant chaque soir comme quoi le géant Buch Tête-de-Fer fut occis par un terrible coup de Giralda, la lourde épée.

Et maintenant, Ninon, lorsque nous gagnerons la campagne, nous chercherons les marjolaines enchantées pour leur demander dans quelle fleur se tient la fée Amoureuse. Peut-être, mon amie, une morale se cache sous ce conte. Mais je ne te l'ai dit, nos pieds devant l'âtre, que pour te faire oublier la pluie de décembre qui bat nos vitres, et t'inspirer, ce soir, un peu plus d'amour pour le jeune conteur.

LE SANG

LE SANG.

———

Voici déjà bien des rayons, bien des fleurs, bien des parfums. N'es-tu pas lasse, Ninon, de ce printemps éternel? Toujours aimer, toujours chanter le rêve des seize ans. Tu t'endors le soir, méchante fille, lorsque je te parle longuement des coquetteries de la rose et des infidélités de la libellule. Tes grands yeux, tu les fermes d'ennui, et moi, qui ne peux plus y puiser l'inspiration, je bégaye sans parvenir à trouver un dénoûment.

J'aurai raison de tes paupières paresseuses, Ninon. Je veux te dire aujourd'hui un conte si terrible que tu ne les fermeras de huit jours. Ecoute. La terreur est douce après un trop long sourire.

i

Quatre soldats, le jour de la victoire, avaient campé
dans un coin désert du champ de bataille. L'ombre
était venue, et ils soupaient joyeusement au milieu des
morts.

Assis dans l'herbe, autour d'un brasier, ils grillaient
sur les charbons des tranches d'agneau qu'ils mangeaient
saignantes encore. La lueur rouge du foyer les éclairait vaguement et projetait au loin leurs ombres gigan-
tesques. Par instants, de pâles éclairs couraient sur les
armes gisant auprès d'eux, et alors on apercevait dans
la nuit des hommes qui dormaient les yeux ouverts.

Les soldats riaient avec de longs éclats, sans voir ces
regards qui se fixaient sur eux. La journée avait été
rude, et, ne sachant ce que leur gardait le lendemain,
ils fêtaient les vivres et le repos du moment.

La Nuit et la Mort volaient sur le champ de bataille,
et leurs grandes ailes y secouaient le silence et l'effroi.

Le repas achevé, Gneuss chanta. Sa voix sonore se
brisait dans l'air morne et désolé; la chanson, joyeuse
sur ses lèvres, sanglotait avec l'écho. Etonné de ces
accents qu'il ne connaissait point et qui sortaient de sa
bouche, le soldat chantait plus haut, quand un cri terrible s'éleva dans l'ombre et traversa l'espace.

Gneuss se tut, comme pris de malaise, et dit à Elberg :

— Va donc voir quel cadavre s'éveille.

Elberg prit un tison enflammé et s'éloigna. Ses compagnons purent le suivre quelques instants à la lueur de la torche. Ils le virent se courber çà et là, interrogeant les morts et fouillant les buissons de son épée. Puis il disparut.

— Clérian, dit Gneuss après un silence, les loups rôdent ce soir, va chercher notre ami.

Et Clérian se perdit à son tour dans les ténèbres.

Gneuss et Flem, las d'attendre, s'enveloppèrent dans leurs manteaux et se couchèrent auprès du brasier demi-éteint. Leurs yeux se fermaient, lorsque le même cri terrible passa sur leurs têtes. Flem se leva, silencieux, et marcha vers l'ombre où s'étaient effacés ses deux compagnons.

Alors Gneuss se trouva seul. Il eut peur, peur de ce gouffre noir où courait un râle d'agonie. Il jeta dans le brasier des herbes sèches, espérant que la clarté du feu dissiperait son effroi. La flamme monta, petillante, et le sol fut éclairé d'un large cercle lumineux ; dans ce cercle, les buissons dansaient fantastiquement, et les morts, qui dormaient à leur ombre, semblaient secoués par des mains invisibles.

Gneuss eut peur de la lumière. Il dispersa les branches enflammées et les éteignit sous ses talons. Comme l'ombre retombait, plus pesante et plus épaisse, il frissonna, redoutant d'entendre passer le cri de mort. Il s'assit, puis se dressa et appela ses compagnons. Les éclats de sa voix l'effrayèrent; il craignit d'avoir attiré sur lui l'attention des cadavres.

La lune parut, et Gneuss vit avec épouvante un pâle rayon glisser sur le champ de bataille. Maintenant la nuit n'en cachait plus l'horreur. La plaine dévastée, semée de débris et de morts, s'étendait devant le regard, lugubre et couverte d'un linceul de lumière; et cette lumière, qui n'était pas le jour, éclairait les ténèbres, sans en dissiper les effrayants mystères.

Gneuss, debout et la sueur au front, eut la pensée de monter sur la colline pour éteindre le flambeau céleste. Il se demanda ce qu'attendaient les morts pour se dresser et venir l'entourer, maintenant qu'ils le voyaient. Leur immobilité devint une angoisse pour lui; dans l'attente de quelque événement terrible, il ferma les yeux.

Et, comme il était là, il sentit une chaleur tiède au talon gauche. Il se baissa vers le sol et vit un mince ruisseau de sang qui fuyait sous ses pieds. Ce ruisseau, bondissant de cailloux en cailloux, coulait avec un gai murmure; il sortait de l'ombre, se tordait dans un rayon de lune et s'enfuyait dans l'ombre; on eût dit un serpent aux noires écailles dont les anneaux glissaient et se suivaient sans fin. Gneuss recula et ne put refermer les yeux; une effrayante contraction les tenait grands ouverts et fixés sur le flot sanglant.

Il le vit se gonfler lentement et s'élargir dans son lit. Le ruisseau devint rivière, rivière lente et paisible qu'un enfant aurait franchie d'un élan. La rivière devint torrent et passa sur le sol avec un bruit sourd, rejetant sur les bords une écume rougeâtre. Le torrent devint fleuve, fleuve immense.

Ce fleuve entraînait les cadavres ; et c'était un horrible prodige que ce sang sorti des blessures en telle abondance qu'il charriait les morts.

Gneuss reculait toujours devant le flot qui montait. Ses regards n'apercevaient plus l'autre rive ; il lui semblait que la vallée se changeait en lac.

Soudain, il se trouva adossé contre une rampe de roches ; il dut s'arrêter dans sa fuite. Alors il sentit la vague battre ses genoux. Les morts qu'emportait le courant, l'insultaient au passage ; chacune de leurs blessures devenait une bouche qui le raillait de son effroi. La mer épaisse montait, montait toujours ; maintenant elle sanglotait autour de ses hanches. Il se dressa dans un suprême effort et se cramponna aux fentes des roches ; les roches se brisèrent, il retomba, et le flot couvrit ses épaules.

La lune pâle et morne regardait cette mer où ses rayons s'éteignaient sans reflet. La lumière flottait dans le ciel, et la nappe immense, toute d'ombre et de clameurs, paraissait l'ouverture béante d'un abîme.

La vague montait, montait ; elle rougit de son écume les lèvres de Gneuss.

II

A l'aube, Elberg en arrivant éveilla Gneuss qui dormait, la tête sur une pierre.

— Ami, dit-il, je me suis égaré dans les buissons, et, comme je m'étais assis au pied d'un arbre, le sommeil m'a surpris. L'ange des rêves est venu se pencher sur mon front, et les yeux de mon âme ont vu se dérouler des scènes étranges, dont le réveil n'a pu dissiper le souvenir.

Le monde était à son enfance. Le ciel semblait un immense sourire, et la terre, vierge encore, s'épanouissait aux rayons de mai, dans sa chaste nudité. Le brin d'herbe verdissait, plus grand que le plus grand de nos chênes ; les arbres balançaient dans l'air des feuillages qui nous sont inconnus. La sève coulait largement dans les veines du monde, et le flot s'en trouvait si abondant que, ne pouvant se contenter des plantes, il ruisselait dans les entrailles des roches et leur donnait la vie.

Les horizons s'étendaient calmes et rayonnants. La sainte nature s'éveillait, et, comme l'enfant qui s'agenouille au matin et remercie Dieu de la lumière, elle épanchait vers le ciel tous ses parfums et toutes ses chansons, parfums pénétrants, chansons ineffables, que mes sens pouvaient à peine supporter, tant l'impression en était divine.

La terre, douce et féconde, enfantait sans douleur. Les arbres à fruit croissaient à l'aventure, et des champs de blé bordaient les chemins, comme font aujourd'hui les champs d'orties. On sentait dans l'air que la sueur humaine ne se mêlait point encore à la brise. Dieu seul travaillait pour ses enfants.

L'homme, comme l'oiseau, vivait d'une nourriture providentielle. Il allait, bénissant Dieu, cueillant les fruits de l'arbre, buvant l'eau de la source et s'endormant le soir sous un abri de feuillage. Ses lèvres avaient horreur de la chair; il ignorait le goût du sang et trouvait de saveur aux seuls mets que la rosée et le soleil préparaient pour ses repas.

C'est ainsi que l'homme restait innocent et que son innocence le sacrait roi des autres êtres de la création. Tout était concorde. Je ne sais quelle blancheur avait le monde, quelle paix suprême le berçait dans l'infini. L'aile des oiseaux ne battait pas pour la fuite; les forêts ne cachaient pas d'asiles dans leurs taillis. Toutes les créatures de Dieu vivaient au soleil, ne formant qu'un peuple et n'ayant qu'une loi, la bonté.

Moi, je marchais parmi ces êtres, au milieu de cette nature. Je me sentais devenir plus fort et meilleur. Ma poitrine aspirait longuement l'air du ciel, et j'éprouvais, quittant soudain nos vents empestés pour ces brises d'un monde plus pur, la sensation délicieuse du mineur remontant au grand air.

Comme l'ange des rêves berçait toujours mon sommeil, voici ce que vit mon esprit dans une forêt où il s'était égaré :

Deux hommes suivaient un étroit sentier perdu sous le feuillage. Le plus jeune marchait en avant ; l'insouciance chantait sur sa lèvre, et son regard avait une caresse pour chaque brin d'herbe. Parfois il se tournait et souriait à son compagnon. Je ne sais à quelle douceur je reconnus que c'était là un sourire de frère.

Les lèvres et les yeux de l'autre homme restaient sombres et muets. Il fixait sur l'adolescent un regard de haine, et, bien que le pas de celui-ci fût nonchalant, le sien paraissait inquiet et précipité. Il semblait poursuivre une victime qui ne fuyait pas.

Je le vis couper le tronc d'un arbre et le façonner grossièrement en massue. Puis, craignant de perdre son compagnon, il revint en courant et en cachant son arme derrière lui. Le jeune homme, qui s'était assis pour l'attendre, se leva à son approche, et, joyeux de le revoir, le baisa au front, comme après une longue absence.

Ils se remirent à marcher. Le jour baissait. Par crainte de s'égarer dans la forêt, l'enfant pressa le pas. L'homme sombre crut qu'il fuyait. Alors il leva le tronc d'arbre.

Son jeune frère se tournait. Une joyeuse parole d'encouragement était sur ses lèvres. Le tronc d'arbre lui écrasa la face, et le sang jaillit.

Le brin d'herbe qui en reçut la première goutte, la

secoua avec horreur sur la terre. La terre but cette goutte, frémissante, épouvantée ; un long cri de répugnance s'échappa de son sein, et le sable du sentier rendit le hideux breuvage en mousse sanglante.

Au cri de la victime, je vis les créatures se disperser sous le vent de l'effroi. Elles s'enfuirent par le monde, évitant les chemins frayés ; elles se postèrent dans les carrefours, et les plus fortes attaquèrent les plus faibles. Je les vis dans l'isolement polir leurs crocs et acérer leurs griffes. Le grand brigandage de la création commença.

Alors passa devant moi l'éternelle fuite. L'épervier fondit sur l'hirondelle, l'hirondelle dans son vol saisit le moucheron, le moucheron se posa sur le cadavre. Depuis le ver jusqu'au lion, tous les êtres se sentirent menacés, et, dévorant leurs frères, trouvèrent à leurs côtés des frères prêts à les dévorer.

La nature elle-même, frappée d'horreur, eut une longue convulsion. Les lignes pures des horizons se brisèrent. Les aurores et les soleils couchants eurent de sanglants nuages ; les eaux se précipitèrent avec d'éternels sanglots, et les arbres, tordant leurs branches, jetèrent chaque année des feuilles flétries à la terre.

III

Comme Elberg se taisait, Clérian parut. Il s'assit entre ses deux compagnons et leur dit :

— Je ne sais si j'ai vu ou si j'ai rêvé ce que je vais conter, tant le rêve avait de réalité, tant la réalité paraissait un rêve.

Je me suis trouvé sur un chemin qui traversait le monde. Il était bordé de villes, et les peuples le suivaient dans leurs voyages.

J'ai vu que les dalles en étaient noires, et, m'étant baissé, j'ai reconnu qu'elles étaient noires de sang. Dans sa largeur, il s'inclinait en deux pentes ; un ruisseau, coulant au centre, emportait dans son lit une eau rouge et épaisse.

J'ai suivi ce chemin où la foule s'agitait, inquiète et empressée. J'allais de groupe en groupe, regardant la vie passer devant moi.

Ici, des pères immolaient leurs filles dont ils avaient promis le sang à quelque dieu monstrueux. Les blondes têtes se penchaient sous le couteau, et pâlissaient au baiser de la mort.

Là, des vierges frémissantes et fières se frappaient pour se dérober à de honteux embrassements, et la tombe servait de blanche robe à leur virginité.

Plus loin, des amantes mouraient sous les baisers.

Celle-ci, pleurant son abandon, expirait sur le rivage, les yeux fixés sur les flots qui avaient emporté son cœur; celle-là périssait assassinée entre les bras de l'amant, et, tous deux, ils s'envolaient, emportés dans une éternelle étreinte.

Plus loin, des hommes, las d'ombre et de misère, envoyaient leurs âmes trouver dans un monde meilleur une liberté vainement cherchée sur cette terre.

Partout, les pieds des rois laissaient sur les dalles de sanglantes empreintes. Celui-ci a marché dans le sang de son frère; celui-là, dans le sang de son peuple; cet autre, dans le sang de son Dieu. Leurs pas rouges sur la poussière faisaient dire à la foule : Un roi a passé là.

Les prêtres égorgeaient les victimes, et, penchés stupidement sur leurs entrailles palpitantes, prétendaient y lire les secrets du ciel. Ils portaient des épées sous leurs robes et prêchaient la guerre au nom de leur Dieu. Les peuples, à leur voix, se ruaient les uns sur les autres, et se dévoraient pour la glorification du Père commun.

L'humanité entière était ivre; elle battait les murs et glissait sur les dalles souillées d'une boue hideuse. Les yeux fermés, tenant à deux mains un glaive à double tranchant, elle frappait dans la nuit et massacrait.

Un souffle humide de carnage passait sur la foule; un brouillard rougeâtre s'épaississait autour d'elle. Elle courait, emportée dans une ronde effrayante, et se roulait dans l'orgie avec des éclats de plus en plus furieux. Elle foulait aux pieds ceux qui tombaient, et faisait rendre aux blessures la dernière goutte de sang. Elle haletait de rage et maudissait le cadavre, dès qu'elle ne pouvait plus en arracher une plainte.

La terre buvait, buvait avidement; ses entrailles n'avaient plus de répugnance pour la liqueur âcre et nauséabonde. Comme l'être avili par l'ivresse, elle se gorgeait de lie.

Je pressais le pas, ayant hâte de ne plus voir mes frères. Le noir chemin s'étendait toujours aussi vaste à chaque nouvel horizon, et le ruisseau que je suivais semblait porter le flot sanglant à quelque mer inconnue.

Et comme j'avançais, je vis la nature devenir sombre et sévère. Le sein des plaines se déchirait profondément. Des blocs de rocher partageaient le sol en stériles collines et en vallons ténébreux. Les collines montaient, les vallons se creusaient de plus en plus; la pierre devenait montagne, le sillon se changeait en abîme.

Pas un feuillage, pas une mousse; des roches nues et désolées, la tête blanchie par le soleil, les pieds noirs et humides dans l'ombre. Le chemin passait au milieu de ces roches, silencieux et désert.

Enfin il fit un brusque détour, et je me trouvai dans un site funèbre.

Quatre montagnes, s'appuyant lourdement les unes sur les autres, formaient un immense bassin. Leurs flancs, roides et unis, s'élevaient, pareils aux murs d'une ville cyclopéenne, et faisaient de l'enceinte un puits gigantesque dont la largeur emplissait l'horizon.

Et ce puits, dans lequel se versait le ruisseau, était plein de sang. La mer épaisse et tranquille montait lentement de l'abîme. Elle semblait dormir dans son lit de rochers, et le ciel la reflétait en nuées de pourpre.

Alors je compris que là se rendait tout le sang versé par la violence. Depuis le premier meurtre, chaque blessure a pleuré ses larmes dans ce gouffre, et les larmes y ont coulé si abondantes que le gouffre s'est empli.

— J'ai vu, cette nuit, dit Gneuss, un torrent qui allait se jeter dans ce lac maudit.

— Frappé d'horreur, reprit Clérian, je m'approchai du bord, sondant du regard la profondeur des flots. Je reconnus à leur bruit sourd qu'ils s'enfonçaient jusqu'au centre de la terre, et, mon regard s'étant porté sur les rochers de l'enceinte, je vis que le flot en gagnait les cimes. La voix de l'abîme me cria : « Le flot qui monte, montera toujours et atteindra les sommets. Il montera encore, et alors un fleuve échappé du terrible bassin se précipitera dans les plaines. Les montagnes, lasses de lutter avec la vague, s'affaisseront. Le lac entier s'écroulera sur le monde, et l'inondera. C'est ainsi que des hommes qui naîtront, mourront noyés dans le sang versé par leurs pères. »

— Le jour est proche, dit Gneuss : les vagues étaient hautes, la nuit dernière.

IV

Le soleil se levait, lorsque Clérian acheva le récit de son rêve. Un son de trompette qu'apportait le vent du matin, se faisait entendre vers le nord. C'était le signal qui rassemblait autour du drapeau les soldats épars dans la plaine.

Les trois compagnons se dressèrent et prirent leurs armes. Ils s'éloignaient, jetant un dernier regard sur le foyer éteint, lorsqu'ils virent Flem venir à eux en courant dans les hautes herbes. Ses pieds étaient blancs de poussière.

— Amis, dit-il, je ne sais d'où je viens, tant ma course a été rapide. Pendant de longues heures, j'ai vu la ronde échevelée des arbres fuir derrière moi. Le bruit de mes pas qui me berçait m'a fait clore les paupières, et, toujours courant, sans que mon élan se ralentît, j'ai dormi d'un sommeil étrange.

Je me suis trouvé sur une colline désolée. Un soleil ardent frappait les grands rocs, et mes pieds ne pouvaient se poser sans que la chair en fût brûlée. J'avais hâte d'atteindre la cime.

Et, comme je me précipitais dans mes bonds, je vis monter un homme qui marchait lentement. Il était couronné d'épines; un lourd fardeau pesait sur ses épaules, et une sueur de sang inondait sa face. Il allait péniblement, chancelant à chaque pas.

Le sol brûlait, et je ne pus subir son supplice ; je montai l'attendre sous un arbre, au sommet de la colline. Alors je reconnus qu'il portait une croix. A sa couronne, à sa robe pourpre tachée de boue, je crus comprendre que c'était là un roi, et j'eus grande joie de sa souffrance.

Des soldats le suivaient, pressant sa marche du fer de leur lance. Arrivés sur la roche la plus élevée, ils le dépouillèrent de ses vêtements et le couchèrent sur l'arbre sinistre.

L'homme souriait tristement. Il tendit les mains grandes ouvertes aux bourreaux ; les clous y firent deux trous sanglants. Puis, rapprochant ses pieds l'un de l'autre, il les croisa, et un seul clou suffit.

Couché sur le dos, il se taisait et regardait le ciel. Deux larmes coulaient lentement sur ses joues, larmes qu'il ne sentait pas et qui se perdaient dans le sourire résigné de ses lèvres.

La croix fut dressée, le poids du corps agrandit horriblement les blessures, et j'entendis les os se briser. Le crucifié eut un long frisson. Puis, il se remit à regarder le ciel.

Moi, je le contemplais, et, voyant sa grandeur dans la mort, je disais : « Cet homme n'est pas un roi. » Alors j'eus pitié et je criai aux soldats de le frapper au cœur.

Une fauvette chantait sur la croix. Son chant était triste et parlait à mes oreilles comme la voix d'une vierge en pleurs.

« — Le sang colore la flamme, disait-elle, le sang empourpre la fleur, le sang rougit la nue. Je me suis posée sur le sable, mes pattes étaient sanglantes; j'ai effleuré les branches du chêne, mes ailes étaient rouges.

« J'ai rencontré un juste et je l'ai suivi. Je venais de me baigner dans la source, et ma robe était pure. Mon chant disait : Réjouissez-vous, mes plumes : sur l'épaule de cet homme, vous ne serez plus souillées de la pluie du meurtre.

« Mon chant dit aujourd'hui : Pleure, fauvette du Golgotha, pleure ta robe tachée par le sang de celui qui te gardait l'asile pur de son sein. Il est venu pour rendre la blancheur aux fauvettes, hélas ! et les hommes le forcent à me mouiller de la rosée de ses plaies.

« Je doute, et je pleure ma robe tachée. Où trouverai-je ton frère, ô Jésus ! pour qu'il m'ouvre son vêtement de lin ? Ah ! pauvre maître, quel fils né de toi lavera mes plumes que tu rougis de ton sang ? »

Le crucifié écoutait la fauvette. Le vent de la mort faisait battre ses paupières, et l'agonie tordait ses lèvres. Son regard se leva vers l'oiseau, plein d'un doux reproche ; son sourire brilla, serein comme l'espérance.

Alors, il poussa un grand cri. Sa tête se pencha sur sa poitrine, et la fauvette s'enfuit, emportée dans un sanglot. Le ciel devint noir et la terre frémit dans l'ombre.

Je courais toujours et je dormais. L'aurore était venue, et les vallées s'éveillaient, rieuses dans les

brouillards du matin. L'orage de la nuit avait donné
plus de sérénité au ciel, plus de vigueur aux feuilles
vertes. Mais le sentier se trouvait bordé des mêmes
épines qui me déchiraient la veille; les mêmes cailloux durs et tranchants roulaient sous mes pieds; les
mêmes serpents rampaient dans les buissons et me
menaçaient au passage. Le sang du juste avait coulé
dans les veines du vieux monde, sans lui rendre l'innocence de sa jeunesse.

La fauvette passa sur ma tête, et me cria :

— Va, va, je suis bien triste. Je ne puis trouver une
source assez pure où me baigner. Regarde, la terre est
méchante comme hier. Jésus est mort, et l'herbe n'a
pas fleuri. Va, va, ce n'est qu'un meurtre de plus.

V

La trompette sonnait toujours le départ.

— Fils, dit Gneuss, c'est un laid métier que le nôtre.
Notre sommeil est troublé par les fantômes de ceux
que nous frappons. J'ai, comme vous, senti, pendant de
longues heures, le démon du cauchemar peser sur ma
poitrine. Voici trente ans que je tue, j'ai besoin de
sommeil. Laissons là nos frères. Je connais un vallon
où les charrues manquent de bras. Voulez-vous que
nous goûtions au pain du travail?

— Nous le voulons, répondirent ses compagnons.

Alors les soldats creusèrent un grand trou au pied d'une roche, et enterrèrent leurs armes. Ils descendirent se baigner à la rivière ; puis, tous quatre, se tenant par les bras, ils disparurent au coude du sentier.

LES VOLEURS ET L'ANE

LES VOLEURS ET L'ANE

I

Je connais un jeune homme, Ninon, que tu gronderais fort. Léon adore Balzac et ne peut souffrir George Sand; le livre de Michelet a failli le rendre malade. Il dit naïvement que la femme naît esclave, et ne prononce jamais sans rire les mots d'amour et de pudeur. Ah! comme il vous maltraite! Sans doute, il se recueille la nuit pour vous mieux déchirer le jour. Il a vingt ans.

La laideur lui paraît un crime. Des yeux petits, une bouche trop grande, le mettent hors de lui. Il prétend que, puisqu'il n'y a pas de fleurs laides dans les prés, toutes les jeunes filles doivent naître également belles. Quand le hasard le met dans la rue face à face avec un laideron, trois jours durant il maudit les cheveux rares, les pieds larges et les mains épaisses. Lorsqu'au contraire la femme est jolie, il sourit méchamment, et le silence qu'il garde alors est formidable de mauvaises pensées.

Je ne sais laquelle de vous trouverait grâce devant lui. Brunes et blondes, jeunes et vieilles, gracieuses et contrefaites, il vous enveloppe toutes dans le même anathème. Le vilain garçon! Et comme son regard rit tendrement! comme sa parole est douce et caressante!

Léon vit en plein quartier Latin.

Ici, Ninon, je me trouve fort embarrassé. Pour un rien, je me tairais, maudissant l'heure où j'ai eu l'étrange fantaisie de te commencer ce récit. Tes oreilles curieuses sont grandes ouvertes au scandale, et je ne sais trop comment t'introduire dans un monde où tu n'as jamais mis le bout de tes petits pieds.

Ce monde, ma bien-aimée, serait le paradis, s'il n'était l'enfer.

Ouvrons le livre du poëte et lisons le chant de la vingtième année. Vois, la fenêtre se tourne au midi; la mansarde, pleine de fleurs et de lumière, est si haute, si haute dans le ciel, que parfois on entend les anges causer sur le toit. Comme font les oiseaux qui choisissent la branche la plus élevée pour dérober leurs nids aux mains des hommes, les amoureux ont bâti le leur au dernier étage. Là, ils ont la première caresse du matin et le dernier adieu du soleil.

De quoi vivent-ils? qui le sait? Peut-être de baisers et de sourires. Ils s'aiment tant, qu'ils n'ont pas le loisir de songer au repas qui leur manque. Ils n'ont pas de pain, et ils en jettent aux moineaux. Quand ils ouvrent l'armoire vide, ils se rassasient en riant de leur pauvreté.

Leurs amours datent des premiers bluets. Ils se sont rencontrés dans un champ de blé. Se connaissant depuis longtemps, sans s'être jamais vus, ils ont pris le même sentier pour rentrer à la ville. Elle portait, comme une fiancée, un gros bouquet sur le sein. Elle a monté les sept étages, et, trop lasse, elle n'a pu redescendre.

Est-ce demain qu'elle en aura la force? Elle l'ignore. En attendant, elle se repose en trottant menu par la mansarde, arrosant les fleurs et soignant un ménage qui n'existe pas. Puis elle coud, pendant que le jeune homme travaille. Leurs chaises se touchent; peu à peu, pour plus de commodité, ils finissent par n'en prendre qu'une pour eux deux. La nuit vient, et ils se grondent de leur paresse.

Ah! comme il ment ce poëte, Ninon, et comme son mensonge est séduisant! Qu'il ne soit jamais homme, l'éternel enfant, et qu'il nous trompe encore, lorsqu'il ne pourra plus se tromper lui-même. Il vient du paradis et nous en conte les amours. Il a rencontré là-haut Musette et Mimi, deux saintes, et il s'est plu à les faire descendre parmi nous. Elles n'ont fait qu'effleurer la terre de leurs ailes, et s'en sont allées dans le rayon qui les apportait. Aujourd'hui, les cœurs de vingt ans les cherchent et pleurent de ne pouvoir les trouver.

Me faut-il te mentir à mon tour; ma bien-aimée, en les demandant au ciel, ou dois-je plutôt avouer que je les ai rencontrées en enfer? Si là, près du oyer, dans ce fauteuil où tu te berces, un ami m'écoutait, comme je lèverais hardiment le voile d'or dont le poëte a paré des épaules indignes! Mais toi, tu me fermerais la bouche de tes petites mains, tu te fâcherais et tu crierais au mensonge, pour trop de vérité. Comment pourrais-tu croire aux amoureux de notre âge qui boivent au ruisseau, quand la soif les surprend dans la rue? Quelle serait ta colère, si j'osais te dire que tes sœurs, les amantes, ont dénoué leurs fichus et qu'elles se sont échevelées! Tu vis, riante et sereine, dans le nid que j'ai bâti pour toi; tu ignores comment va le monde. Je n'aurai pas le courage de t'avouer que les fleurs en sont bien malades, et que demain peut-être les cœurs y seront morts.

Ne bouchez pas vos oreilles, mignonne : vous n'aurez point à rougir.

II

Léon vit donc en plein quartier Latin. Sa main est la plus serrée dans ce pays où toutes les mains se connaissent. Il est loyal et sincère, et la franchise de son regard lui fait un ami de chaque passant.

Les femmes n'osent lui pardonner la haine qu'il leur témoigne, et sont furieuses de ne pouvoir avouer qu'elles l'aiment. Elles le détestent tout en l'adorant.

Avant les faits que je vais te conter, je ne lui ai jamais connu de maîtresse. Il se dit blasé et parle des plaisirs de ce monde, comme en parlerait un trappiste, s'il rompait son long silence. Il est sensible à la bonne chère et ne peut souffrir un mauvais vin. Son linge est d'une grande finesse, ses vêtements sont toujours d'une exquise élégance.

Je le vois souvent s'arrêter devant les vierges de l'école italienne, les yeux humides et rêveurs. Un beau marbre lui donne une heure d'extase.

D'ailleurs, Léon mène la vie d'étudiant, travaillant le moins possible, flânant au soleil et s'oubliant sur tous les divans qu'il rencontre. C'est surtout durant ces heures de demi-sommeil, qu'il déclame ses plus grosses injures contre les femmes. Les yeux fermés, il paraît caresser une vision, en maudissant le réel.

Un matin de mai, je le rencontrai, l'air triste et ennuyé. Il ne savait que faire et marchait dans la rue en quête d'aventures. Les pavés étaient fangeux, et l'imprévu se présentait de loin en loin aux pieds du promeneur sous la forme d'une flaque d'eau. J'eus pitié de lui et je lui proposai d'aller voir aux champs si l'aubépine fleurissait.

Pendant une heure, il me fallut subir de longs discours philosophiques concluant tous au néant de nos joies. Peu à peu, cependant, les maisons devenaient plus rares. Déjà, sur le seuil des portes, nous voyions des marmots barbouillés se rouler fraternel- lement avec de gros chiens. Comme nous entrions en pleine campagne, Léon s'arrêta soudain devant un groupe d'enfants qui jouaient au soleil. Il caressa le plus jeune, puis il m'avoua qu'il adorait les têtes blondes.

J'ai toujours aimé, pour ma part, ces sentiers étroits, resserrés entre deux haies, et que les grands chariots ne creusent pas de leurs roues. Le sol en est couvert d'une mousse fine et douce aux pieds comme le velours d'un tapis. On y marche dans le mystère et le silence, et, lorsque deux amoureux s'y égarent, les épines des murs verdoyants forcent l'amante à se presser sur le cœur de l'amant. Nous nous étions engagés, Léon et moi, dans un de ces chemins perdus où les baisers ne sont écoutés que des fauvettes. Le premier sourire du printemps avait eu raison de la misanthropie de mon philosophe. Il éprouvait de longs attendrissements pour chaque goutte de rosée, et chantait comme un écolier en rupture de ban.

Le sentier s'allongeait toujours. Les haies, hautes et touffues, étaient tout notre horizon. Cette sorte d'em- prisonnement et l'ignorance où nous étions de la route, redoublaient notre gaieté.

Peu à peu le passage devint plus étroit : il nous fal- lut marcher l'un derrière l'autre. Les haies faisaient de brusques détours, le chemin se changeait en laby- rinthe.

Alors, à l'endroit le plus resserré, nous entendîmes un bruit de voix, et soudain trois personnes surgirent à un des coudes du feuillage. Deux jeunes gens marchaient en avant, écartant les branches trop longues. Une jeune femme les suivait.

Je m'arrètai et je saluai. Le jeune homme qui me faisait face m'imita. Puis, nous nous regardâmes. La situation était délicate : les haies nous pressaient, plus épaisses que jamais, et aucun de nous ne semblait disposé à tourner le dos. C'est alors que Léon, qui venait derrière moi, se dressa sur la pointe des pieds et vit la jeune femme. Sans mot dire, il s'enfonça bravement dans les aubépines ; ses vêtements se déchirèrent aux ronces, et quelques gouttes de sang parurent sur ses mains. Je dus l'imiter.

Les jeunes gens passèrent en nous remerciant. La jeune femme, comme pour récompenser Léon de son dévouement, s'arrêta devant lui, indécise et le regardant de ses grands yeux noirs. Il chercha vite son mauvais sourire et ne le trouva pas.

Lorsqu'elle eut disparu, je sortis du buisson, donnant la galanterie à tous les diables. Une épine m'avait blessé au cou, et mon chapeau s'était si bien niché entre deux branches, que j'eus toutes les peines du monde à l'en retirer. Léon se secoua, et, comme j'avais fait un signe d'amitié à la belle passante, il me demanda si je la connaissais.

— Certainement, lui répondis-je. Elle se nomme Antoinette. Je l'ai eue trois mois pour voisine.

Nous nous étions remis à marcher. Il se taisait.
Alors, je lui parlai de mademoiselle Antoinette.

C'était une petite personne toute fraîche, toute mignonne; le regard demi-moqueur, demi-attendri; le
geste décidé, l'allure leste et pimpante; en un mot,
vraiment fille de la terre. Elle se distinguait de ses
sœurs, les vierges folles, par une franchise et une
loyauté rares dans le monde où elle vivait. Elle se jugeait elle-même, sans vanité comme sans modestie, et
disait volontiers qu'elle était née pour aimer et jeter
au vent du caprice son bonnet par-dessus les moulins.

Pendant trois longs mois d'hiver, je l'avais vue,
pauvre et isolée, vivre de son travail. Elle faisait cela
sans étalage, sans prononcer le grand mot de vertu,
mais parce que telle était son idée du moment. Tant
que son aiguille marcha, je ne lui connus pas un amoureux. Elle était un bon camarade pour les hommes qui
la venaient voir; elle leur serrait la main, riait avec
eux, et tirait son verrou à la première menace d'un
baiser. J'avouai que j'avais essayé de lui faire quelque
peu la cour. Un jour, comme je lui apportais une bague
et des pendants d'oreille :

— Mon ami, m'avait-elle dit, reprenez vos bijoux.
Lorsque je me donne, je ne me donne encore que pour
une fleur.

Quand elle aimait, elle était paresseuse et indolente. La dentelle et la soie remplaçaient alors l'indienne. Elle effaçait soigneusement les blessures de
l'aiguille, et d'ouvrière devenait grande dame.

D'ailleurs, dans ses amours, elle gardait sa liberté de grisette. L'homme qu'elle aimait le savait bientôt; il le savait de même, lorsqu'elle ne l'aimait plus. Ce n'était pas, cependant, une de ces belles capricieuses changeant d'amant à chaque chaussure usée. Elle avait une grande raison et un grand cœur. Mais la pauvre fille se trompait souvent; elle plaçait ses mains dans des mains indignes, et les retirait vite de dégoût. Aussi était-elle lasse de ce quartier Latin, où les jeunes gens lui semblaient bien vieux.

A chaque nouveau naufrage, son sourire devenait un peu plus triste. Elle disait de rudes vérités aux hommes et se maudissait de ne pouvoir vivre sans aimer. Puis elle se cloîtrait, jusqu'à ce que son cœur brisât les grilles.

Je l'avais rencontrée la veille. Elle éprouvait un grand chagrin : un amant venait de la quitter, alors qu'elle l'aimait encore un peu.

— Je sais bien, m'avait-elle dit, que huit jours plus tard je l'aurais laissé là moi-même : c'était un méchant garçon. Mais je l'embrassais encore tendrement sur les deux joues. C'est au moins trente baisers perdus.

Elle avait ajouté que depuis ce temps elle traînait à sa suite deux amoureux qui l'accablaient de bouquets. Elle les laissait faire et leur tenait parfois ce discours : « Mes amis, je ne vous aime ni l'un ni l'autre : vous seriez de grands fous de vous disputer mes sourires. Soyez frères plutôt. Vous êtes, je le vois, de bons

enfants ; nous allons nous égayer en vieux camarades.
Mais, à la première querelle, je vous quitte. »

Les pauvres garçons se serraient donc la main
avec chaleur, tout en s'envoyant au diable. C'étaient
eux sans doute que nous venions de rencontrer.

Telle était mademoiselle Antoinette : pauvre cœur
aimant égaré en pays de débauche et d'égoïsme ; douce
et charmante fille qui avait failli être un ange et qui
peu à peu devenait un diable, comme ses sœurs.

Je donnai à Léon ces détails. Il m'écouta sans témoigner un grand intérêt et sans provoquer mes con-
fidences par la moindre question. Lorsque je me tus :

— Cette fille est trop franche, me dit-il ; je n'aime
pas sa façon de comprendre l'amour.

Il avait tant cherché qu'il retrouvait son méchant
sourire.

III

Nous étions enfin sortis des haies. La Seine coulait
à nos pieds, et, sur l'autre rive, un village mirait ses
pieds dans la rivière. Nous nous trouvions en pays
de connaissance ; maintes fois nous avions rôdé dans
les îles qui se jouaient au courant de l'eau.

Après un long repos sous un chêne voisin, Léon me
déclara qu'il mourait de faim et de soif. J'allais lui déclarer que je mourais de soif et de faim. Alors nous

tînmes conseil. La décision fut touchante d'unanimité :
nous devions nous rendre au village ; là, nous procurer un grand panier ; ce panier serait convenablement
empli de plats et de bouteilles ; enfin. tous trois, le
panier et nous, nous gagnerions l'île la plus verte.

Vingt minutes après, nous n'avions plus qu'à trouver
un canot. Je m'étais obligeamment chargé de la corbeille ; je dis corbeille, et le terme est encore modeste.
Léon marchait en avant demandant une barque à chaque
pêcheur. Les barques étaient toutes en campagne.
J'allais proposer à mon compagnon de dresser notre
table sur le continent, lorsqu'on nous indiqua un
loueur qui peut-être nous contenterait.

Le loueur habitait, au bout du village, une cabane bâtie
à l'angle de deux rues. Or, il arriva qu'en tournant cet
angle nous nous trouvâmes de nouveau face à face avec
mademoiselle Antoinette, suivie de ses deux amoureux.
L'un, comme moi, pliait sous le poids d'un énorme
panier ; l'autre, comme Léon, avait l'air effaré d'un
homme cherchant et ne trouvant pas. J'eus un regard
de pitié pour le pauvre diable qui suait, et Léon sembla me remercier d'avoir accepté une fardeau qui fit
rire un peu méchamment la jeune femme.

Le loueur fumait, debout sur le seuil de sa porte.
Depuis cinquante ans, il avait vu des milliers de couples lui venir emprunter ses rames pour gagner le
désert. Il aimait ces blondes amoureuses qui, parties
les fichus empesés, revenaient, un peu chiffonnées, et
les rubans en grand désordre. Il leur souriait au retour,

lorsqu'elles le remerciaient de ses barques qui connaissaient si bien et gagnaient d'elles-mêmes les îles aux herbes les plus hautes.

Le brave homme vint à nous, en apercevant nos paniers.

— Mes enfants, nous dit-il, je n'ai plus qu'un canot, et, je le vois, il en faut deux. Que ceux qui ont trop faim aillent s'attabler là-bas, sous les arbres.

Cette phrase était, certes, très-maladroite : on n'avoue jamais devant une femme qu'on a trop faim. Nous nous taisions, indécis et n'osant plus refuser la barque. Antoinette, toujours railleuse, eut cependant pitié de nous.

— Ces messieurs, dit-elle, en s'adressant à Léon, nous ont déjà cédé le pas ce matin ; nous le leur cédons à notre tour.

Je regardai mon philosophe. Il hésitait et balbutiait, comme quelqu'un qui n'ose dire sa pensée. Quand il vit mes yeux se fixer sur lui :

— Mais, dit-il vivement, le dévouement n'a que faire ici : un seul canot peut nous suffire. Ces messieurs nous déposeront dans la première île venue et nous reprendront au retour. Acceptez-vous cet arrangement, messieurs ?

Antoinette répondit qu'elle acceptait. Les paniers furent soigneusement déposés au fond de la barque. Je me plaçai tout contre le mien, le plus loin possible des rames. Antoinette et Léon, ne pouvant sans doute faire autrement, s'assirent côte à côte sur le banc resté libre. Quant aux deux amoureux, luttant toujours

de bonne humeur et de galanterie, ils saisirent les
rames dans un fraternel accord.

Ils gagnèrent le courant. Là, comme ils maintenaient
la barque, la laissant descendre au fil de l'eau, mademoiselle Antoinette prétendit qu'en amont de la rivière
les îles étaient plus désertes et plus ombreuses. Les
rameurs se regardèrent, désappointés ; ils firent tourner le canot et remontèrent péniblement, luttant contre
le flot rapide en cet endroit. Il est une tyrannie bien
lourde et bien douce : c'est le désir d'un tyran aux
lèvres roses, qui peut, dans un de ses caprices, demander le monde et le payer d'un baiser.

La jeune femme s'était penchée, plongeant sa main
dans l'eau. Elle l'en retirait toute pleine, et, rêveuse,
semblait compter les perles qui s'échappaient de ses
doigts. Léon la regardait faire, se taisant, et mal à l'aise
de se sentir aussi près d'une ennemie. Il ouvrit deux
fois les lèvres, sans doute pour dire quelque sottise,
et les referma vite, voyant que je souriais. D'ailleurs,
ni lui ni elle ne paraissaient faire grand cas de leur
voisinage. Ils se tournaient même un peu le dos.

Antoinette, lasse de mouiller ses dentelles, me parla
de son chagrin de la veille. Elle me dit s'être consolée.
Mais elle était encore bien triste. Aux jours d'été, elle
ne pouvait vivre sans amour, et ne savait que faire en
attendant l'automne.

— Je cherche un nid, ajouta-t-elle. Je le veux tout
de soie bleue. On doit aimer plus longtemps, lorsque
meubles, tapis et rideaux ont la couleur du ciel. Le

soleil se tromperait et s'y oublierait le soir, croyant se
coucher dans une nue. Mais je cherche en vain. Les
hommes sont des méchants.

Nous étions arrivés en face d'une île. Je dis aux
rameurs de nous y descendre. Mais, lorsque j'avais
déjà un pied à terre, Antoinette se récria, trouva l'île
laide et sans feuillages, et déclara qu'elle ne consentirait
jamais à nous abandonner sur un pareil rocher. Léon
n'avait pas bougé de son banc. Je repris ma place et
nous continuâmes à monter.

La jeune femme, avec une joie d'enfant, se mit à
décrire le nid qu'elle rêvait. La chambre devait être
carrée ; le plafond, haut et voûté. La tapisserie des
murs serait blanche, semée de bluets liés en gerbe
par un bout de ruban. Aux quatre angles, il y aurait
des consoles chargées de fleurs ; au milieu, une table,
également couverte de bouquets. Puis, un sopha, petit,
pour que deux personnes assises y tiennent à peine, en
se pressant beaucoup ; pas de glace qui égare le regard dans une coquetterie égoïste ; des tapis et des
rideaux très-épais, pour étouffer le bruit des baisers.
Fleurs, sopha, tapis, rideaux, seraient bleus. Elle met-
trait une robe bleue, et n'ouvrirait pas la fenêtre les jours
où le ciel aurait des nuages.

Je voulus à mon tour orner un peu la chambre. Je
parlai de cheminée, de pendule, d'armoire.

— Mais, me dit-elle étonnée, on ne se chaufferait
pas, on n'aurait que faire de l'heure. Je trouve votre
armoire ridicule. Me croyez-vous assez sotte pour

traîner nos misères dans mon nid. J'y voudrais vivre
libre et insouciante, non pas toujours, mais quelques bonnes heures, chaque soir d'été. Les hommes,
s'ils devenaient anges, se fatigueraient de Dieu lui-
même. Je sais ce qu'il en est. C'est moi qui aurais la
clef du paradis dans la poche.

Une seconde île verdoyait devant nous. Antoinette
battit des mains. C'était bien le plus charmant petit
désert qu'un Robinson puisse rêver à vingt ans. La
rive, un peu haute, était bordée de grands arbres entre
lesquels les églantiers et les herbes luttaient de croissance. Un mur impénétrable se bâtissait là chaque
printemps, mur de feuilles et de branches qui se grandissait encore en se mirant dans l'eau. Au dehors, un
rempart de rameaux enlacés ; au dedans, on ne savait.
Cette ignorance des clairières et des pelouses, ce large
rideau de verdure qui tremblait au vent, sans jamais
s'écarter, faisaient de l'île une retraite mystérieuse
que le passant des rives voisines peuplait volontiers
des blanches filles de la rivière.

Nous tournâmes longtemps autour de cet énorme
bouquet de feuillage, avant de trouver un port. Il semblait ne vouloir pour habitants que les fils de l'air.
Enfin, sous une grande broussaille s'avançant au-dessus
de l'eau, nous pûmes prendre pied. Antoinette nous
regarda descendre. Elle allongeait la tête, essayant de
voir au delà des arbres.

L'un des rameurs qui maintenait la barque en se tenant à une branche, lâcha prise. Alors la jeune femme,

se sentant emportée, tendit son bras et saisit à son
tour une racine. Elle s'y cramponna, appelant à son
secours et criant qu'elle ne voulait pas aller plus loin.
Puis, lorsque les rameurs eurent amarré le canot, elle
sauta sur le gazon et vint à nous, toute vermeille de
son exploit.

— Soyez sans crainte, messieurs, nous dit-elle, je
ne veux pas vous gêner : s'il vous plaît d'aller au nord,
nous irons au midi.

IV

Je repris mon panier et me mis gravement à chercher l'herbe la moins humide. Léon me suivait, suivi
lui-même d'Antoinette et de ses amoureux. Nous fîmes
ainsi le tour de l'île. Revenu à notre point de départ,
je m'assis, décidé à ne pas chercher davantage. Antoinette fit encore quelques pas, parut hésiter, et revint se
placer en face de moi. Nous étions au nord, elle ne
songeait point à aller au midi. Alors Léon trouva le
site charmant et jura que je ne pouvais mieux choisir.

Je ne sais comment cela se fit, les paniers se trouvèrent côte à côte, et les provisions se mêlèrent si parfaitement, en en sortant, que nous ne pûmes jamais reconnaître chacun notre bien. Il nous fallut avoir unes
seule nappe et, par esprit de justice, partager tous le
mets.

Les deux amoureux s'étaient empressés de prendre place aux côtés de la jeune femme. Ils prévenaient ses désirs, et, pour un morceau qu'elle demandait, elle en recevait régulièrement deux. Elle mangeait d'ailleurs de grand appétit.

Léon, au contraire, mangeait peu, nous regardant dévorer. Forcé de s'asseoir près de moi, il se taisait et m'adressait un regard moqueur, chaque fois qu'Antoinette souriait à ses voisins. Comme elle prenait des deux côtés, elle tendait les mains à droite et à gauche avec une égale complaisance, et remerciait chaque fois de sa voix douce. Ce que voyant, il me faisait de grands signes que je ne comprenais point.

Décidément, la jeune femme était ce jour-là d'une coquetterie désespérante. Les pieds repliés sous ses jupes, elle disparaissait presque dans l'herbe; un poëte l'eût volontiers comparée à une fleur qui aurait le don du regard et du sourire. Elle, si naturelle d'ordinaire, avait des mouvements mutins et des minauderies dans la voix que je ne lui connaissais pas. Les amoureux demeuraient confus de ses bonnes paroles et se regardaient d'un air triomphant. Moi, étonné de cette coquetterie soudaine et voyant par instant la maligne rire sous cape, je me demandais lequel de nous transformait cette fille simple et franche en rusée commère.

Le gazon commençait à se dégarnir. On riait plus qu'on ne parlait. Léon changeait de place à chaque instant et ne se trouvait bien à aucune. Comme il avait repris son air méchant, je craignis un discours et je suppliai du regard notre compagne de me pardonner un ami aussi maussade. Mais elle était fille vaillante : un philosophe de vingt ans, tout sérieux qu'il fût, ne la déconcertait pas.

— Monsieur, dit-elle soudain à Léon, vous êtes triste, et notre gaieté paraît vous être importune. Je n'ose plus rire.

— Riez, riez, madame, répondit-il. Si je me tais, c'est que je ne sais point, comme ces messieurs, trouver de ces belles choses qui vous mettent en joie.

— Est-ce dire que vous n'êtes pas flatteur? Mais parlez vite, alors. Je vous écoute et je veux de grosses vérités.

— Les femmes ne les aiment pas, madame. D'ailleurs, lorsqu'elles sont jeunes et gracieuses, quel mensonge peut-on leur faire qui ne soit vrai?

— Allons, vous le voyez, vous êtes un courtisan comme les autres. Voilà que vous me forcez à rougir. Lorsque nous sommes absentes, vous nous déchirez à belles dents, messieurs les hommes; mais que la moindre de nous paraisse, vous n'avez pas de saluts assez profonds, pas de phrases assez tendres. C'est de l'hypocrisie, cela! Moi, je suis franche, je dis : Les hommes sont méchants, ils ne savent pas aimer. Voyons, monsieur, soyez franc à votre tour. Que dites-vous des femmes?

— Ai-je toute liberté?

— Certainement.

— Vous ne vous fâcherez pas?

— Eh! non, je rirai plutôt.

Léon se posa en orateur. Comme je connaissais le discours, l'ayant entendu plus de cent fois, je me récréai, pour le supporter, à jeter de petits cailloux dans la Seine.

— Lorsque Dieu, dit-il, s'aperçut qu'il manquait un être à sa création, ayant employé toute la fange, il ne sut où prendre la matière nécessaire pour réparer son oubli. Il lui fallut s'adresser aux créatures; il reprit à chaque animal un peu de sa chair, et, de ces emprunts faits au serpent, à la louve, au vautour, il créa la femme. Aussi, les sages qui ont connaissance de ce fait, omis dans la Bible, ne s'étonnent-ils pas en voyant la femme fantasque et sans cesse en proie à des humeurs contraires, fidèle image des éléments divers qui la composent. Chaque être lui a donné un vice; le mal épars dans la création s'est réuni en elle; de là ses caresses hypocrites, ses trahisons, ses débauches.

On eût dit que Léon récitait une leçon. Il se tut, cherchant la suite. Antoinette applaudit.

— Les femmes, reprit l'orateur, naissent légères et coquettes, comme elles naissent brunes ou blondes, et se livrent par égoïsme, peu soucieuses de choisir selon le mérite. Un homme est fat, il a la beauté régulière des sots : elles vont se le disputer. Qu'il soit simple et affectueux, qu'il se contente d'être homme d'esprit, sans le crier sur les toits, elles ne sauront même pas s'il existe. En toutes choses, il leur faut des joujoux

qui brillent : jupes de soie, colliers d'or, pierreries,
amants peignés et fardés. Quant aux ressorts de l'a-
musante machine, peu leur importe qu'ils fonctionnent
bien ou mal. Elles n'ont pas charge d'âmes. Elles se
connaissent en cheveux noirs, en lèvres amoureuses,
mais elles sont ignorantes des choses du cœur. C'est
ainsi qu'elles se jettent dans les bras du premier niais
venu, confiantes en sa grande mine. Elles l'aiment
parce qu'il leur plaît ; il leur plaît parce qu'il leur
plaît. Un jour, le niais les bat. Alors elles crient au
martyre et se désolent, disant qu'un homme ne peut
toucher à un cœur sans le briser. Les folles, que ne
cherchent-elles la fleur d'amour où elle fleurit !

Antoinette applaudit de nouveau. Le discours, tel
que je le connaissais, s'arrêtait là. Léon l'avait pro-
noncé tout d'un trait, comme ayant hâte de le finir. La
dernière phrase dite, il regarda la jeune femme et
parut rêver. Puis, ne déclamant plus, il ajouta :

— Je n'ai eu qu'une bonne amie. Elle avait dix ans,
et moi douze. Un jour elle me trompa pour un gros
dogue qui se laissait tourmenter sans jamais montrer
les dents. Je pleurai beaucoup et je jurai de ne plus
aimer. J'ai tenu ce serment. Je n'entends rien aux
femmes ; si j'aimais, je serais jaloux et maussade ;
j'aimerais trop et me ferais haïr ; on me tromperait et
j'en mourrais.

Il se tut, les yeux humides, et tâcha vainement de
rire. Antoinette ne raillait plus ; elle l'avait écouté
sérieuse et attentive ; puis, s'écartant de ses voisins

et regardant Léon en face, elle se leva et vint poser la main sur son épaule.

— Vous êtes un enfant, lui dit-elle simplement.

V

Un dernier rayon qui glissait sur la rivière, la changeait en un ruban de feu. Nous attendions la première étoile pour descendre le courant à la fraîcheur du soir. Les paniers avaient été reportés dans la barque, et nous nous étions couchés dans l'herbe, à l'aventure et chacun selon son gré.

Antoinette et Léon s'étaient placés sous un grand églantier, qui allongeait ses bras au-dessus de leurs têtes. Les branches vertes les cachaient à demi, et, comme ils me tournaient le dos, je ne pouvais voir s'ils riaient ou s'ils pleuraient. Ils parlaient bas et paraissaient se quereller. Moi, j'avais choisi un petit coteau semé d'une herbe fine et serrée; paresseusement étendu, je voyais tout à la fois le ciel et la pelouse où se posaient mes pieds. Les deux galants, appréciant sans doute le charme de mon attitude, étaient venus se coucher, l'un à ma gauche, l'autre à ma droite.

Ils abusaient de leur position pour me parler tous deux à la fois.

Celui qui se trouvait à ma gauche, me touchait légèrement au bras lorsqu'il voyait que je ne l'écoutais plus.

— Monsieur, me disait-il, j'ai rarement rencontré femme plus capricieuse que mademoiselle Antoinette. Vous ne sauriez croire comme sa tête tourne au moindre souffle. Pour citer un exemple, lorsque nous vous avons rencontrés, ce matin, nous allions dîner à deux lieues d'ici. A peine aviez-vous disparu, qu'elle nous a fait revenir sur nos pas ; la contrée lui plaisait, disait-elle. C'est à perdre l'esprit. Moi, j'aime les choses qui s'expliquent.

Celui qui était à ma gauche disait en même temps, me forçant aussi à l'écouter :

— Monsieur, je désire depuis ce matin vous parler en particulier. Nous croyons, mon compagnon et moi, vous devoir des explications. Nous avons remarqué votre grande amitié pour mademoiselle Antoinette, et, sans doute, nous vous gênons dans vos projets. Si nous avions connu votre amour une semaine plus tôt, nous nous serions retirés, pour ne pas causer le moindre chagrin à un galant homme; mais aujourd'hui il est un peu tard : nous ne nous sentons plus la force du sacrifice. D'ailleurs, je veux être franc : Antoinette m'aime. Je vous plains, et je me mets à votre disposition.

Je me hâtai de le rassurer. Mais j'eus beau lui jurer que je n'avais jamais été et que je ne serais jamais l'amant d'Antoinette, il n'en continua pas moins à me prodiguer les plus tendres consolations. Il lui était trop doux de penser qu'il m'avait volé ma maîtresse.

L'autre, fâché de l'attention accordée à son camarade, se pencha vers moi et, pour m'obliger à prêter
l'oreille, me fit une grosse confidence.

— Je veux être franc avec vous, me dit-il : Antoinette
m'aime. Je plains sincèrement ses autres adorateurs.

A ce moment j'entendis un bruit singulier. Il partait du buisson sous lequel Léon et Antoinette s'abri-
taient. Je ne sus si c'était un baiser ou le petit cri d'une
fauvette effarouchée.

Cependant, mon voisin de droite avait surpris mon
voisin de gauche me disant qu'Antoinette l'aimait. Il se
souleva et le regarda d'un air menaçant. Je me laissai
glisser entre eux, et je gagnai sournoisement une haie,
derrière laquelle je me blottis. Alors, ils se trouvèrent
face à face.

Ma broussaille était admirablement choisie. Je voyais
Antoinette et Léon, sans entendre toutefois leurs paroles. Ils babillaient toujours; seulement, ils paraissaient
plus près l'un de l'autre. Quant aux amoureux, je me
trouvais à leurs pieds, et je pus suivre leur querelle.
La jeune femme leur tournant le dos, ils étaient furieux
tout à leur aise.

— Vous avez mal agi, disait l'un : voici deux jours
que vous auriez dû vous retirer. N'avez-vous pas l'esprit de le voir? c'est moi qu'Antoinette préfère.

— En effet, répondait l'autre, je n'ai point cet esprit-
là. Mais vous avez la sottise, vous, de prendre comme
vous appartenant, les sourires et les regards qu'on
m'adresse.

—Soyez certain, mon pauvre monsieur, qu'Antoinette m'aime.

— Soyez certain, mon heureux monsieur, qu'Antoinette m'adore.

Je regardai Antoinette. Décidément, il n'y avait pas de fauvette dans le buisson.

— Je suis las de tout ceci, reprit l'un des soupirants. N'êtes-vous pas de mon avis, il est temps que l'un de nous disparaisse ?

— J'allais vous proposer de nous couper la gorge, répondit l'autre.

Ils avaient élevé la voix et gesticulaient, se dressant et s'asseyant dans leur colère. La jeune femme, dis-traite par le bruit croissant de la querelle, tourna la tête. Je la vis s'étonner, puis sourire. Elle attira l'attention de Léon sur les deux jeunes gens et, se tenant à lui, dit quelques mots qui le mirent en gaieté.

Il se leva et s'approcha de la rive, entraînant sa compagne. Ils étouffaient leurs éclats de rire et mar-chaient en évitant de faire rouler les pierres. Je pensai qu'ils allaient se cacher, pour se faire chercher en-suite.

Les deux galants criaient de plus en plus ; faute d'é-pées, ils préparaient leurs poings. Cependant Léon avait gagné la barque ; il y fit entrer Antoinette et se mit à en dénouer tranquillement le câble ; puis il y sauta lui-même et saisit les rames.

Comme l'un des amoureux allait lever le bras sur l'autre, il vit le canot au milieu de la rivière. Stupéfait et oubliant de frapper, il le montra à son compagnon.

— Eh bien! eh bien ! cria-t-il en courant à la rive, que veut dire cette plaisanterie ?

On m'avait parfaitement oublié derrière ma broussaille. Le bonheur et le malheur rendent égoïste. Je me dressai.

— Messieurs, dis-je aux pauvres garçons béants et effarés, vous souvient-il de certaine fable? Cette plaisanterie veut dire ceci : On vous vole Antoinette que vous pensiez m'avoir volée.

— La comparaison est galante, me cria Léon. Ces messieurs sont des larrons et madame est un...

Madame l'embrassait. Le baiser étouffa le vilain mot.

— Frères, ajoutai-je en me tournant vers mes compagnons de naufrage, nous voici sans vivres et sans toit pour abriter nos têtes. Bâtissons une hutte, vivons de baies sauvages et attendons qu'il plaise à un navire de nous venir tirer de notre île déserte.

VI

Et puis?

Et puis, que sais-je, moi! Tu m'en demandes trop long, Ninette. Voici deux mois qu'Antoinette et Léon vivent dans le nid couleur du ciel. Antoinette est restée une bonne et franche fille, Léon médit des femmes avec plus de verve que jamais. Ils s'adorent.

8

SŒUR-DES-PAUVRES

SŒUR-DES-PAUVRES

1

A dix ans, elle paraissait si chétive, la pauvre enfant, que c'était pitié de la voir travailler autant qu'une
servante de ferme. Elle avait les grands yeux étonnés
et le sourire triste des gens qui souffrent sans se plaindre. Les riches fermiers qui, le soir, la rencontraient
au sortir du bois, mal vêtue et chargée d'un lourd fagot, lui offraient parfois, lorsque le grain s'était bien
vendu, de lui acheter un bon jupon de grosse futaine.
Et alors elle répondait : « Je sais, sous le porche de
l'église, un pauvre vieux qui n'a qu'une blouse par ce
grand froid de décembre; achetez-lui une veste de
drap, et j'aurai chaud demain, à le voir si bien couvert. » Ce qui lui avait fait donner le surnom de Sœur-

des-Pauvres; et les uns la nommaient ainsi en dérision de ses mauvaises jupes; les autres, en récompense
de son bon cœur.

Sœur-des-Pauvres avait eu jadis un fin berceau de
dentelle et des jouets à remplir une chambre. Puis, un
matin, sa mère ne vint pas l'embrasser au lever; et,
comme elle pleurait de ne point la voir, on lui dit
qu'une sainte du bon Dieu l'avait emmenée au paradis,
ce qui sécha ses larmes. Un mois auparavant, son père
était ainsi parti. La chère petite pensa qu'il venait
d'appeler sa mère dans le ciel, et que, réunis tous deux
et ne pouvant vivre sans leur fille, ils lui enverraient
bientôt un ange pour l'emporter à son tour.

Elle ne se rappelait plus comment elle avait perdu
ses jouets et son berceau. De riche demoiselle elle
devint pauvre fille, et cela sans que personne en parût
étonné : sans doute des méchants étaient venus qui
l'avaient dépouillée en honnêtes gens. Elle se souve-
nait seulement d'avoir vu, un matin, auprès de sa
couche, son oncle Guillaume et sa tante Guillaumette.
Elle eut grand' peur, parce qu'ils ne l'embrassèrent
point. Guillaumette la vêtit à la hâte d'une étoffe grossière, et Guillaume, la tenant par la main, l'emmena
dans la misérable cabane où elle vivait maintenant.
Puis, c'était tout. Elle se sentait bien lasse chaque
soir, et l'Ange de délivrance tardait à venir.

Guillaume et Guillaumette, eux aussi, avaient possédé
de grandes richesses autrefois. Mais Guillaume aimait
les joyeux convives, les nuits passées à boire, sans

songer aux tonneaux qui s'épuisent; Guillaumette aimait les rubans et la soie, les longues heures perdues à tâcher vainement de se faire jeune et belle; si bien qu'un jour le vin manqua à la cave, et que le miroir fut vendu pour acheter du pain. Jusqu'alors, ils avaient eu cette bonté de certains riches, qui souvent n'est qu'un effet du bien-être et du contentement de soi; ils sentaient plus profondément leur bonheur en le partageant avec autrui et mêlaient beaucoup d'égoïsme à leur charité. Aussi ne surent-ils pas souffrir et rester bons; ils envièrent les biens qu'ils avaient perdus, et, n'ayant plus de larmes que pour leur misère, devinrent durs envers le pauvre monde.

Oubliant que leur pauvreté était leur œuvre, ils accusaient chacun de leur ruine; ils se sentaient au cœur un grand besoin de vengeance, exaspérés de leur pain noir, et cherchaient à se consoler en voyant plus grande souffrance que la leur.

Aussi se plaisaient-ils aux haillons de Sœur-des-Pauvres, à ses petites joues amincies, toutes blanches de larmes. Ils ne s'avouaient pas la joie mauvaise qu'ils prenaient à la faiblesse de cette enfant, lorsque, au retour de la fontaine, elle chancelait, tenant à deux mains la lourde cruche. Ils la battaient pour une goutte d'eau versée, disant qu'il fallait corriger les mauvais caractères; et ils frappaient avec tant de hâte qu'on voyait aisément que ce n'était pas là une juste correction.

Sœur-des-Pauvres souffrait toute leur misère. Ils la

chargeaient des travaux les plus fatigants, l'envoyaient glaner au soleil de midi et ramasser du bois mort par les temps de neige. Puis, aussitôt rentrée, elle avait à balayer, à laver, à mettre chaque chose en ordre dans la cabane. La chère petite ne se plaignait plus. Les jours de bonheur étaient si loin d'elle qu'elle ne savait pas qu'on peut vivre sans pleurer. Elle ne songeait jamais qu'il y avait des demoiselles rieuses et caressées; dans son ignorance des jouets et des baisers, elle acceptait les coups et le pain sec de chaque soir, comme faisant également partie de la vie. Et cela surprenait les hommes sages, de voir une enfant de dix ans montrer une grande pitié pour toutes les souffrances, sans paraître songer à sa propre infortune.

Or, un soir, je ne sais quel saint fêtaient Guillaume et Guillaumette, ils lui donnèrent un beau sou neuf et lui permirent d'aller jouer le restant du jour. Sœur-des-Pauvres descendit lentement à la ville, bien embarrassée de son sou et ne sachant que faire pour jouer. Elle arriva ainsi dans la grande rue. Il y avait là, à gauche, près de l'église, une boutique pleine de bonbons et de poupées, si belle la nuit aux lumières que les enfants de la contrée en rêvaient comme d'un paradis. Ce soir-là, un groupe de marmots, bouche béante et muets d'admiration, se tenait sur le trottoir, les mains appuyées aux vitres, le plus près possible des merveilles de l'étalage. Sœur-des-Pauvres envia leur audace. Elle s'arrêta au milieu de la rue, laissant pendre ses petits bras et ramenant ses haillons que le vent écartait. Un peu fière d'être riche, elle serrait bien fort son beau sou neuf et choisissait du regard le jouet qu'elle allait acheter. Enfin elle se décida pour une poupée qui avait des cheveux comme une grande personne; cette poupée était bien haute comme elle et portait une robe de soie blanche, pareille à celle de la sainte Vierge.

La fillette avança de quelques pas. Honteuse, comme elle regardait autour d'elle avant d'entrer, elle aperçut sur un banc de pierre, en face de la belle boutique, une femme mal vêtue, berçant dans ses bras un enfant qui pleurait. Elle s'arrêta de nouveau, tournant le dos à la poupée. Aux cris de l'enfant, ses mains se croisèrent de pitié, et, sans honte cette fois, elle s'approcha rapidement et donna son beau sou neuf à la pauvre femme.

Cette dernière, depuis quelques instants, regardait Sœur-des-Pauvres. Elle l'avait vue s'arrêter, puis s'avancer vers les jouets, et, lorsque l'enfant vint à elle, elle comprit son bon cœur. Elle prit le sou, les yeux humides, et retint dans la sienne la petite main qui le lui donnait.

— Ma fille, dit-elle, j'accepte ton aumône, parce que je vois bien qu'un refus te chagrinerait. Mais, toi-même, ne désires-tu rien? Toute mal vêtue que je suis, je puis contenter un de tes vœux.

Pendant qu'elle parlait ainsi, les yeux de la pauvresse brillaient, pareils à des étoiles, et, autour de sa tête, courait une flamme, comme une couronne faite d'un rayon de soleil. L'enfant, maintenant endormi sur ses genoux, souriait divinement dans son repos.

Sœur-des-Pauvres secoua sa tête blonde.

— Non, madame, répondit-elle, je n'ai aucun désir. Je voulais acheter cette poupée que vous voyez en face, mais ma tante Guillaumette me l'aurait brisée. Puisque vous ne voulez pas de mon sou pour rien, j'aime mieux que vous me donniez un bon baiser en échange.

La mendiante se pencha et la baisa au front. A cette caresse, Sœur-des-Pauvres se sentit soulevée de terre ; il lui sembla que son éternelle fatigue s'en était allée, et en même temps il lui vint au cœur une plus grande bonté.

— Ma fille, ajouta l'inconnue, je ne veux pas que ton aumône reste sans récompense. J'ai, comme toi, un sou dont je ne savais que faire avant de te rencontrer. Des princes et des grandes dames m'ont jeté des bourses d'or, et je ne les ai pas jugés dignes de le posséder. Prends-le, et, quoi qu'il arrive, agis selon ton cœur.

Et elle le lui donna. C'était un vieux sou de cuivre jaune, rongé sur les bords et percé au milieu d'un trou large comme une grosse lentille. Il était si usé qu'on ne pouvait savoir de quel pays il venait, si ce n'est qu'on voyait encore, sur une des faces, une couronne de rayons à demi-effacée. C'était peut-être là quelque monnaie des cieux.

Sœur-des-Pauvres, le voyant si mince, tendit la main, comprenant qu'un tel cadeau ne portait point préjudice à la mendiante, et le considérant comme un souvenir d'amitié qu'elle lui laissait.

— Hélas ! pensait-elle, la pauvre femme ne sait ce qu'elle dit. Les princes et les belles dames n'ont que faire de son sou, et il est si laid qu'il ne payerait pas seulement une once de pain. Je ne vais pas même pouvoir le donner à un pauvre.

La femme, dont les yeux brillaient de plus en plus, sourit, comme si l'enfant eût parlé tout haut, et lui dit doucement :

— Prends-le toujours, et tu verras.

Alors Sœur-des-Pauvres l'accepta, pour ne pas la désobliger. Elle baissa la tête, afin de le mettre dans la poche de sa jupe ; lorsqu'elle la releva, le banc était vide. Elle fut grandement étonnée et s'en revint, toute songeuse de la rencontre qu'elle venait de faire.

II

Sœur-des-Pauvres couchait au grenier, dans une sorte de soupente où gisaient pêle-mêle des débris de vieux meubles. Les jours de lune, grâce à une étroite lucarne, elle voyait clair à se mettre au lit. Les autres jours, elle gagnait sa couche à tâtons, pauvre couche faite de quatre planches mal jointes et d'une paillasse dont les toiles se touchaient par endroits.

Or, ce soir-là, la lune était dans son plein. Une raie

lumineuse s'allongeait sur les poutres, emplissant le grenier de clarté.

Lorsque Guillaume et Guillaumette furent couchés, Sœur-des-Pauvres monta. Par les nuits sombres, elle avait parfois grand'peur des subits gémissements et des bruits de pas qu'elle croyait entendre, et qui n'é-taient autre chose que les craquements des charpentes et les courses rapides des souris. Aussi aimait-elle d'un amour fervent le bel astre dont les rayons amis dissi-paient ses frayeurs. Les soirs où il brillait, elle ouvrait la lucarne et le remerciait dans ses prières d'être re-venu la voir.

Elle fut toute satisfaite de trouver de la lumière chez elle. Elle était fatiguée et allait dormir bien tranquille, se sentant gardée par sa bonne amie la lune. Souvent elle l'avait sentie, dans son sommeil, se promener ainsi par la chambre, silencieuse et douce, et mettre en fuite les vilains songes des nuits d'hiver.

Elle alla vite s'agenouiller sur un vieux coffre, en plein dans la blonde clarté, et pria le bon Dieu. Puis, s'approchant du lit, elle dégrafa sa jupe.

La jupe glissa à terre, et voilà qu'elle laissa échap-per par la poche entr'ouverte une pluie de gros sous. Sœur-des-Pauvres les regarda rouler, immobile, ef-frayée.

Elle se baissa et les ramassa un à un, les pre-nant du bout des doigts. Elle les empilait sur le vieux coffre, sans chercher à connaître leur nombre, car elle ne savait compter que jusqu'à cinquante, et elle voyait

bien qu'il y en avait là plusieurs centaines. Quand elle
n'en trouva plus sur le sol, elle souleva la jupe et elle
comprit à son poids que la poche était encore pleine.
Pendant un grand quart d'heure, elle en tira des poignées de sous, désespérant de jamais trouver le fond.
Enfin elle n'en sentit plus qu'un, et, l'ayant pris, elle
le reconnut : c'était celui que la mendiante lui avait
donné le soir même.

Elle se dit alors que le bon Dieu venait de faire un
miracle, et que ce vilain sou qu'elle avait dédaigné,
était un sou comme les riches n'en ont pas. Elle le sentait frémir entre ses doigts, prêt à se multiplier encore.
Aussi tremblait-elle qu'il ne lui prît fantaisie d'emplir
le grenier de richesses. Elle ne savait déjà que faire
de ces piles de monnaie neuve qui brillaient au clair de
lune, et, troublée, elle regardait autour d'elle.

En bonne travailleuse, elle avait toujours du fil et
une aiguille dans la poche de son tablier. Elle chercha
un morceau de vieille toile et fit un sac. Elle le fit si étroit
que sa petite main pouvait à peine entrer dedans ; l'é-
toffe manquait, et Sœur-des-Pauvres était pressée. Puis
elle mit tout au fond le sou de la pauvresse, et commença,
pile par pile, à glisser dans la bourse les pièces qui cou-
vraient le coffre. Chaque pile en tombant emplissait le
sac, et aussitôt le sac redevenait vide. Les centaines
de gros sous y tinrent fort à l'aise, et il était facile de
voir qu'il en aurait contenu quatre fois davantage.

Après quoi, Sœur-des-Pauvres fatiguée le cacha sous
la paillasse, et s'endormit. Elle riait dans ses rêves,

songeant aux grandes aumônes qu'elle allait pouvoir distribuer le lendemain.

III

Le matin, en s'éveillant, Sœur-des-Pauvres pensa avoir rêvé. Il lui fallut toucher son trésor pour croire à sa réalité. Il était un peu plus lourd que la veille, et l'enfant comprit que le sou merveilleux avait encore travaillé pendant la nuit.

Elle se vêtit à la hâte et descendit, ses sabots à la main, pour ne point faire de bruit. Elle avait caché le sac sous son fichu, et le serrait contre sa poitrine. Guillaume et Guillaumette, profondément endormis, ne l'entendirent pas. Elle dut passer devant leur lit et faillit tomber de peur de les savoir aussi près d'elle ; puis elle se prit à courir, ouvrit la porte toute grande, et s'enfuit, oubliant de la refermer.

On était en hiver, aux matinées les plus froides de décembre. Le jour naissait à peine. Le ciel, aux pâles clartés de cette aurore, semblait de même couleur que la terre, couverte de neige, et cette blancheur universelle qui emplissait l'horizon, avait un grand calme. Sœur-des-Pauvres marchait vite, suivant le sentier qui conduisait à la ville. Elle n'entendait que le craquement de ses sabots dans la neige, et, bien que grandement préoccupée, elle choisissait par amusement les ornières les plus profondes.

Comme elle approchait, elle se souvint que dans sa hâte elle avait oublié de prier Dieu. Elle s'agenouilla sur le bord du sentier, et là, seule, perdue dans cette immense et triste sérénité de la nature endormie, elle dit son oraison avec cette voix d'enfant si douce que Dieu ne sait la distinguer de celle des anges. Elle se dressa bientôt, et, le froid l'ayant saisie, elle pressa le pas.

Il y avait grande misère dans le pays, surtout cette année-là, où l'hiver était rude et le pain si cher que les riches seuls en pouvaient acheter. Les pauvres gens, ceux qui vivent de soleil et de pitié, sortaient dès le matin voir si le printemps ne venait pas, ramenant avec lui des aumônes plus larges. Ils allaient par les routes ou s'asseyaient sur les bornes, aux portes des villes, implorant les passants; car il faisait si froid dans leurs greniers, qu'autant valait loger au grand chemin. Et ils étaient en si grand nombre qu'on aurait pu en peupler un gros village.

Sœur-des-Pauvres avait ouvert le petit sac. En entrant dans la ville, elle vit venir à elle un aveugle conduit par une petite fille qui la regardait tristement, la prenant pour une sœur, à la voir si mal vêtue.

— Mon père, dit-elle au pauvre vieux, tendez vos mains. Jésus m'envoie vers vous.

Elle s'adressait au bonhomme, parce que les doigts de la fillette étaient trop mignons et qu'ils n'auraient guère contenu qu'une dizaine de gros sous. Aussi, pour emplir les mains que l'aveugle lui tendit, il lui fallut puiser sept fois dans le sac, tant elles étaient longues et larges. Puis elle dit à la petite de prendre une dernière poignée de monnaie, et s'éloigna.

Elle avait hâte d'arriver devant l'église, près des bancs de pierre où les pauvres se réunissaient le matin ; la maison de Dieu les abritait des vents du nord, et le soleil, à son lever, donnait en plein sous le porche. Elle dut encore s'arrêter. Au coin d'une ruelle, elle trouva une jeune femme qui avait sans doute passé la nuit là, tant elle était transie et grelottante ; les yeux fermés, les bras serrés sur la poitrine, elle paraissait dormir, n'espérant plus que dans la mort. Sœur-des-Pauvres se tenait devant elle, la main pleine de sous, et ne sachant comment lui donner son aumône. Elle pleurait, pensant être venue trop tard.

— Bonne femme, disait-elle, — et elle la touchait doucement à l'épaule, — tenez, prenez cet argent. Il vous faut aller déjeuner à l'auberge et dormir devant un grand feu.

A cette voix douce, la bonne femme ouvrit les yeux et tendit les mains. Elle croyait peut-être dormir encore et songer qu'un ange était descendu vers elle.

Sœur-des-Pauvres gagna vite la grand'place. Il y avait foule sous le porche, pour le premier rayon. Les mendiants, assis aux pieds des saints, tremblaient de froid, les uns auprès des autres, sans se parler. Ils roulaient doucement la tête, comme font les mourants, et se pressaient dans les coins, afin de ne rien perdre du soleil, lorsqu'il allait paraître.

Sœur-des-Pauvres commença par la droite, jetant des poignées de sous dans les chapeaux de feutre et dans les tabliers, et cela de si bon cœur que bien des pièces roulaient sur les dalles. Elle ne comptait pas, la chère enfant, et le petit sac faisait merveille; il ne désemplissait point et se gonflait tellement à chaque nouvelle poignée prise par la fillette, qu'il versait comme un vase trop plein. Les pauvres gens restaient ébahis de cette pluie joyeuse; ils ramassaient les sous tombés, oubliant le soleil qui se levait, et disant des : « Dieu vous le rende, » à la hâte. L'aumône était si large que de bons vieux croyaient que les saints de pierre leur jetaient cette fortune, et ils le croient encore.

L'enfant riait de leur joie. Elle fit trois fois le tour, afin de donner à chacun la même somme; puis elle s'arrêta, non pas que le petit sac se trouvât vide, mais parce qu'elle avait beaucoup à faire avant le soir. Comme elle allait s'éloigner, elle aperçut dans un coin un vieillard infirme qui, ne pouvant s'approcher, tendait les mains vers elle. Triste de ne point l'avoir vu, elle s'avança et pencha le sac pour lui donner davantage. Les sous se mirent à couler de cette méchante petite bourse comme l'eau d'une fontaine, sans s'arrêter et si abondamment que Sœur-des-Pauvres ferma bientôt l'ouverture avec le poing, car le tas aurait monté en peu d'instants aussi haut que l'église. Le pauvre vieux n'avait que faire de tant d'argent, et peut-être les riches seraient-ils venus le voler.

IV

Alors, ceux de la grand'place ayant les poches
pleines, elle marcha vers la campagne. Les mendiants,
oubliant de soulager leurs souffrances, se mirent à la
suivre ; ils la regardaient avec étonnement et respect,
entraînés dans un élan de fraternité. Elle, seule et
regardant autour d'elle, s'avançait la première. La
foule venait ensuite.

L'enfant, vêtue d'une indienne en lambeaux, était
bien sœur des pauvres gens de sa suite, sœur par les
haillons et par la tendre pitié. Elle se trouvait là en
famille, donnant à ses frères et s'oubliant elle-même ;
elle marchait gravement de toute la force de ses petits pieds, heureuse de faire la grande fille ; et cette
blondine de dix ans rayonnait d'une naïve majesté,
suivie de son escorte de vieillards.

L'étroite bourse à la main, elle allait de village en
village, distribuant des aumônes à toute la contrée.
Elle allait devant elle, sans choisir les chemins, prenant les routes des plaines et les sentiers des coteaux ;
puis elle s'écartait, traversant les champs, pour voir
si quelque vagabond ne s'abritait pas au pied des haies
ou dans le creux des fossés. Elle se haussait, regardant à l'horizon, et regrettait de ne pouvoir jeter un
appel à toutes les misères du pays. Elle soupirait en son-

geant qu'elle laissait peut-être derrière quelque souffrance : cette crainte faisait qu'elle revenait parfois sur
ses pas pour visiter un buisson. Et, soit qu'elle ralentît sa marche aux coudes des chemins, soit qu'elle
courût à la rencontre d'un indigent, son cortége la
suivait dans chacun de ses détours.

Or, il arriva, comme elle traversait un pré, qu'une
bande de pierrots vint s'abattre devant elle. Les pauvres petits, perdus dans la neige, chantaient d'une façon lamentable, demandant une nourriture qu'ils
avaient cherchée en vain. Sœur-des-Pauvres s'arrêta,
interdite de rencontrer des misérables auxquels ses
gros sous n'étaient d'aucun secours; elle regardait son
sac avec colère, maudissant cet argent qui se refusait
à la charité. Cependant les pierrots l'entouraient; ils
se disaient de la famille et lui réclamaient leur part
dans ses bienfaits. Près d'éclater en sanglots et ne
sachant que faire, elle prit dans le sac une poignée
de sous, car elle ne pouvait se décider à les renvoyer
sans aumône. La pauvre petite avait sûrement perdu
la tête, s'imaginant que les gros sous sont monnaie de pierrots, et que ces enfants du bon Dieu
ont meuniers pour moudre et boulangers pour pétrir
le pain de chaque jour. Je ne sais ce qu'elle pensait
faire, mais ce que personne n'ignore, c'est que l'aumône, jetée poignée de sous, tomba poignée de blé sur
la terre.

Sœur-des-Pauvres ne parut pas étonnée. Elle servit
un vrai festin aux pierrots, leur offrant toutes sortes

de graines, et en telle quantité que, le printemps
venu, le pré se couvrit d'une herbe épaisse et haute
comme une forêt. Depuis ce temps, ce coin de terre
appartient aux oiseaux du ciel; ils y trouvent en toute
saison une nourriture abondante, bien qu'ils y viennent par milliers de plus de vingt lieues à la ronde.

Sœur-des-Pauvres reprit sa marche, heureuse de
son nouveau pouvoir. Elle ne se contentait plus de
distribuer de gros sous; elle donnait, selon la rencontre, de bonnes blouses bien chaudes, de lourds
jupons de laine, ou encore des souliers si légers et si
forts qu'ils pesaient à peine une once et usaient les
cailloux. Tout cela sortait d'une fabrique inconnue;
les étoffes étaient merveilleuses de solidité et de souplesse ; les coutures se trouvaient si finement piquées
que dans le trou qu'aurait fait une de nos aiguilles, les
aiguilles magiques avaient aisément trouvé place pour
trois de leurs points ; et, ce qui n'était pas le moindre
prodige, chaque vêtement prenait la taille du pauvre
qui s'en couvrait. Sans doute un atelier de bonnes
fées venait de s'établir au fond du sac, apportant les
fins ciseaux d'or qui coupent dix robes de chérubin
dans la feuille d'une rose. C'était, pour sûr, besogne
du ciel, tant l'ouvrage était parfait et promptement
cousu.

Le petit sac ne se montrait pas plus fier pour cela.
Les bords en étaient légèrement usés, et la main de
Sœur-des-Pauvres les avait peut-être un peu élar-
gis; maintenant, il pouvait bien être gros comme deux

nids de fauvette. Pour que tu ne m'accuses pas de mensonge, il me faut te dire comment en sortaient les
grands vêtements, tels que jupes et manteaux, amples
de quatre à cinq mètres. La vérité est qu'ils s'y trouvaient pliés sur eux-mêmes, comme les feuilles du co-
quelicot quand il ne s'est pas échappé du calice, et
pliés avec tant d'art qu'ils n'étaient guère plus gros
que le bouton de cette fleur. Alors Sœur-des-Pauvres
prenait le paquet entre deux doigts, et le secouait à
petits coups ; l'étoffe se dépliait, s'allongeait et devenait vêtement, non plus bon pour des anges, mais
propre à couvrir de larges épaules. Quant aux souliers, je n'ai pu savoir jusqu'à ce jour sous quelle
forme ils sortaient du sac ; j'ai ouï dire cependant,
mais je n'affirme rien, que chaque paire était conte-
nue dans une fève qui éclatait en touchant la terre.
Tout cela, bien entendu, sans préjudice des poignées
de gros sous qui tombaient dru comme grêle de
mars.

Sœur-des-Pauvres marchait toujours. Elle ne sentait point la fatigue, bien qu'elle eût fait près de cent
lieues depuis le matin, et cela sans boire ni manger.
A la voir passer sur le bord des routes, laissant à peine
trace, on eût dit qu'elle était emportée par des ailes
invisibles. On l'avait aperçue, dans ce jour, aux quatre
points de l'horizon, et tu n'aurais pas trouvé dans le
pays un coin de terre, plaine ou montagne, dont la
neige ne portât la légère empreinte de ses petits pieds.
Vraiment, Guillaume et Guillaumette, s'ils la pour-

9.

suivaient, risquaient de courir une bonne semaine
avant que de l'atteindre ; non pas qu'il y eût à hésiter
sur le chemin qu'elle prenait, car elle laissait foule
derrière elle, comme font les rois à leur passage ; mais
parce qu'elle marchait si gaillardement qu'elle-même,
en d'autres temps, n'aurait pu faire un pareil voyage
en moins de six grandes semaines.

Et son cortége allait s'augmentant à chaque village.
Tous ceux qu'elle secourait, marchaient à sa suite, si
bien que, vers le soir, la foule s'étendait derrière elle
sur une longueur de plusieurs centaines de mètres.
C'étaient ses bonnes œuvres qui la suivaient ainsi, et
jamais saint ne s'est présenté devant Dieu avec une
aussi royale escorte.

Cependant la nuit tombait. Sœur-des-Pauvres marchait toujours ; toujours le petit sac travaillait. Enfin,
on vit l'enfant s'arrêter sur le sommet d'un coteau ; elle
se tint immobile, regardant les plaines qu'elle venait
d'enrichir, et ses haillons se détachaient en noir dans
la blancheur du crépuscule. Les mendiants firent
cercle autour d'elle ; ils s'agitaient par grandes masses
sombres, avec le sourd frémissement des foules. Puis
le silence régna. Sœur-des-Pauvres, haute dans le ciel,
souriait, ayant un peuple à ses pieds. Alors, ayant
beaucoup grandi depuis le matin, debout sur le coteau, elle leva la main au ciel et dit à son peuple :

— Remerciez Jésus, remerciez Marie.

Et tout son peuple entendit sa voix douce.

V

Il était fort tard lorsque Sœur-des-Pauvres revint au logis. Guillaume et Guillaumette s'étaient endormis, las de colère et de menaces. Elle entra par la porte de l'étable, qui ne fermait qu'au loquet, et gagna vite son grenier. Elle y trouva sa bonne amie la lune, si claire et si joyeuse qu'elle paraissait connaître le bel emploi de la journée. Souvent le ciel nous remercie ainsi par de plus gais rayons.

L'enfant se sentait grand besoin de repos. Mais, avant de se mettre au lit, elle voulut revoir le sou miraculeux, celui qui se trouvait au fond du sac. Il avait tant et si bien travaillé, qu'il méritait vraiment d'être baisé. Elle s'assit sur le coffre et se mit à vider la bourse, posant les poignées de monnaie à ses pieds. Un quart d'heure durant, elle tâcha d'atteindre le fond ; le tas lui montait aux genoux, et alors elle désespéra. Elle voyait bien qu'elle emplirait le grenier sans avancer en rien la besogne. Fort embarrassée, elle ne trouva rien de mieux que de tourner lestement le petit sac à l'envers. Il y eut un éboulement de gros sous prodigieux ; la mansarde en fut du coup pleine aux trois quarts. Le sac était vide.

Cependant, à ce bruit, Guillaume s'éveilla. Le cher homme, bien qu'il n'eût pas ouï dans son sommeil l'é-

croulement du plancher, aurait ouvert les yeux pour
un liard tombé sur les dalles. Il secoua Guillaumette.

— Hé! femme, dit-il, entends-tu?

Et comme la vieille balbutiait, de méchante humeur :

— La petite est rentrée, reprit-il. Je crois qu'elle a
volé quelque passant, car j'entends là-haut le tinte-
ment d'une grosse bourse.

Guillaumette se souleva, sans plus gronder et fort
éveillée. Elle alluma vite la lampe en disant :

— Je savais bien que cette fille était vicieuse.

Puis elle ajouta :

— Je m'acheterai une coiffe à rubans et des souliers
de coutil. Dimanche, je serai fière.

Alors tous deux, à peine vêtus, Guillaume allant le
premier et Guillaumette élevant la lampe, montèrent
à la mansarde. Leurs ombres, maigres et bizarres,
s'allongeaient le long des murs.

Au haut de l'échelle, ils s'arrêtèrent d'étonnement.
Il y avait sur le sol une couche de pièces épaisse
de trois pieds, et cela dans tous les coins, sans qu'il
fût possible d'apercevoir large comme la main de
plancher. Par endroits, s'élevaient des tas de monnaie;
on eût dit les vagues de cette mer de gros sous. Au
milieu, entre deux de ces tas, dormait Sœur-des-Pauvres, dans un rayon de lune. L'enfant, cédant au sommeil, n'avait pu gagner son lit; elle s'était laissée
glisser doucement et rêvait du ciel sur cette couche
faite d'aumônes. Les bras ramenés contre la poitrine,

elle tenait dans sa main droite le magique cadeau de
la mendiante, et son souffle faible et régulier s'entendait au milieu du silence. L'astre bien-aimé, se mirant autour d'elle dans la monnaie neuve, l'entourait
comme d'un cercle d'or.

Guillaume et Guillaumette n'étaient pas bonnes
gens à longtemps s'étonner. Le miracle étant à leur
profit, ils ne songèrent guère à l'expliquer, se souciant
peu qu'il fût œuvre du bon Dieu ou du diable. Lorsqu'ils eurent un instant compté le trésor des yeux, ils
voulurent s'assurer qu'il n'était pas seulement jeu de
l'ombre et reflet de lune. Ils se baissèrent avidement,
les mains grandes ouvertes.

Or, ce qu'il advint alors est si peu croyable que
j'hésite à le dire. A peine Guillaume eut-il pris une
poignée de pièces, que ces pièces se changèrent en
énormes chauves-souris. Il ouvrit les doigts avec terreur, et les vilaines bêtes s'échappèrent, poussant des
cris aigus et le frappant à la face de leurs longues
ailes noires. Guillaumette, de son côté, saisit une
nichée de jeunes rats, aux dents blanches et fines, qui
la mordirent cruellement en s'enfuyant le long de ses
jambes. La vieille femme, que la vue d'une souris faisait évanouir, se mourait de les sentir courir dans ses
jupes.

Ils s'étaient dressés, n'osant plus caresser cet argent si neuf d'apparence et si déplaisant au toucher.
Ils se regardaient, mal à l'aise, et s'encourageaient
avec ces regards, moitié riants, moitié fâchés, d'un

enfant que vient de brûler une friandise trop chaude.
Guillaumette céda la première à la tentation ; elle
allongea ses bras maigres et prit deux nouvelles poignées de sous. Comme elle serrait les poings, pour
ne rien laisser échapper, elle poussa un grand cri de
douleur ; car, à la vérité, elle avait saisi deux poignées
d'aiguilles si longues et si pointues que ses doigts se
trouvaient comme cousus aux paumes de ses mains.
Guillaume, à la voir se baisser, voulut sa part du
trésor. Il se hâta et ramassa pour tout butin deux
belles pelletées de charbons ardents qui brûlèrent
comme poudre sur sa peau, tant ils étaient enflammés.

Alors, rendus furieux par la souffrance, ils se précipitèrent sur les gros sous, fouillant en plein tas et
cherchant à gagner le miracle de vitesse. Mais les
gros sous n'étaient pas sous à se laisser surprendre.
A peine touchés, ils s'envolaient en sauterelles, rampaient en serpents, fuyaient en eau bouillante, se dis-
sipaient en fumée ; toute forme leur semblait bonne,
et ils ne s'en allaient pas sans avoir quelque peu brûlé
ou mordu les voleurs.

Il y avait là une effrayante fécondité, si rapide et
donnant naissance à tant de créatures différentes,
qu'une inexprimable terreur régnait. Crapauds-vo-
lants, hiboux, vampires, phalènes, se pressaient à la
lucarne, battant de l'aile et s'échappant par grandes
volées. Les scorpions, les araignées, tous les hideux
habitants des lieux humides, gagnaient les coins par
longues files effarouchées ; le grenier, bien que fort

lézardé, n'avait pas assez de trous pour eux, et ils
étaient là, se poussant et s'écrasant dans les fentes.

Guillaume et Guillaumette, fous d'épouvante, couraient, emportés dans le vertige de cette étrange création. A droite, à gauche, de toutes parts, ils hâtaient
l'éclosion de nouveaux êtres, et de leurs doigts ruisselait la vie. Le flot vivant montait, et ce trésor, où
tantôt se mirait la lune, n'était plus qu'une masse
noirâtre qui se mouvait lourdement, se soulevant et
s'affaissant sur elle-même, comme fait le vin dans la
cuve.

Bientôt pas un gros sou ne resta. Le tas en entier
s'était animé. Alors Guillaume et Guillaumette, ne
prenant plus que reptiles, s'enfuirent en se jetant à la
face deux poignées de couleuvres.

Et, comme s'ils avaient emporté tous les monstres
dans ces dernières poignées, le grenier se trouva vide.
Sœur-des-Pauvres, n'ayant rien entendu, dormait,
calme et souriante.

VI

A son réveil, Sœur-des-Pauvres eut un remords.
Elle se dit qu'elle était allée bien loin chercher la misère du pays entier, sans songer à soulager celle de
son oncle et de sa tante.

La chère enfant avait compassion de toutes les souf-

frances. Un pauvre était pauvre pour elle avant d'être
bon ou méchant. Elle ne distinguait point entre les
larmes et pensait volontiers qu'elle n'avait pas charge
de distribuer des peines et des récompenses, mais mission d'essuyer des pleurs. Dans sa petite raison de dix
ans, il n'y avait pas grande idée de justice ; elle était
toute charité, toute aumône. Lorsqu'elle songeait aux
damnés d'enfer, il lui venait au cœur des pitiés qu'elle
n'éprouvait jamais aussi fortes pour les âmes du pur-
gatoire.

Quelqu'un lui ayant dit un jour que tel pauvre ne
méritait pas le pain qu'elle lui donnait, elle n'avait pas
compris. Elle se refusait à croire que ce n'est pas assez
d'avoir faim pour manger.

Or, pour réparer son oubli, Sœur-des-Pauvres reprit le petit sac et alla vite acheter en bel argent neuf
une terre qui touchait à la cabane de ses parents. Elle
acheta, en outre, une paire de bœufs blancs et roux,
aux poils luisants comme de la soie. Elle n'eut garde
d'oublier la charrue, et loua un garçon de ferme qui
conduisit l'attelage au bord du champ, à la porte de
la chaumière. Pendant ce temps elle amassait à la ville
des provisions de toutes sortes, souches de vigne qui
brûlent avec un feu clair, fine fleur de farine, salaisons
et légumes secs. Elle se faisait suivre de trois grosses
charrettes et allait de boutique en boutique, les char-
geant de ce qu'elle pensait nécessaire à un ménage.
Et c'était merveille comme elle dépensait en grande
fille l'argent du bon Dieu, n'achetant pas choses inu-

tiles, ainsi qu'on aurait pu l'attendre d'une bambine de son âge, mais bien meubles solides et commodes, pièces de toile, chaudrons de cuivre, tout ce que souhaite dans ses rêves une ménagère de trente ans.

Lorsque les trois charrettes furent pleines, elle vint les faire ranger auprès des bœufs et de la charrue. Alors elle comprit que la chaumière était bien misérable et bien petite pour contenir ces richesses, et elle eut du chagrin de ne pouvoir acheter une ferme, non pas qu'elle manquât d'argent, mais parce qu'il n'y avait point de ferme dans cette partie du pays. Elle résolut d'appeler les maçons et de leur faire bâtir une grande habitation, sur l'emplacement même de la pauvre demeure. Mais en attendant, comme elle était pressée, elle se contenta de verser sur le sol, devant les charrettes, quelques tas de gros sous, pour payer les frais de bâtisse.

Elle fit si bien qu'elle ne mit pas une heure à tout disposer de la sorte. Guillaume et Guillaumette dormaient encore, n'ayant entendu ni le bruit des roues ni le fouet du garçon de ferme.

Alors, Sœur-des-Pauvres s'approcha de la porte, ayant aux lèvres un fin sourire, car elle avait parfois l'espièglerie du bien. Elle s'était hâtée un peu par malice, et s'applaudissait d'avoir réussi à devancer le réveil de ses parents.

Elle donna un dernier regard à ses achats, et se mit à crier en frappant dans ses mains de toutes ses forces :

— Oncle Guillaume, tante Guillaumette !

Et, comme les deux vieux ne bougeaient, elle heurta du poing les planches mal jointes du volet, en répétant plus haut et à plusieurs reprises :

— Oncle Guillaume, tante Guillaumette, ouvrez vite, la fortune demande à entrer !

Or, Guillaume et Guillaumette entendirent cela en dormant, et, sans presque prendre la peine de s'éveiller, ils sautèrent du lit. Sœur-des-Pauvres criait encore lorsqu'ils parurent sur le seuil, se poussant et se frottant les yeux pour mieux voir ; et ils s'étaient tant pressés, que Guillaume avait les jupes et Guillaumette les culottes. Ils n'eurent garde de s'en douter, ayant bien d'autres sujets d'étonnement. Les tas de gros sous s'élevaient, hauts comme des meules de foin, et les trois charrettes avaient fort grand air, les chaudrons et les meubles de chêne se détachant sur la neige. Les bœufs, au vent froid du matin, soufflaient avec bruit, et le soc de la charrue semblait d'argent, blanc des premiers rayons.

Le garçon de ferme s'avança et dit à Guillaume :

— Maître, où dois-je conduire l'attelage? ce n'est pas saison de labour. Soyez sans crainte : vos champs sont ensemencés, et vous aurez ample récolte.

Et, pendant ce temps, les charretiers s'étaient approchés de Guillaumette.

— Brave dame, lui disaient-ils, voici votre ménage et vos provisions d'hiver. Hâtez-vous de nous dire où nous devons décharger nos charrettes. C'est peu d'un jour pour rentrer au logis toutes ces richesses.

Les deux vieux, bouche béante, ne savaient que répondre. Ils regardaient timidement ces biens qu'ils ne se connaissaient pas, et songeaient aux vilains sous qui s'étaient si cruellement moqués d'eux la nuit dernière. Sœur-des-Pauvres, cachée dans un coin, riait de leur étrange figure ; elle ne désirait tirer autre vengeance de leur peu d'amitié pour elle, dans les jours d'infortune. La pauvre petite n'avait jamais tant ri de sa vie, et, je te l'assure, tu aurais ri comme elle, de voir Guillaume en jupes et Guillaumette en culottes, ne sachant s'ils devaient se réjouir ou pleurer, et faisant la grimace la plus plaisante du monde.

Enfin, comme elle les voyait prêts à rentrer et à fermer porte et fenêtre, elle se montra.

— Mes amis, dit-elle au garçon de ferme et aux charretiers, entrez tout ceci dans la chaumière et n'ayez point souci d'emplir les chambres jusqu'au plafond. Je n'avais pas songé à la petitesse du logis, et j'ai tant acheté qu'il nous faut maintenant un château. Voici l'argent pour les maçons.

Elle disait cela afin d'être entendue de ses parents, car elle pensait avec raison les rassurer en leur donnant à comprendre qu'elle était la bonne fée qui leur faisait ces cadeaux. Or, Guillaume et Guillaumette se promettaient depuis la veille de la battre, en punition de ce qu'elle les avait quittés tout un jour; mais, lorsqu'ils l'entendirent parler ainsi, et qu'ils virent les hommes déposer les meubles et les provisions à leur porte, ils la regardèrent et éclatèrent en sanglots, sans savoir pourquoi. Il leur sembla qu'une main les serrait à la gorge, et leur cœur battit violemment, à ne pouvoir respirer. Ils restaient là, debout, près d'étouffer, ne sachant que faire dans cette émotion qu'ils ne connaissaient pas. Et, tout d'un coup, ils comprirent qu'ils aimaient Sœur-des-Pauvres; alors, riant dans les larmes, ils coururent l'embrasser, ce qui les soulagea.

VII

Un an plus tard, Guillaume et Guillaumette se trouvaient les plus riches fermiers du pays. Ils possédaient une grande ferme neuve, et leurs champs s'étendaient à tant de lieues à la ronde, qu'un même horizon ne pouvait les contenir. Qu'un pauvre devienne riche, cela n'est point rare, et personne, dans nos temps, ne songe à s'en étonner. Mais, lorsque Guillaume et Guillaumette de méchants devinrent bons, il y en eut qui se refusèrent à le croire. C'était vérité cependant. Les parents de Sœur-des-Pauvres, ne souffrant plus le froid ni la faim, retrouvèrent leur bon cœur d'autrefois, et, comme ils avaient beaucoup pleuré, ils se sentirent frères des misérables et les soulagèrent sans égoïsme.

Les larmes, je le sais, sont bonnes conseillères. Pourtant, si Guillaumette n'aima plus trop la dentelle, si Guillaume cessa de boire et préféra le travail, m'est

avis que les gros sous avaient en eux quelque vertu
secrète qui aida au miracle ; car ils n'étaient pas
comme les premiers sous venus, qui consentent à
payer chiffons et festins, et ils montraient bien à l'occasion ne vouloir pas appartenir à de méchants cœurs ;
ils étaient fortune à rendre charitable, et dirigeaient la
main de ceux qui les possédaient. Ah ! les braves gros
sous, n'ayant point la morne stupidité de nos laides
pièces d'or et d'argent !

Guillaume et Guillaumette caressaient Sœur-des-
Pauvres du matin au soir. Dans l'abord, ils lui évitaient
toute fatigue et se fâchaient dès qu'elle parlait de travail. Il était aisé de voir qu'ils souhaitaient en faire une
belle demoiselle, avec de petites mains blanches, bonnes à nouer des rubans. « Fais-toi fière, lui disaient-ils
chaque matin, et ne te chagrine du reste. » Mais la fillette
ne l'entendait point ainsi ; elle serait morte de tristesse
à rester assise tout le long du jour, sans autre besogne
que regarder filer les nuages ; ses richesses lui étaient
moindre distraction que frotter ses meubles de chêne
et tirer soigneusement ses draps de fine toile. Elle
prenait donc du plaisir à sa guise, et répondait à ses
parents : « Laissez, je suis chaudement vêtue et n'ai
que faire de dentelle ; j'aime mieux souci de ménage
que souci de toilette. »

Et elle disait cela si sagement que Guillaume et
Guillaumette comprirent qu'elle avait une grande raison et ne la contrarièrent plus dans ses goûts. Ce fut
fête pour elle. Elle se leva, ainsi qu'autrefois, à cinq

heures, et se chargea des soins domestiques ; non pas qu'elle balaya et lava, comme aux jours de malheur, car ce n'était plus besogne de sa force qu'entretenir en propreté un aussi vaste logis ; mais elle surveilla les servantes et n'eut pas fausse honte à les aider dans leurs travaux de laiterie et de basse-cour. Elle était bien la jeune fille la plus riché et la plus active de la contrée, et chacun s'émerveillait de ce qu'elle n'eût point changé en devenant grosse fermière, sinon qu'elle avait les joues plus roses et le cœur plus gai au travail. « Bonne misère, disait-elle souvent, tu m'as appris à être riche. »

Elle songeait beaucoup pour son âge, ce qui l'attristait parfois. Je ne sais comment elle s'aperçut que ses gros sous lui devenaient de peu d'utilité. Les champs lui donnaient le pain, le vin, l'huile, les légumes et les fruits ; les troupeaux lui fournissaient la laine pour les vêtements et la chair pour les repas ; tout s'offrait à ses entours, et les produits de la ferme suffisaient amplement à ses besoins et à ceux de ses gens. Même la part des pauvres était large, car elle ne donnait plus aumônes d'argent, mais viande, farine, bois à brûler, pièces de toile et de drap, et se montrait sage en cela, offrant ce qu'elle savait nécessaire aux indigents, et leur évitant la tentation de mal employer les sous de la charité.

Or, dans cette abondance de biens, plusieurs tas de gros sous dormaient au grenier, et Sœur-des-Pauvres se chagrinait de les voir occuper la place de vingt à

trente bottes de paille. Elle préférait de beaucoup cette
paille, récompense du travail, à cette monnaie qu'elle
entassait sans grand mérite. Aussi, peu à peu, en vint-
elle à se sentir un profond dédain pour cette sorte de
richesse, bonne à dormir dans les coffres des avares,
ou encore à s'user aux mains des trafiquants des
villes.

Elle était si lasse de cette fortune incommode qu'un
matin elle se décida à la faire disparaître. Elle avait
conservé le petit sac qui dévorait les gros sous d'une
façon si aisée ; il fit son devoir en conscience et net-
toya proprement le grenier. Sœur-des-Pauvres agit de
ruse, car elle se garda de mettre au fond le sou de la
mendiante ; de sorte que l'argent s'en alla bel et bien
sans avoir tentation de revenir.

Ainsi, elle prit soin de ne pas devenir trop riche,
sentant qu'il y avait là danger pour le cœur. Elle
donna peu à peu une partie de ses terres, qui étaient
trop vastes pour nourrir une seule famille, et mesura
son revenu à ses besoins. Puis, comme les bons bras
ne manquaient pas à la ferme, lorsque malgré elle les
sous s'amassaient au grenier, elle y montait en cachette
et s'appauvrissait à plaisir. Pour assurer son contentement, elle garda toute sa vie la bourse enchantée qui
donnait si largement aux heures de détresse, et qui,
aux heures de fortune, ne savait plus que prendre.

Sœur-des-Pauvres avait un autre souci. Le cadeau
de la pauvresse l'embarrassait, et elle s'effrayait du
pouvoir qu'il lui donnait ; car, lors même qu'on ne

doute pas de soi, il y a plus de gaieté de cœur à se sentir humble que puissant. Elle l'eût volontiers jeté à la rivière ; mais un méchant pouvait le trouver dans le sable et en user au dommage de chacun ; et, certes, s'il employait à faire le mal la moitié de l'argent qu'elle avait dépensé en bonnes œuvres, il n'est point douteux qu'il ne ruinât le pays. Aussi comprit-elle alors que la mendiante ait longtemps cherché avant de donner son aumône : c'était là un cadeau faisant la joie ou le désespoir d'un peuple, selon la main qui le reçoit.

Elle garda le sou, et comme il était percé, elle se le pendit au cou à l'aide d'un ruban : ainsi elle ne pouvait le perdre. Mais cela la chagrinait de le sentir sur sa poitrine, et elle eût tout fait au monde pour retrouver la pauvresse. Elle l'aurait priée de reprendre ce dépôt, trop lourd pour être longtemps gardé, et de la laisser vivre en bonne fille, ne faisant d'autres miracles que miracles de travail et de joyeuse humeur.

Or, elle l'avait vainement cherchée et désespérait de jamais la rencontrer.

Un soir, passant devant l'église, elle entra faire un bout de prière. Elle alla tout au fond, dans une petite chapelle qu'elle aimait pour son ombre et son silence ; les vitraux d'un bleu sombre éclairaient les dalles comme d'un reflet de lune, et la voûte, un peu basse, n'avait pas d'écho. Mais, ce soir-là, la petite chapelle était en fête. Un rayon égaré, après avoir traversé la nef, donnait en plein sur l'humble autel et faisait briller dans les ténèbres le cadre doré d'un vieux tableau.

Sœur-des-Pauvres, qui s'était agenouillée sur la pierre nue, eut une courte distraction à voir ce bel adieu du soleil à son coucher et ce cadre qu'elle ne savait point là. Puis elle pencha la tête et commença son oraison ; elle suppliait le bon Dieu de lui envoyer un ange qui se chargeât du gros sou.

Au fort de sa prière, elle leva le front. Le baiser du soleil montait lentement ; il avait laissé le cadre pour la toile peinte, et, comme il emplissait le tableau, on eût pu croire que cette lumière blonde sortait de l'image sainte. Elle rayonnait sur le mur noir, et c'était comme si quelque chérubin eût écarté un coin du voile des cieux ; car on y voyait, dans un éblouissement de gloire et de splendeur, la Vierge Marie endormant Jésus sur ses genoux.

Sœur-des-Pauvres regardait, cherchant à se souvenir. Elle avait vu, en songe peut-être, cette belle sainte et cet enfant divin. Eux aussi la reconnaissaient sans doute : ils lui souriaient, et même elle les vit sortir de la toile et descendre vers elle.

Elle entendit une voix douce qui disait :

— « Je suis la sainte mendiante des cieux. Les pauvres de la terre me font l'offrande de leurs larmes, et je tends la main à chaque misérable, afin qu'il se soulage. J'emporte au ciel ces aumônes de souffrance, et ce sont elles qui, amassées une à une dans les siècles, formeront au dernier jour les trésors de félicité des élus.

« C'est ainsi que je vais par le monde, pauvrement

10

vêtue, comme il convient à la fille du peuple. Je console les indigents mes frères, et je sauve les riches par la charité.

« Je t'ai vue, un soir, et j'ai reconnu en toi celle que je cherchais. C'est un rude labeur que le mien, et, lorsque je rencontre un ange sur la terre, je lui confie une partie de ma mission. J'ai pour cela des sous du ciel qui ont l'intelligence du bien et qui rendent fées les mains pures.

« Vois, mon Jésus te sourit : il est content de toi. Tu as été mendiante des cieux, car chacun t'a fait l'aumône de son âme, et tu amèneras ton cortége de pauvres jusque dans le paradis. Maintenant, donne ce sou qui te pèse ; les chérubins ont seuls cette force de porter éternellement le bien sur leurs ailes. Sois humble, sois heureuse. »

Sœur-des-pauvres écoutait la parole divine ; elle était là, demi-penchée, muette, en extase ; et, dans ses yeux grands ouverts, se reflétait l'éblouissement de la vision. Elle demeura longtemps immobile. Puis, comme le rayon montait toujours, il lui sembla que la porte du ciel se refermait ; la Vierge prit le ruban à son cou et disparut lentement. L'enfant regardait encore, mais elle voyait seulement le haut du cadre doré, brillant faiblement aux dernières lueurs.

Alors, ne sentant plus le poids du sou sur sa poitrine, elle crut en ce qu'elle venait de voir. Elle se signa et s'en alla, remerciant Dieu.

C'est ainsi qu'elle n'eut plus de souci et qu'elle vé-

cut longtemps, jusqu'au jour où l'ange qu'elle attendait depuis sa jeunesse, l'emmena auprès de sa mère
et de son père qui l'appelaient au paradis. Elle trouva
près d'eux Guillaume et Guillaumette qui l'avaient
quittée, eux aussi, un jour qu'ils étaient las.

Et plus de cent ans après sa mort, on n'aurait pu
trouver un seul mendiant dans la contrée ; non pas
qu'il y eût dans les armoires des familles de nos vilaines pièces d'or et d'argent ; mais il s'y rencontrait toujours, on ne savait comment, quelques fils du sou de
la Vierge, de gros sous de cuivre jaune, qui sont monnaie des travailleurs et des simples d'esprit.

AVENTURES

DU GRAND SIDOINE ET DU PETIT MÉDÉRIC

AVENTURES

DU GRAND SIDOINE ET DU PETIT MÉDÉRIC

I

A cent pas, le grand Sidoine avait quelque peu l'aspect d'un peuplier, si ce n'est qu'il était plus haut de taille et de tournure plus épaisse. A cinquante, on distinguait parfaitement son sourire large et satisfait, ses gros yeux bleus à fleur de tète, ses énormes poings qu'il balançait d'une façon timide et embarrassée. A vingt-cinq, on le déclarait sans hésiter garçon de cœur, fort comme une armée, mais bête comme tout.

Le petit Médéric, pour sa part, avait, quant à la taille, de fortes ressemblances avec une laitue, je dis une laitue en bas âge. Mais, à remarquer ses lèvres fines et mobiles, son front pur et élevé, à voir la grâce de son salut et l'aisance de son allure, on lui accordait aisément plus d'esprit qu'aux doctes cervelles de quarante grands hommes. Ses yeux ronds, pareils à ceux d'une mésange, dardaient des regards minces et pénétrants comme des vrilles d'acier ; ce qui, certes, l'aurait fait juger méchant enfant, si de longs cils blonds n'avaient voilé d'une ombre douce la malice et la hardiesse de ces yeux-là. Il portait des cheveux bouclés et riait d'un bon rire engageant, de sorte qu'on ne pouvait s'empêcher de l'aimer.

Bien qu'ils eussent grand'peine à converser librement, le grand Sidoine et le petit Médéric n'en étaient pas moins les meilleurs amis du monde. Ils avaient seize ans tous deux, étant nés le même jour, à la même minute, et se connaissaient depuis lors; car leurs mères, qui se trouvaient voisines, se plaisaient à les coucher ensemble dans un berceau d'osier, aux jours où le grand Sidoine se contentait encore d'une couche de trois pieds de long. Sans doute, c'est chose rare que deux enfants, nourris d'une même bouillie, aient des croissances si singulièrement différentes. Ce fait embarrassait d'autant plus les savants du voisinage, que Médéric, contrairement aux usages reçus, avait à coup sûr rapetissé de plusieurs pouces. Les cinq ou six cents doctes brochures, écrites sur ce phénomène par des hommes spéciaux, prouvaient de reste que le bon Dieu seul savait le secret de ces croissances bizarres, comme il sait d'ailleurs ceux des Bottes de sept lieues, de la Belle au bois dormant et de ces mille autres vérités, si belles et si simples qu'il faut toute la pureté de l'enfance pour les comprendre.

Les mêmes savants, qui faisaient métier d'étudier ce qui ne saurait être expliqué, se posaient encore un grave problème. Comment peut-il se faire, se demandaient-ils entre eux, sans jamais se répondre, que cette grande bête de Sidoine aime d'un amour aussi tendre ce petit polisson de Médéric, et comment ce petit polisson trouve-t-il tant de caresses pour cette grande bête? Question obscure, bien faite pour inquiéter des esprits chercheurs : la fraternité du brin d'herbe et du chêne.

Je ne me soucierais pas autant de ces savants, si un d'eux, le moins accrédité dans la paroisse, n'avait dit certain jour en hochant la tête : « Hé, hé ! bonnes gens, ne voyez-vous pas ce dont il s'agit? Rien n'est plus simple. Il s'est fait un échange entre les marmots. Quand ils étaient au berceau, alors qu'ils avaient la peau tendre et le crâne de peu d'épaisseur, Sidoine a pris le corps de Médéric, et Médéric, l'esprit de Sidoine; de sorte que l'un a crû en jambes et en bras, tandis que l'autre croissait en intelligence. De là leur amitié. Ils sont un même être en deux êtres différents ; et c'est, si je ne me trompe, la définition des amis parfaits. »

Lorsque le bonhomme eut ainsi parlé, ses collègues rirent aux éclats et le traitèrent de fou. Un philosophe daigna lui démontrer comme quoi les âmes ne se transvasent point de la sorte, ainsi qu'on fait d'un liquide; un naturaliste lui criait en même temps dans l'autre oreille qu'on n'avait pas d'exemple en zoologie d'un

frère cédant ses épaules à son frère, comme il lui cé-
derait sa part de gâteau. Le bonhomme hochait toujours la tête, répétant : « J'ai donné mon explication,
donnez la vôtre, et nous verrons laquelle des deux est
la plus raisonnable. »

J'ai longtemps médité ces paroles et je les ai trouvées pleines de sagesse. Jusqu'à meilleure explication,
— si tant est que j'aie besoin d'une explication pour
continuer ce conte, — je m'en tiendrai à celle donnée
par le vieux savant. Je sais qu'elle blessera les idées
nettes et géométriques de bien des personnes ; mais,
comme je suis décidé à accueillir avec reconnaissance
les nouvelles solutions que mes lecteurs trouveront
sans aucun doute, je crois agir justement en une
matière aussi délicate.

Ce qui, Dieu merci, n'était pas sujet à controverse,
— car tous les esprits droits conviennent assez souvent d'un fait, — c'est que Sidoine et Médéric se trouvaient au mieux de leur amitié. Ils découvraient chaque
jour tant d'avantages à être ce qu'ils étaient, que, pour
rien au monde, ils n'auraient voulu changer de corps
ni d'esprit.

Sidoine, lorsque Médéric lui indiquait un nid de pie
tout au haut d'un chêne, se déclarait l'enfant le plus
fin de la contrée ; Médéric, lorsque Sidoine se baissait
pour s'emparer du nid, croyait de bonne foi avoir la
taille d'un géant. Mal t'en eût pris, si tu avais traité
Sidoine de sot, espérant qu'il ne saurait te répondre :
Médéric t'aurait prouvé en trois phrases que tu tour-

nais à l'idiotisme. Et Médéric donc, si tu l'avais raillé
sur ses petits poings, tout juste assez forts pour écraser une mouche, c'eût été une bien autre chanson : je
ne sais trop comment tu aurais échappé aux longs
bras de Sidoine. Ils étaient forts et intelligents tous
deux, puisqu'ils s'aimaient et ne se quittaient point, et
ils n'avaient jamais songé qu'il leur manquât quelque
chose, si ce n'est les jours où le hasard les séparait.

Pour ne rien cacher, je dois dire qu'ils vivaient un
peu en vagabonds, ayant perdu leurs parents de bonne
heure et se sentant de force à manger en tous lieux et
en tout temps. D'autre part, ils n'étaient pas garçons à
se loger tranquillement dans une cabane. Je te laisse à
penser quel hangar il eût fallu pour Sidoine ; quant à
Médéric, une armoire lui aurait mieux convenu. Si bien
que, pour la commodité de tous deux, ils logeaient aux
champs, dormant en été sur le gazon, et, l'hiver, se
moquant du froid, sous une chaude couverture de
feuilles et de mousses sèches.

Ils formaient ainsi un ménage assez singulier. Médéric avait charge de penser ; il s'en acquittait à merveille, connaissait au premier coup d'œil les terrains
où se trouvaient les pommes de terre les plus savoureuses, et savait, à une minute près, le temps qu'elles
devaient rester sous la cendre pour être cuites à point.
Sidoine agissait ; il déterrait les pommes de terre, et
ce n'était pas, je t'assure, petite besogne, car, si son
compagnon n'en mangeait qu'une ou deux, il lui en
fallait bien, quant à lui, trois à quatre charretées ; puis,

il allumait le feu, les couvrait de braise et se brûlait les doigts à les retirer.

Ces menus soins domestiques n'exigeaient pas grandes ruses ni grande force de poignets. Mais il faisait bon voir les deux compagnons dans les exigences plus graves de la vie, comme lorsqu'il fallait se défendre contre les loups, pendant les nuits d'hiver, ou encore se vêtir décemment, sans bourse délier, ce qui présentait des difficultés énormes.

Sidoine avait fort à faire pour tenir les loups à distance ; il lançait à droite et à gauche des coups de pied à renverser une montagne, et, le plus souvent, ne renversait rien du tout, par la raison qu'il était très-maladroit de sa personne. Il sortait ordinairement de ces luttes les vêtements en lambeaux. Alors le rôle de Médéric commençait. De faire des reprises, il n'y fallait pas songer, et le malin garçon préférait se procurer de beaux habits neufs, puisque, d'une façon comme d'une autre, il devait se mettre en frais d'imagination. A chaque blouse déchirée, ayant l'esprit fertile en expédients, il inventait une étoffe nouvelle. Ce n'était pas tant la qualité que la quantité qui l'inquiétait : figure-toi un tailleur qui aurait à habiller les tours Notre-Dame.

Une fois, dans un besoin pressant, il adressa une requête aux meuniers, sollicitant de leur bienveillance les vieilles voiles de tous les moulins à vent de la contrée. Il demandait avec une grâce sans pareille, et il obtint bientôt assez de toile pour confectionner un superbe sac qui fit le plus grand honneur à Sidoine.

Une autre fois, il eut une idée plus ingénieuse encore. Comme une révolution venait d'éclater dans le
pays, et que le peuple, pour se prouver sa puissance,
brisait les écussons et déchirait les bannières du dernier règne, il se fit donner sans peine tous les vieux
drapeaux qui avaient servi dans les fêtes publiques.
Je te laisse à penser si la blouse, faite de ces lambeaux
de soie, fut splendide à voir.

Mais c'étaient là des habits de cour, et Médéric cherchait une étoffe qui résistât plus longtemps aux griffes
et aux dents des bêtes fauves. Un soir de bataille, les
loups ayant achevé de dévorer les drapeaux, il lui vint
une subite inspiration en considérant les morts restés
sur le sol. Il dit à Sidoine de les écorcher proprement,
fit sécher les peaux au soleil, et, huit jours après, son
grand frère se promenait, la tête haute, vêtu galam-
ment des dépouilles de leurs ennemis. Ce dernier était
un peu coquet, ainsi que tous les gros hommes, et se
montrait très-sensible aux beaux ajustements neufs;
aussi se mit-il à faire chaque semaine un furieux carnage de loups, les assommant d'une façon plus douce,
par crainte de gâter les fourrures.

Médéric n'eut plus, dès lors, à s'inquiéter de la garde-
robe. Je ne t'ai point dit comment il arrivait à se vêtir
lui-même, et tu as sans doute compris qu'il y arrivait
sans tant de ruses. Le moindre bout de ruban lui suffisait. Il était fort mignon, et de taille bien prise, quoique
petite; les dames se le disputaient pour l'attifer de ve-

lours et de dentelle. Aussi le rencontrait-on toujours mis à la dernière mode.

Je ne saurais dire que les fermiers fussent très-enchantés du voisinage des deux amis. Mais ils avaient tant de respect pour les poings de Sidoine, tant d'amitié pour les jolis sourires de Médéric, qu'ils les laissaient vivre dans leurs champs, comme chez eux. Les enfants d'ailleurs ne mésusaient pas de l'hospitalité; ils ne prélevaient quelques légumes que lorsqu'ils étaient las de gibier et de poisson. Avec de plus méchants caractères, ils auraient ruiné le pays en trois jours; une simple promenade dans les blés eût suffi. Aussi leur tenait-on compte du mal qu'ils ne faisaient pas. On leur avait même de la reconnaissance pour les loups qu'ils détruisaient par centaines, et pour le grand nombre d'étrangers curieux qu'ils attiraient dans les villes d'alentour.

J'hésite à entrer en matière avant de t'avoir conté plus au long les affaires de mes héros. Les vois-tu bien, là, devant toi? Sidoine, haut comme une tour, vêtu de fourrures grises, et Médéric, paré de rubans et de paillettes, brillant dans l'herbe à ses pieds, comme un scarabée d'or. Te les figures-tu se promenant dans la campagne, le long des ruisseaux, soupant et dormant dans les clairières, vivant en liberté sous le ciel de Dieu? Te dis-tu combien Sidoine était bête, avec ses gros poings, et que d'ingénieux expédients, que de fines reparties se logeaient dans la petite tête de Médéric? Te pénètres-tu de cette idée, que leur union

faisait leur force et que, nés l'un loin de l'autre, ils auraient été de pauvres diables fort incomplets, obligés de
vivre selon les us et coutumes de tout le monde ? As-tu
suffisamment compris que, si j'avais de mauvaises intentions, je pourrais cacher là-dessous quelque sens
philosophique ? Es-tu enfin décidée à me remercier de
mon géant et de mon nain, que j'ai élevés avec un soin
particulier et de façon à en faire le couple le plus
merveilleux du monde ?

Oui ?

Alors je commence, sans plus tarder, l'étonnant
récit de leurs aventures.

ii

ILS SE METTENT EN CAMPAGNE

Un matin d'avril, — l'air était encore vif, et de légers brouillards s'élevaient de la terre humide, — Sidoine et Médéric se chauffaient à un grand feu de
broussailles. Ils venaient de déjeuner et attendaient
que le brasier se fût éteint, pour faire un bout de promenade. Sidoine, assis sur une grosse pierre, regardait les charbons d'un air pensif ; mais il fallait se
défier de cet air-là, car il était connu de tous que le
brave enfant ne pensait jamais à rien. Il souriait béate-
ment et appuyait les poings sur les genoux. Médéric,

couché en face de lui, contemplait avec amour les poings de son compagnon ; bien qu'il les eût vus grandir, il trouvait, à les regarder, un éternel sujet de joie et d'étonnement.

— Oh ! la belle paire de poings ! songeait-il ; les maîtres poings que voilà ! Comme les doigts en sont épais et bien plantés ! Je ne voudrais pas, pour tout l'or du monde, en recevoir la moindre chiquenaude : il y aurait de quoi assommer un bœuf. Ce cher Sidoine ne semble pas se douter qu'il porte notre fortune au bout des bras.

Sidoine, que le feu réjouissait, allongeait en effet les mains d'une façon indolente, et dodelinait de la tête, abîmé dans un oubli complet des choses de ce monde. Médéric se rapprocha du feu qui s'éteignait.

— N'est-ce pas dommage, reprit-il à voix basse, d'user de si belles armes contre les méchantes carcasses de quelques loups galeux ? Elles méritent vraiment un plus noble usage, comme d'écraser des bataillons entiers et de renverser les murs de citadelles. Nous sommes nés pour de grands destins, et nous voilà dans notre seizième année, sans avoir encore fait le moindre exploit. Je suis las de la vie que nous menons au fond de cette vallée perdue, et il est, je crois, grandement temps d'aller conquérir le royaume que Dieu nous garde certainement quelque part ; car plus je regarde les poings de Sidoine, et plus j'en suis convaincu : ce sont là des poings de roi.

Sidoine était loin de songer aux grandes destinées rêvées par Médéric. Il venait de s'assoupir, ayant

peu dormi la nuit précédente, et on comprenait, à la
régularité de son souffle, qu'il ne prenait pas même la
peine d'avoir des songes.

— Hé ! mon mignon ! lui cria Médéric.

Il leva la tête et regarda son compagnon d'un air
inquiet, agrandissant les yeux et dressant les oreilles.

— Écoute, reprit celui-ci, et tâche de comprendre,
s'il est possible. Je songe à notre avenir et je trouve
que nous le négligeons beaucoup. La vie, mon mignon,
ne consiste pas à manger de belles pommes de terre
dorées et à se vêtir de splendides fourrures. Il faut, en
outre, se faire un nom dans le monde, se créer une position. Nous ne sommes pas gens du commun, pouvant
nous contenter de l'état et du titre de vagabonds. Certes,
je ne méprise pas ce métier, qui est celui des lézards,
bêtes à coup sûr plus heureuses que bien des hommes ;
mais nous serons toujours à temps de le reprendre. Il
s'agit donc de sortir au plus tôt de ce pays, trop petit
pour nous, et de chercher une contrée plus vaste où
nous puissions nous montrer à notre avantage. Sûrement, nous ferons vite fortune, si tu me secondes selon
tes moyens, j'entends en distribuant des taloches d'après
mes avis et conseils. Me comprends-tu ?

— Je crois que oui, répondit Sidoine d'un ton modeste ; nous allons voyager et nous battre tout le long
de la route. Ce sera charmant.

— Seulement, continua Médéric, il nous faut un but
pour nous ôter le loisir de baguenauder en chemin. Vois-
tu, mon mignon, nous aimons trop le soleil, et nous

serions bien capables de passer notre jeunesse à nous chauffer au pied des haies, si nous ne connaissions, au moins par ouï-dire, le pays où nous désirons nous rendre. J'ai donc cherché une contrée qui fût digne de nous posséder, et, je te l'avoue, d'abord je n'en trouvais aucune. Heureusement, je me suis rappelé une conversation que j'ai eue, il y a quelques jours, avec un bouvreuil de ma connaissance. Il m'a dit venir en droite ligne d'un grand royaume, nommé le Royaume des Heureux, célèbre par la fertilité du sol et l'excellent caractère des habitants ; il est gouverné en ce moment par une jeune reine, l'aimable Primevère, qui, dans la bonté de son cœur, ne se contente pas de laisser vivre en paix ses sujets, mais veut encore faire participer les animaux de son empire aux rares félicités de son règne. Je te dirai, une de ces nuits, les étranges histoires que m'a contées à ce sujet mon ami le bouvreuil. Peut-être, — car tu me parais singulièrement curieux aujourd'hui, — désires-tu connaître comment je compte agir dans le Royaume des Heureux. Dès à présent, et à ne juger les choses que de loin, il me semble assez convenable de me faire aimer de l'aimable Primevère, et de l'épouser, pour vivre grassement ensuite, sans souci des autres empires du monde. Nous verrons à te créer une position qui convienne à tes goûts, en te permettant de t'entretenir la main. Mon mignon, je jure de te tailler tôt ou tard une noble besogne, telle que le monde dans mille ans parlera encore de tes poings.

Sidoine, qui avait compris, aurait sauté au cou de son frère, si cela eût été possible. Lui dont l'imagination était fort paresseuse d'ordinaire, il voyait avec les yeux de l'âme des champs de bataille vastes comme des océans, riante perspective qui faisait courir des frissons de joie le long de ses bras. Il se leva, serra la ceinture de sa blouse et se campa devant Médéric.

Celui-ci songeait, jetant autour de lui des regards tristes.

— Les habitants de ce pays ont toujours été bons pour nous, dit-il enfin. Ils nous ont soufferts dans leurs champs, et, sans eux, nous n'aurions pas si fière mine. Nous devons, avant de les quitter, leur laisser une preuve de notre reconnaissance. Que pourrions-nous bien faire qui leur fût agréable?

Sidoine crut naïvement que cette question s'adressait à lui. Il eut une idée.

— Frère, répondit-il, que penses-tu d'un grand feu de joie? Nous pourrions brûler la ville prochaine, à l'extrême satisfaction des habitants ; car, pour peu qu'ils aient mon goût, rien ne les distraira autant que de belles flammes rouges par une nuit bien noire.

Médéric haussa les épaules.

— Mon mignon, dit-il, je te conseille de ne jamais te mêler de ce qui me regarde. Laisse-moi réfléchir une seconde. Si j'ai besoin de tes bras, alors tu travailleras à ton tour.

— Voici, reprit-il après un silence. Il y a là, au sud, une montagne qui, m'a-t-on dit, gêne beaucoup nos bienfaiteurs. La vallée manque d'eau, et leurs terres sont d'une telle sécheresse qu'elles produisent le pire vin du monde, ce qui est un continuel chagrin pour les buveurs du pays. Las de piquette, ils ont convoqué dernièrement toutes leurs académies ; une aussi docte assemblée allait certainement inventer la pluie, sans plus de peine que si le bon Dieu s'en mêlait. Les savants se sont donc mis en campagne ; ils ont fait des études fort remarquables sur la nature et la pente des terrains, et ont conclu que rien ne serait plus facile que de dériver et d'amener dans la plaine les eaux du fleuve voisin, si cette diablesse de montagne ne se trouvait justement sur le passage. Observe, mon mignon, combien les hommes nos frères sont de pauvres sires. Ils étaient là une centaine à mesurer, à niveler, à dresser de superbes plans ; ils disaient, sans se tromper, ce qu'était la montagne, marbre, craie ou pierre à plâtre ; ils l'auraient pesée, s'ils l'avaient voulu, à quelques kilogrammes près ; et pas un, même le plus gros, n'a songé à la porter quelque part où elle ne gênât plus. Prends la montagne, Sidoine, mon mignon. Je vais chercher dans quel lieu nous pourrions bien la poser sans malencontre.

Sidoine ouvrit les bras et en entoura délicatement les rochers. Puis il fit un léger effort, se renversant en arrière, et se releva, serrant le fardeau contre sa poitrine. Il le soutint sur son genou, attendant que Médéric se décidât. Ce dernier hésitait.

— Je la ferais bien jeter à la mer, murmurait-il,

mais un tel caillou occasionnerait pour sûr un nouveau
déluge. Je ne puis non plus la faire mettre brutalement
à terre, au risque d'écorner une ville ou deux. Les cul-
tivateurs pousseraient de beaux cris, si j'encombrais
un champ de navets ou de carottes. Remarque, Sidoine,
mon mignon, l'embarras où je suis. Les hommes se
sont partagé le sol d'une façon ridicule. On ne peut
déranger une pauvre montagne sans écraser les choux
d'un voisin.

— Tu dis vrai, mon frère, répondit Sidoine. Seulement, je te prie d'avoir une idée au plus vite. Ce n'est
pas que ce caillou soit lourd; mais il est si gros qu'il
m'embarrasse un peu.

— Viens donc, reprit Médéric. Nous allons le poser
entre ces deux coteaux que tu vois au nord de la
plaine. Il y a là une gorge qui souffle un froid du diable
en ce pays. Notre caillou la bouchera parfaitement et
abritera la vallée des vents de mars et de septembre.

Lorsqu'ils furent arrivés, et comme Sidoine s'apprê-
tait à jeter la montagne du haut de ses bras, ainsi que
le bûcheron jette son fagot au retour de la forêt :

— Bon Dieu! mon mignon, cria Médéric, laisse-la
glisser doucement, si tu ne veux ébranler la terre à
plus de cinquante lieues à la ronde. Bien : ne te
hâte ni ne te soucie des écorchures. Je crois qu'elle
branle, et il serait bon de la caler avec quelque roche,
pour qu'elle ne s'avise de rouler lorsque nous ne serons plus ici. Voilà qui est fait. Maintenant les braves
gens boiront de bon vin. Ils auront de l'eau pour arro-

ser leurs vignes et du soleil pour en dorer les grappes.
Ecoute, Sidoine, je suis bien aise de te le faire observer, nous sommes plus habiles qu'une douzaine d'académies. Nous pourrons, dans nos voyages, changer à
notre gré la température et la fertilité des pays. Il ne
s'agit que d'arranger un peu les terrains, d'établir au
nord un paravent de montagnes, et de ménager une
pente pour les eaux. La terre, je l'ai souvent remarqué, est mal bâtie, et je doute que les hommes aient
jamais assez d'esprit pour en faire une demeure digne
de nations civilisées. Nous verrons à y travailler un
peu, dans nos moments perdus. Aujourd'hui, voilà notre
dette de reconnaissance payée. Mon mignon, secoue
ta blouse qui est toute blanche de poussière, et partons.

Sidoine, il faut le dire, n'entendit que le dernier mot
de ce discours. Il n'était pas philanthrope, ayant
l'esprit trop simple pour cela, et se souciait peu d'un
vin dont il ne devait jamais boire. L'idée de voyage le
ravissait ; à peine son frère eut-il parlé de départ que
la joie lui fit faire deux ou trois enjambées, ce qui
l'éloigna de plusieurs douzaines de kilomètres. Heureusement, Médéric avait saisi un pan de la blouse.

— Ohé ! mon mignon, cria-t-il, ne pourrais-tu avoir
des mouvements moins brusques? Arrête, pour l'amour
de Dieu! Crois-tu que mes petites jambes soient capables de semblables sauts? Si tu comptes marcher d'un
tel pas, je te laisse aller en avant et te rejoindrai peut-
être dans quelques centaines d'années. Arrête et
assieds-toi.

Sidoine s'assit. Médéric saisit à deux mains le bas
de la culotte de fourrure, et, comme il était d'une
merveilleuse agilité, il grimpa légèrement sur le genou
de son compagnon, en s'aidant des touffes de poils et
des accrocs qu'il rencontra en chemin. Puis il s'avança
le long de la cuisse, qui lui sembla une belle grande
route, large, droite, sans montée aucune. Arrivé au
bout, il posa le pied dans la première boutonnière de
la blouse, s'accrocha plus haut à la seconde, et monta
ainsi jusqu'à l'épaule. Là, il fit ses préparatifs de
voyage, prit ses aises et se coucha commodément dans
l'oreille gauche de Sidoine. Il avait choisi ce logis pour
deux raisons : d'abord il se trouvait à l'abri de la pluie
et du vent, l'oreille en question étant une maîtresse
oreille; ensuite il pouvait, en toute sûreté d'être entendu, communiquer à son compagnon une foule de
remarques intéressantes.

Il se pencha sur le bord d'un trou noir qu'il décou-
vrit dans le fond de sa nouvelle demeure, et, d'une
voix perçante, cria dans cet abîme :

— Maintenant, mon mignon, tu peux courir, si bon
te semble. Ne t'amuse pas dans les sentiers, et fais en
sorte que nous arrivions au plus vite. M'entends-tu?

— Oui, frère, répondit Sidoine. Je te prie même de
ne pas parler si haut, car ton souffle me chatouille
d'une façon désagréable.

Et ils partirent.

III

LÉGER APERÇU SUR LES MOMIES

Ce n'est pas Sidoine qui aurait jamais sollicité un ministre des travaux publics pour l'établissement de ponts et de routes. Il marchait d'ordinaire à travers champs, s'inquiétant peu des fossés et encore moins des coteaux; il professait un dédain profond pour les coudes des sentiers frayés. Le brave enfant faisait de la géométrie sans le savoir, car il avait trouvé, à lui tout seul, que la ligne droite est le plus court chemin d'un point à un autre.

Il traversa ainsi une douzaine de royaumes, ayant soin de ne pas poser le pied au beau milieu de quelque ville, ce qu'il sentait devoir déplaire aux habitants. Il enjamba deux ou trois mers, sans trop se mouiller. Quant aux fleuves, il ne daigna pas même se fâcher contre eux, les prenant pour ces minces filets d'eau dont la terre est sillonnée après une pluie d'orage. Ce qui l'amusa prodigieusement, ce furent les voyageurs qu'il rencontra; il les voyait suer le long des montées, aller au nord pour revenir au midi, lire les poteaux au bord des routes, se soucier du vent, de la pluie, des ornières, des inondations, de l'allure de leurs chevaux. Il avait vaguement conscience du ridi-

cule de ces pauvres gens qui s'en vont de gaieté de
cœur risquer une culbute dans quelque précipice,
lorsqu'ils pourraient demeurer tranquillement assis à
leur foyer.

— Que diable! aurait dit Médéric, quand on est
ainsi bâti, on reste chez soi.

Mais, pour l'instant, Médéric ne regardait pas sur la
terre. Au bout d'un quart d'heure de marche, il désira
cependant reconnaître les lieux où ils se trouvaient. Il
mit le nez dehors, et se pencha sur la plaine; il se
tourna aux quatre points du monde, et ne vit que du
sable, qu'un immense désert emplissant l'horizon. Le
site lui déplut.

— Seigneur Jésus! se dit-il, que les gens de ce
pays doivent avoir soif! J'aperçois les ruines d'un
grand nombre de villes, et je jurerais que les habitants
en sont morts, faute d'un verre de vin. Sûrement, ce
n'est pas là le Royaume des Heureux; mon ami le
bouvreuil me l'a donné comme fertile en vignobles et
en fruits de toutes espèces; il s'y trouve même, a-t-il
ajouté, des sources d'une eau limpide et fraîche, excellente pour rincer les bouteilles. Cet écervelé de Sidoine nous a certainement égarés.

— Hé! mon mignon! cria-t-il, où vas-tu?

— Pardieu, répondit Sidoine sans s'arrêter, je vais
devant moi.

— Vous êtes un sot, mon mignon, reprit Médéric.
Vous avez l'air de ne pas vous douter que la terre est

ronde, et qu'en allant toujours devant vous, vous n'ar-
riveriez nulle part. Nous voilà bel et bien perdus.

— Oh! dit Sidoine en courant de plus belle, peu
m'importe : je suis partout chez moi.

— Mais arrête donc, malheureux! cria de nouveau
Médéric. Je sue, à te regarder marcher ainsi. J'aurais dû
veiller au chemin. Sans doute, tu as enjambé la demeure
de l'aimable Primevère, sans plus de façons qu'un hutte
de charbonnier : palais et chaumières sont de même
niveau pour tes longues jambes. Maintenant, il nous
faut courir le monde au hasard. Je regarderai passer les
empires, du haut de ton épaule, jusqu'au jour où nous
découvrirons le Royaume des Heureux. En attendant,
rien ne presse ; nous ne sommes pas attendus. Je crois
utile de nous asseoir un instant, pour méditer plus à
l'aise sur le singulier pays que nous traversons en ce
moment. Mon mignon, assieds-toi sur cette montagne
qui est là, à tes pieds.

— Ça, une montagne! répondit Sidoine en s'asseyant, c'est un pavé, ou le diable m'emporte!

A vrai dire, ce pavé était une des grandes pyramides. Nos compagnons, qui venaient de traverser le
désert d'Afrique, se trouvaient pour lors en Égypte.
Sidoine, n'ayant pas en histoire des connaissances
bien précises, regarda le Nil comme un ruisseau
boueux ; quant aux sphinx et aux obélisques, il les
prit pour des graviers d'une forme singulière et fort
laide. Médéric, qui savait tout sans avoir rien appris,
fut fâché du peu d'attention que son frère accordait à

cette boue et à ces pierres, visitées et admirées de plus
de cinq cents lieues à la ronde.

— Hé! Sidoine, dit-il, tâche de prendre, s'il t'est
possible, un air d'admiration et de respectueux étonnement. Il est du dernier mauvais goût de rester calme
en face d'un pareil spectacle. Je tremble que quelqu'un
ne t'aperçoive, dodelinant ainsi de la tête devant les
ruines de la vieille Égypte. Nous serions perdus dans
l'estime des gens de bien. Remarque qu'il ne s'agit pas
ici de comprendre, ce que personne n'a envie de faire,
mais de paraître profondément pénétré du haut intérêt
que présentent ces cailloux. Tu as tout juste assez d'esprit pour t'en tirer avec honneur. Là, tu vois le Nil,
cette eau jaunâtre qui croupit dans la vase. C'est, m'a-
t-on dit, un fleuve très-vieux; il est à croire cependant
qu'il n'est pas plus âgé que la Seine et la Loire. Les
peuples de l'antiquité se sont contentés d'en connaître
les embouchures; nous, gens curieux, aimant à nous
mêler de ce qui ne nous regarde pas, nous en cherchons les sources depuis quelques centaines d'années,
sans avoir pu découvrir encore le plus mince réservoir.
Les savants se partagent: d'après les uns, il existerait
certainement une fontaine quelque part, et il s'agirait
seulement de bien chercher; les autres, et ceux-ci
ont des chances de l'emporter, jurent qu'ils ont fouillé
tous les coins, et qu'à coup sûr le fleuve n'a point de
sources. Moi, je n'ai pas d'opinion décidée en cette
matière, car il m'arrive rarement d'y songer, et d'ailleurs une solution quelconque ne m'engraisserait pas

d'un centimètre. Regarde maintenant ces vilaines
bêtes qui nous entourent, brûlées par des millions de
soleils; c'est pure malice, assure-t-on, si elles ne parlent pas; elles connaissent le secret des premiers
jours du monde, et l'éternel sourire qu'elles gardent
sur les lèvres est simplement par manière de se moquer de notre ignorance. Pour moi, je ne les juge pas
si méchantes; ce sont de bonnes pierres, d'une grande
simplesse d'esprit, et qui en savent moins long qu'on
veut le dire. Ecoute toujours, mon mignon, et ne crains
pas de trop apprendre. Je ne te dirai rien sur Memphis,
dont nous apercevons les ruines à l'horizon, et je ne
te dirai rien par l'excellente raison que je ne vivais
pas au temps de sa puissance. Je me défie beaucoup
des historiens qui en ont parlé. Je pourrais lire, comme
un autre, les hiéroglyphes des obélisques et des vieux
murs écroulés; mais, outre que cela ne m'amuserait
pas, étant très-scrupuleux en matière d'histoire,
j'aurais la plus grande crainte de prendre un A pour
un B, et de t'induire ainsi en des erreurs qui seraient pour toi d'une déplorable conséquence. Je préfère
joindre à ces considérations générales un léger aperçu
sur les momies. Rien n'est plus agréable à voir qu'une
momie bien conservée. Les Egyptiens s'enterraient
sans doute avec tant de coquetterie dans la prévision
du rare plaisir que nous aurions un jour à les déterrer.
Quant aux pyramides, selon l'opinion commune, elles
servaient de tombeaux, si pourtant elles n'étaient pas
destinées à un autre usage qui nous échappe. Ainsi, à

en juger par celle sur laquelle nous sommes assis, —
car notre siége, je te prie de le remarquer, est une
pyramide de la plus belle venue, — je les croirais
bâties par un peuple hospitalier, pour servir de siéges
aux voyageurs fatigués, n'était le peu de commodité
qu'elles offrent à un tel emploi. Je finirai par une morale. Sache, mon mignon, que trente dynasties dor-
ment sous nos pieds; les rois sont couchés par milliers dans le sable, emmaillotés de bandelettes, les
joues fraîches, ayant encore leurs dents et leurs cheveux. On pourrait, si l'on cherchait bien, en composer
une jolie collection qui offrirait un grand intérêt pour
les courtisans. Le malheur est qu'on a oublié leurs
noms et qu'on ne saurait les étiqueter d'une façon convenable. Ils sont tous plus morts que leurs cadavres.
Si jamais tu deviens roi, songe à ces pauvres momies
royales endormies au désert; elles ont vaincu les vers
cinq mille ans, et n'ont pu vivre dix siècles dans la
mémoire des hommes. J'ai dit. Rien ne développe l'intelligence comme les voyages, et je compte parfaire
ainsi ton éducation, en te faisant un cours pratique sur
les divers sujets qui se présenteront en chemin.

Durant ce long discours, Sidoine, pour complaire à
son compagnon, avait pris l'air le plus bête du monde,
et note que c'était précisément là l'air qu'il fallait.
Mais, à la vérité, il s'ennuyait de toute la largeur de
ses mâchoires, regardant d'un œil désespéré le Nil, les
sphinx, Memphis, les pyramides, et s'efforçant de
penser aux momies, sans grands résultats. Il cherchait

furtivement à l'horizon s'il ne trouverait pas un sujet qui lui permît d'interrompre l'orateur d'une façon polie. Comme celui-ci se taisait, il aperçut, un peu tard, deux troupes d'hommes, se montrant aux deux bouts opposés de la plaine.

— Frère, dit-il, les morts m'ennuient. Apprends-moi quels sont ces gens qui viennent à nous.

IV

LES POINGS DE SIDOINE

J'ai oublié de te dire qu'il pouvait être midi, lorsque nos voyageurs discouraient de la sorte, assis sur une des grandes pyramides. Le Nil roulait lourdement ses eaux dans la plaine, pareil à la coulée d'un métal en fusion ; le ciel était blanc, comme la voûte d'un four énorme chauffé pour quelque cuisson gigantesque ; la terre n'avait pas une ombre et dormait sans haleine, écrasée sous un sommeil de plomb. Dans cette immense immobilité du désert, les deux troupes, formées en colonnes, s'avançaient, semblables à des serpents glissant avec lenteur sur le sable.

Elles s'allongéaient, s'allongeaient toujours. Bientôt ce ne furent plus de simples caravanes, mais deux armées formidables, deux peuples rangés par files démesurées qui allaient d'un bout de l'horizon à l'autre,

et coupaient d'une ligne sombre la blancheur écla-
tante du sol. Les uns, ceux qui descendaient du nord,
portaient des casaques bleues; les autres, ceux qui
montaient du midi, étaient vêtus de blouses vertes.
Tous avaient à l'épaule de longues piques à pointe
d'acier, et, à chaque pas que faisaient les colonnes,
un large éclair les sillonnait silencieusement. Ils marchaient les uns contre les autres.

— Mon mignon, cria Médéric, plaçons-nous bien,
car, si je ne me trompe, nous allons avoir un beau
spectacle. Ces braves gens ne manquent pas d'esprit.
Le lieu est on ne peut mieux choisi pour couper commodément la gorge à quelques cent mille hommes.
Ils vont se massacrer à l'aise, et les vaincus auront un
beau champ de course, lorsqu'il s'agira de décamper
au plus vite. Parlez-moi d'une pareille plaine pour se
battre à l'extrême satisfaction des spectateurs.

Cependant, les deux armées s'étaient arrêtées en
face l'une de l'autre, laissant entre elles une large
bande de terrain. Elles poussèrent des clameurs ef-
froyables, elles brandirent leurs armes, se montrèrent
le poing, mais n'avancèrent pas d'une toise. Chacune
semblait avoir un grand respect pour les piques ennemies.

— Oh! les lâches coquins! répétait Médéric qui
s'impatientait; est-ce qu'ils comptent coucher ici? Je
jurerais qu'ils ont fait plus de cent lieues pour le seul
plaisir de se gourmer, et, maintenant, les voilà qui
hésitent à échanger la moindre chiquenaude. Je te

demande un peu, mon mignon, s'il est raisonnable à deux ou trois millions d'hommes de se donner rendez-vous en Egypte, sur le coup de midi, pour se regarder face à face et se crier des injures. Vous battrez-vous, coquins? Mais vois-les donc : ils bâillent au soleil, comme des lézards, et semblent ne pas se douter que nous attendons. Ohé! doubles lâches, vous battrez-vous ou ne vous battrez-vous pas?

Les Bleus, comme s'ils avaient entendu les exhortations de Médéric, firent deux pas en avant. Les Verts, voyant cette manœuvre, en firent par prudence deux en arrière. Sidoine fut scandalisé.

— Frère, dit-il, j'éprouve une furieuse envie de m'en mêler. La danse ne commencera jamais, si je ne la mets en branle. N'es-tu pas d'avis qu'il serait bon d'essayer mes poings, en cette occasion?

— Pardieu, répondit Médéric, tu auras eu une idée décente dans ta vie. Retrousse tes manches et fais-moi de la propre besogne.

Sidoine retroussa ses manches et se leva.

— Par lesquels dois-je commencer? demanda-t-il; les Bleus ou les Verts?

Médéric songea une seconde.

— Mon mignon, dit-il, les Verts sont à coup sûr les plus poltrons. Daube-les-moi d'importance, pour leur apprendre que la peur ne garantit pas des coups. Mais attends : je ne veux rien perdre du spectacle, et je vais, avant tout, me poster commodément.

Ce disant, il monta sur l'oreille de son frère et s'y

coucha à plat ventre, ayant soin de ne passer que la tête ; puis il saisit une mèche de cheveux qu'il rencontra sous sa main, afin de ne pas être jeté à bas dans la bagarre. Ayant ainsi pris ses dispositions, il déclara être prêt pour le combat.

Aussitôt, Sidoine, sans crier gare, tomba sur les Verts à bras raccourcis. Il agitait ses poings en mesure, ainsi que des fléaux, et battait l'armée à coups pressés, comme blé sur aire. En même temps il lançait ses pieds à droite et à gauche, au beau milieu des bataillons, lorsque quelques rangs plus épais lui barraient le passage. Ce fut un beau combat, je te l'assure, digne d'une épopée en vingt-quatre chants. Notre héros se promenait sur les piques, sans plus s'en soucier que de brins d'herbe ; il allait, de çà, de là, et ouvrait de toutes parts de larges trouées, écrasant les uns contre terre et lançant les autres à vingt ou trente mètres de hauteur. Les pauvres gens mouraient, n'ayant seulement pas la consolation de savoir quelle rude main les secouait ainsi. Car, au premier abord, quand Sidoine se reposait tranquillement sur la pyramide, rien ne le distinguait nettement des blocs de granit. Puis, lorsqu'il s'était dressé, il n'avait pas laissé à l'ennemi le temps de l'envisager. Observe qu'il fallait au regard deux bonnes minutes, pour monter le long de ce grand corps, avant de rencontrer une figure. Les Verts n'avaient donc pas une idée très-nette de la cause des formidables bourrades qui les renversaient par centaines. La plupart pensèrent sans doute, en expirant, que la pyra-

mide s'écroulait sur eux, ne pouvant s'imaginer que
des poings d'homme eussent autant de ressemblance
avec des pierres de taille.

Médéric, émerveillé de ce fait d'armes, se trémous-
sait d'aise; il battait des mains, se penchait au risque
de tomber, perdait l'équilibre et se raccrochait vite à
la mèche de cheveux. Enfin, ne pouvant rester muet
en de telles circonstances, il sauta sur l'épaule du héros et s'y maintint, en se tenant au lobe de l'oreille; de
là, tantôt il regardait dans la plaine, tantôt il se tournait pour crier quelques mots d'encouragement.

— Oh la la! criait-il, quelles tapes, mon doux Jésus! quel beau bruit de marteaux sur l'enclume! Ohé,
mon mignon! frappe à ta gauche, nettoie-moi ce gros
de cavalerie qui fait mine de détaler. Eh! vite donc!
frappe à ta droite, là, sur ce groupe de guerriers cha-
marrés d'or et de broderies, et lance pieds et poings
ensemble, car je crois qu'il s'agit ici de princes, de
ducs et autres crânes d'épaisseur. Pardieu, voilà de
rudes taloches : la place est nette, comme si la faux y
avait passé. En cadence, mon mignon, en cadence!
Procède avec méthode; la besogne en ira plus vite.
Bien, cela! ils tombent par centaines et dans un ordre
parfait. J'aime la régularité en toute chose, moi. Le
merveilleux spectacle! dirait-on pas un champ de blé,
un jour de moisson, lorsque les gerbes sont couchées
au bord des sillons, en longues rangées symétriques.
Tape, tape, mon mignon, et ne t'amuse pas à écraser
les fuyards un à un; ramène-les-moi vertement par le

fond de leur culotte, et ne lève la main que sur trois ou quatre douzaines au moins. Oh la la! quelles calottes, quelles bourrades, quels triomphants coups de pied!

Et Médéric s'extasiait, se tournait en tous sens, ne trouvant pas d'exclamations assez fortes pour peindre son ravissement. A la vérité, Sidoine n'en frappait ni plus fort ni plus vite. Il avait pris au début un petit train bonhomme, et continuait la besogne avec flegme, sans accélérer le mouvement. Il surveillait seulement les bords de l'armée, et, lorsqu'il apercevait quelque fuyard, il se contentait de le ramener à son poste d'une chiquenaude, pour qu'il eût sa part au festin, quand viendrait son tour. Au bout d'un quart d'heure d'une pareille tactique, les Verts se trouvaient tous couchés proprement dans la plaine, sans qu'un seul restât debout pour aller porter au reste de la nation la nouvelle de leur défaite; circonstance rare et affligeante, qui ne s'est pas reproduite depuis dans l'histoire du monde.

Médéric n'aimait pas à voir le sang versé. Quand tout fut terminé :

— Mon mignon, dit-il à Sidoine, puisque tu as anéanti cette armée, il me semble juste que tu l'enterres.

Sidoine, ayant regardé autour de lui, aperçut cinq ou six buttes de sable qui se trouvaient là; il les poussa sur le champ de bataille, à l'aide de vigoureux coups de pied, et les aplanit de la main, de manière à en faire un seul coteau qui servît de tombe à près de onze cent mille hommes. En pareil cas, il est rare qu'un conquérant prenne lui-même ce soin pour les vaincus. Ce fait prouve combien mon héros, tout héros qu'il était, se montrait bon enfant à l'occasion.

Durant l'affaire, les Bleus, stupéfaits de ce renfort qui leur tombait du haut d'une des grandes pyramides, avaient eu le temps de reconnaître que ce n'était pas là un éboulement de pavés, mais un homme en chair et en os. Ils songèrent d'abord à l'aider un peu ; puis, voyant la façon aisée dont il travaillait, ils comprirent qu'ils seraient plutôt un embarras, et se retirèrent discrètement à quelque distance, par crainte des éclaboussures. Ils se haussaient sur la pointe des pieds, se bousculant pour mieux voir, et accueillaient chaque coup d'un tonnerre d'applaudissements. Quand les Verts furent morts et enterrés, ils poussèrent de grands cris et se félicitèrent de la victoire, se mêlant tumultueusement et parlant tous à la fois.

Cependant Sidoine, ayant soif, descendit au bord du Nil, pour boire un coup d'eau fraîche. Il le tarit d'une gorgée ; heureusement pour l'Egypte, il trouva ce breuvage si chaud et si fade, qu'il se hâta de rejeter le fleuve dans son lit, sans en avaler une goutte. Vois à quoi tient la fertilité d'un pays.

De fort méchante humeur, il revint dans la plaine et regarda les Bleus en se frottant les mains.

— Frère, dit-il d'un ton insinuant, si je frappais un peu sur ceux-ci, maintenant ? Ces hommes font beaucoup de bruit. Que penses-tu de quelques coups de poing pour les forcer à un silence respectueux?

— Garde-t'en bien, répondit Médéric, je les observe depuis un instant, et je leur crois les meilleures intentions du monde. Pour sûr, ils s'occupent de toi. Tâche, mon mignon, de prendre une pose noble et majestueuse; car, si je ne me trompe, tes grandes destinées vont s'accomplir. Regarde, voici venir une députation.

Au tapage d'un million d'hommes émettant chacun leur avis, sans écouter celui du voisin, avait succédé le plus profond silence. Les Bleus venaient sans doute de s'entendre; ce qui ne laisse pas que d'être singulier, car, dans les assemblées de notre beau pays, où les membres ne sont guère qu'au nombre de deux à trois cents, ils n'ont pu jusqu'ici s'accorder sur la moindre vétille.

L'armée défilait en deux colonnes. Bientôt elle forma un cercle immense. Au milieu de ce cercle, se trouvait Sidoine, fort embarrassé de sa personne; il baissait les yeux, honteux de voir tant de monde le regarder. Quant à Médéric, il comprit que sa présence serait un sujet d'étonnement, inutile et même dangereux en ce moment décisif, et se retira par prudence dans l'oreille qui lui servait de demeure depuis le matin.

La députation s'arrêta à vingt pas de Sidoine. Elle n'était pas composé de guerriers, mais de vieillards aux crânes nus et sévères, aux barbes magistrales, tombant en flots argentés sur les tuniques bleues. Les mains de ces vieillards avaient pris la couleur et les rides sèches des parchemins qu'elles feuilletaient sans cesse ; leurs yeux, habitués aux seules clartés des lampes fumeuses, soutenaient l'éclat du soleil avec la gaucherie et les clignements de paupières d'un hibou égaré en plein jour ; leurs échines se courbaient comme devant un pupitre éternel, et, sur leurs robes, des taches d'huile et des traînées d'encre dessinaient les broderies les plus bizarres, ornements mystérieux et terrifiants qui n'étaient pas pour peu de chose dans leur haute renommée de science et de sagesse.

Le plus vieux, le plus sec, le plus aveugle, le plus bariolé de la docte compagnie, avança de trois pas et fit un profond salut. Après quoi, s'étant dressé, il élargit les bras pour joindre aux paroles les gestes convenables.

— Seigneur Géant, dit-il d'une voix solennelle, moi, prince des orateurs, membre et doyen de toutes les académies, grand dignitaire de tous les ordres, je te parle au nom de la nation. Notre roi, un pauvre sire, est mort, il y a deux heures, d'un transport au cerveau, pour avoir vu les Verts à l'autre bout de la plaine. Nous voilà donc sans maître qui nous charge d'impôts et nous fasse tuer au nom du bien pubic. C'est là, tu le sais, un état de liberté déplaisant communément aux peuples. Il nous faut un roi au plus vite, et, dans notre hâte de nous prosterner devant des pieds royaux, nous venons de songer à toi, qui te bats si vaillamment. Nous pensons, en t'offrant la couronne, reconnaître ton dévouement à notre cause, et nous remercions la Providence de pouvoir le faire d'une façon digne de tes exploits. Je le sens, une telle circonstance demanderait un discours en une langue savante, sanscrite, hébraïque, grecque, ou tout au moins latine ; mais que la nécessité où je me trouve d'improviser, et que la certitude de pouvoir réparer plus tard ce manque de convenances, me servent d'excuses auprès de toi.

Le vieillard fit une pause.

— Je savais bien, songeait Médéric, que mon mignon avait des poings de roi.

V

LE DISCOURS DE MÉDÉRIC

— Seigneur Géant, continua le prince des orateurs, il me reste à t'apprendre ce que la nation a résolu et quelles preuves d'aptitude à la royauté elle te demande, avant de te porter au trône. Elle est lasse d'avoir pour maîtres des gens qui ressemblent en tous points à leurs sujets, ne pouvant donner le moindre coup de poing sans s'écorcher, ni prononcer tous les trois jours un discours de longue haleine sans mourir de phthisie au bout de quatre à cinq ans. Elle veut, en un mot, un roi qui l'amuse, et elle est persuadée que, parmi les agré-

ments d'un goût délicat et recherché, il en est deux
surtout dont on ne saurait se lasser : les taloches vertement appliquées et les périodes vides et sonores
d'une proclamation royale. J'avoue être fier d'appartenir à une nation qui comprend à un si haut point les
courtes jouissances de cette vie. Quant à son désir d'a-
voir sur le trône un roi amusant, je trouve ce désir
en lui-même encore plus digne d'éloges que le choix
des amusements préférés par mes concitoyens. Ce que
nous voulons se réduit donc à ceci. Les princes sont
des hochets dorés que se donne le peuple, pour se réjouir et se divertir à les voir briller au soleil ; mais,
presque toujours, ces hochets coupent et mordent,
ainsi qu'il en est des couteaux d'acier, lames brillantes
dont les mères effrayent vainement leurs marmots.
Or, nous souhaitons que notre hochet soit inoffensif,
qu'il nous réjouisse et nous divertisse, selon nos goûts,
sans que nous courions le risque de nous blesser, à le
tourner et le retourner entre nos doigts. Nous voulons
de grands coups de poing, car ce jeu fait rire nos
guerriers, les amuse honnêtement et leur met du cœur
au ventre ; nous désirons de longs discours, pour occuper
les braves gens du royaume à les applaudir et les com-
menter, de belles phrases qui tiennent en joie les par-
leurs de l'époque. Tu as déjà, Seigneur Géant, rempli
une partie du programme, à l'entière satisfaction des
plus difficiles ; je le dis en vérité, jamais poings ne
nous ont fait rire de meilleur cœur. Maintenant, pour
combler nos vœux, il te faut subir la seconde épreuve.

Choisis le sujet qu'il te plaira : parle-nous de l'affection que tu nous portes, de tes devoirs envers nous, des grands faits qui doivent signaler ton règne. Instruisnous, égaye-nous. Nous t'écoutons.

Le prince des orateurs, ayant ainsi parlé, fit une nouvelle révérence. Sidoine, qui avait écouté l'exorde d'un air inquiet, et suivi les différents points avec anxiété, fut frappé d'épouvante à la péroraison. Prononcer un long discours en public, lui paraissait une idée absurde et sortant par trop de ses habitudes journalières. Il regardait sournoisement le docte vieillard, craignant quelque méchante raillerie, et se demandait si un bon coup de poing, appliqué à propos sur ce crâne jauni, ne le tirerait pas d'embarras. Mais le brave enfant n'avait pas de méchanceté, et ce vieux monsieur venait de lui parler si poliment qu'il lui semblait dur de répondre d'une façon aussi brusque. S'étant juré de ne point desserrer les lèvres et sentant toute la délicatesse de sa position, il dansait sur l'un et l'autre pied, roulait ses pouces et riait de son rire le plus niais. Comme il devenait de plus en plus idiot, il crut avoir trouvé une idée de génie. Il salua profondément le vieux monsieur.

Cependant, au bout de cinq minutes, l'armée s'impatienta. Je crois te l'avoir dit, ces événements se passaient en Egypte, sur le coup de midi, et, tu le sais, rien ne rend de plus méchante humeur que d'attendre au grand soleil. Les Bleus témoignèrent bientôt par un murmure croissant que le seigneur Géant eût à se dépêcher; autrement, ils allaient le planter là, pour se pourvoir ailleurs d'une majesté plus bavarde.

Sidoine, étonné qu'une révérence n'eût pas contenté ces braves gens, en fit coup sur coup trois ou quatre, se tournant en tous sens, afin que chacun en eût sa part.

Alors ce fut une tempête de rires et de jurons, une de ces belles tempêtes populaires où chaque homme lance un quolibet, ceux-ci sifflant comme des merles, ceux-là battant des mains en manière de dérision. Le vacarme grandissait par larges ondées, décroissait pour grandir encore, pareil à la clameur des vagues de l'Océan. C'était, à la verve du peuple, un excellent apprentissage de la royauté.

Tout à coup, pendant un court moment de silence, une voix douce et flûtée se fit entendre dans les hauteurs de Sidoine; une douce et mignonne voix de petite fille, au timbre d'argent et aux inflexions caressantes.

« Mes bien-aimés sujets, » disait-elle...

Des applaudissements formidables l'interrompirent, dès ces premiers mots. Le gracieux souverain! des poings à pétrir des montagnes, et une voix à rendre jalouse la brise de mai!

Le prince des orateurs, stupéfait de ce phénomène, se tourna vers ses savants collègues :

— Messieurs, leur dit-il, voici un géant qui a, dans son espèce, un organe singulier. Je ne pourrais croire, si je ne l'entendais, qu'un gosier capable d'avaler un bœuf avec ses cornes puisse filer des sons d'une si re-

marquable finesse. Il y a là certainement une curiosité anatomique qu'il nous faudra étudier et expliquer à
tout prix. Nous traiterons ce grave sujet à notre prochaine réunion, et en ferons une belle et bonne vérité
scientifique qui aura cours dans nos établissements
universitaires.

— Hé ! mon mignon, souffla doucement Médéric
dans l'oreille de Sidoine, ouvre larges tes mâchoires
et fais-les jouer en mesure, comme si tu broyais des
noix. Il est bon que tu les remues avec vigueur, car
ceux qui ne t'entendront pas, verront au moins que tu
parles. N'oublie pas les gestes non plus : arrondis les
bras avec grâce durant les périodes cadencées; plisse
le front et lance les mains en avant dans les éclats d'é-
loquence; tâche même de pleurer un peu aux endroits
pathétiques. Surtout pas de bêtises. Suis bien le mouvement. Ne va pas t'arrêter court au beau milieu
d'une phrase, ni poursuivre lorsque je me tairai. Mets
les points et les virgules, mon mignon. Cela n'est
pas difficile, et la plupart de nos hommes d'État ne
font autre métier. Attention, je commence.

Sidoine ouvrit effroyablement la bouche et se mit à
gesticuler, avec des mines de damné. Médéric s'ex-
prima en ces termes :

« Mes bien-aimés Sujets,

« Comme il est d'usage, laissez-moi m'étonner et
me juger indigne de l'honneur que vous me faites. Je
ne pense pas un traître mot de ce que je vous dis là; je

crois mériter, comme tout le monde, d'être un peu roi
à mon tour, et je ne sais vraiment pourquoi je ne suis
pas né fils de prince, ce qui m'aurait évité l'embarras
de fonder une dynastie.

« Avant tout, je dois, pour assurer ma tranquillité
future, vous faire remarquer les circonstances pré-
sentes. Vous me croyez une bonne machine de guerre,
et, à ce titre, vous m'offrez la couronne. Moi, je me
laisse faire. C'est là, si je ne me trompe, ce qu'on appelle le suffrage universel. L'invention me paraît excellente, et les peuples s'en trouveront au mieux lorsqu'on l'aura perfectionnée. Veuillez donc, à l'occasion,
vous en prendre à vous seuls, si je ne tiens pas toutes
les belles choses que je vais promettre ; car je puis en
oublier quelqu'une, cela sans méchanceté, et il ne serait pas juste de me punir d'un manque de mémoire,
lorsque vous auriez vous-mêmes manqué de jugement.

« J'ai hâte d'arriver au programme que je me traçais
depuis longtemps, pour le jour où j'aurais le loisir d'être
roi. Il est d'une simplicité charmante, et je le recommande à mes collègues les souverains, qui se trouve-
raient embarrassés de leurs peuples. Le voici dans
son innocence et sa naïveté : la guerre au dehors, la
paix au dedans.

« La guerre au dehors est d'une excellente politique.
Elle débarrasse le pays des gens querelleurs et leur
permet d'aller se faire estropier hors des frontières. Je
parle de ceux qui naissent les poings fermés et qui,
par tempérament, sentiraient de temps à autre le be-

soin d'une petite révolution, s'ils n'avaient à rosser
quelque peuple voisin. Dans chaque nation, il y a une
certaine somme de coups à dépenser ; la prudence veut
que ces coups se distribuent à cinq ou six cents lieues
des capitales. Laissez-moi vous dire toute ma pensée.
La formation d'une armée est simplement une mesure
prévoyante prise pour séparer les hommes tapageurs
des hommes raisonnables ; une campagne a pour
but de faire disparaître le plus possible de ces hommes
tapageurs, et de permettre au souverain de vivre en
paix, n'ayant pour sujets que des hommes raisonnables.
On parle, je le sais, de gloire, de conquêtes et autres
balivernes. Ce sont là de grands mots dont se payent
les imbéciles. Les rois ont certainement un intérêt à se
priver de citoyens ; sans cela, ils préféreraient garder tous
leurs sujets auprès d'eux, et confier la culture de leurs
royaumes à un plus grand nombre de bras. Puisqu'ils
se jettent leurs troupes à la tête au moindre mot, c'est
qu'ils s'entendent et se trouvent bien du sang versé.
Je compte donc les imiter en appauvrissant le sang de
mon peuple, qui pourrait un beau jour avoir la fièvre
chaude. Seulement, un point m'embarrassait. Plus on
va et plus les sujets de guerre deviennent difficiles à
inventer ; bientôt on en sera réduit à vivre en frères,
faute d'une raison pour se gourmer honnêtement. J'ai
dû faire appel à toute mon imagination. De nous battre
pour réparer une offense, il n'y fallait pas songer :
nous n'avons rien à réparer, personne ne nous pro-
voque, nos voisins sont gens polis et de bon ton. De

nous emparer des territoires limitrophes sous prétexte d'arrondir nos terres, c'était là une vieille idée
qui n'a jamais réussi en pratique, et dont les conqué-
rants se sont toujours mal trouvés. De nous fâcher à
propos de quelques balles de coton ou de quelques
kilogrammes de sucre, on nous aurait pris pour de
grossiers marchands, pour des voleurs qui ne veulent
pas être volés, et nous tenons avant tout à être une nation bien apprise, ayant en horreur les soins du com-
merce et vivant d'idéal et de bons mots. Aucun moyen
d'un usage commun en matière de bataille ne pouvait
donc nous convenir. Enfin, après de longues réflexions, il m'est venu une inspiration sublime. Nous
nous battrons toujours pour les autres, jamais pour
nous, et n'aurons pas ainsi d'explications à donner sur
la cause de nos coups de poing. Observez combien
cette méthode sera commode, et quel honneur nous
tirerons de pareilles expéditions. Nous prendrons le
titre de bienfaiteurs des peuples, nous crierons bien
haut notre désintéressement, nous nous poserons modestement en soutiens des bonnes causes et dévoués
serviteurs des grandes idées. Ce n'est pas tout. Comme
ceux que nous ne servirons pas, pourront s'étonner de
cette singulière politique, nous répondrons hardiment
que notre rage de prêter nos armées à qui les demande
est un généreux désir de pacifier le monde, de le pacifier
bel et bien à coups de piques. Nos soldats, dirons-
nous, se promènent en civilisateurs, coupant le cou à
ceux qui ne se civilisent pas assez vite, et semant les

idées les plus fécondes dans les fosses creusées sur les
champs de bataille ; ils baptisent la terre d'un baptème
de sang pour hâter l'ère prochaine de liberté. Mais
nous n'ajouterons pas qu'ils auront ainsi une besogne
éternelle, attendant vainement une moisson qui ne
saurait lever sur des tombes.

« Voilà, mes chers sujets, ce que j'ai imaginé. L'idée
a toute l'ampleur et l'absurdité nécessaires pour réus-
sir. Donc, ceux d'entre vous qui se sentiraient le besoin de proclamer une ou deux républiques sont priés
de n'en rien faire chez moi. Je leur ouvre charitablement les empires des autres monarques. Qu'ils disposent librement des provinces, changent les formes des
gouvernements, consultent le bon plaisir des peuples ;
qu'ils se fassent tuer chez mes voisins, au nom de la
liberté, et me laissent gouverner chez moi aussi des-
potiquement que je l'entendrai.

« Mon règne sera un règne guerrier.

« Obtenir la paix au dedans est un problème plus difficile à résoudre. On a beau se débarrasser des méchants garçons, il reste toujours dans les masses un
esprit de révolte contre le maître de leur choix. Souvent j'ai réfléchi à cette haine sourde que les nations
ont portée de tous temps à leurs princes, et j'avoue
n'avoir jamais pu en trouver la cause raisonnable et
logique. Nous mettrons cette question au concours
dans nos académies, et nos savants, sans aucun doute,
se hâteront de nous indiquer d'où vient le mal et quel
doit être le remède. Mais, en attendant l'aide de la

science, nous emploierons, pour guérir notre peuple
de son inquiétude maladive, les faibles moyens dont
nos prédécesseurs nous ont légué la recette. Certes,
ils ne sont pas infaillibles, et, si nous en faisons usage,
c'est qu'on n'a pas encore inventé de bonnes cordes
assez longues et assez fortes pour garrotter une foule.
Le progrès marche si lentement ! Ainsi nous choisi-
rons nos ministres avec soin. Nous ne leur demande-
rons pas de grandes qualités morales ni intellectuelles ;
il les suffira médiocres en toutes choses. Mais ce que
nous exigerons absolument, c'est qu'ils aient la voix
forte et distincte, et se soient longtemps exercés à
crier : Vive le roi ! sur le ton le plus haut et le plus
noble possible. Un beau : Vive le roi ! poussé dans les
règles, enflé avec art et s'éteignant dans un murmure
d'amour et d'admiration, est un mérite rare qu'on ne
saurait trop récompenser. A vrai dire, cependant, nous
comptons peu sur nos ministres ; souvent ils gênent
plus qu'ils ne servent. Si notre avis prévalait, nous
jetterions ces messieurs à la porte, et nous vous servi-
rions de roi et de ministres, le tout ensemble. Nous
fondons de plus grandes espérances sur certaines lois
que nous nous proposons de mettre en viguéur ; elles
vous empoigneront un homme au collet et vous le lan-
ceront à la rivière, sans plus amples explications, selon l'excellente méthode des muets du sérail. Vous
voyez d'ici combien sera commode une justice aussi
expéditive ; il est tant de fâcheux tenant aux formes et
croyant candidement un crime nécessaire pour être

coupable! Nous aurons également à notre service de bons petits journaux payés grassement, chantant nos louanges, cachant nos fautes et nous prêtant plus de vertus qu'à tous les saints du paradis. Nous en aurons d'autres, et ceux-là nous les payerons plus cher ; ils attaqueront nos actes, discuteront notre politique, mais d'une façon si plate et si maladroite qu'ils ramèneront à nous les gens d'esprit et de bon sens. Quant aux journaux que nous ne payerons pas, il ne leur sera permis ni de blâmer ni d'approuver, et, de toutes manières, nous les supprimerons au plus tôt. Nous devrons aussi protéger les arts, car il n'est pas de grand règne sans grands artistes. Pour en faire naître le plus possible, nous abolirons la liberté de pensée. Il serait peut-être bon aussi de servir une petite rente aux écrivains en retraite, j'entends à tous ceux qui ont su faire fortune et qui sont patentés pour tenir boutique de prose ou de vers. Quant aux jeunes gens, à ceux qui n'auront que du talent, nous leur ouvrirons nos hôpitaux. A cinquante ou soixante ans, s'ils ne sont pas tout à fait morts, ils participeront aux bienfaits dont nous comblerons le monde des lettres. Mais les vrais soutiens de notre trône, les gloires de notre règne, ce seront les tailleurs de pierres et les maçons. Nous dépeuplerons les campagnes, nous appellerons à nous tous les hommes de bonne volonté, et leur ferons prendre la truelle. Ce sera un touchant et sublime spectacle! Des rues larges et droites trouant une ville d'un bout à un autre! de beaux murs blancs, de beaux

13

murs jaunes, s'élevant comme par enchantement! de
splendides édifices, décorant d'immenses places plan-
tées d'arbres et de réverbères! Bâtir n'est rien encore,
mais que démolir a de charmes! Nous démolirons plus
que nous ne bâtirons. La cité sera rasée, nivelée,
débarbouillée, badigeonnée. Nous changerons une
ville de vieux plâtre en une ville de plâtre neuf. De
pareils miracles, je le sais, coûteront beaucoup d'argent; comme ce n'est pas moi qui payerai, la dépense
m'inquiète peu. Je tiens, avant tout, à laisser des
traces glorieuses de mon règne, et rien ne me paraît
plus propre à étonner les générations futures, qu'une
effroyable consommation de chaux et de briques.
D'ailleurs, j'ai remarqué ceci : plus un roi fait bâtir,
plus son peuple se montre satisfait; il semble ne pas
savoir quels sots payent ces constructions, et croire
naïvement que son aimable souverain se ruine pour
lui donner la joie de contempler une forêt d'échafau-
dages. Tout ira pour le mieux. Nous vendrons très-
cher les embellissements aux contribuables, et nous
distribuerons les gros sous aux ouvriers, afin qu'ils se
tiennent tranquilles sur leurs échelles. Ainsi, du pain
au menu peuple et l'admiration de la postérité. N'est-ce
pas très-ingénieux? Si quelque mécontent s'avisait de
crier, ce serait à coup sûr mauvais cœur et pure ja-
lousie.

« Mon règne sera un règne de maçons.

« Vous le voyez, mes bien-aimés sujets, je me dis-
pose à être un roi très-amusant. Je vous chargerai de

belles guerres aux quatre coins du monde, qui vous
rapporteront des coups et de l'honneur. Je vous égaye-
rai, au dedans, par de grands tas de décombres et une
éternelle poussière de plâtre. Je ne vous ménagerai pas
non plus les discours et je les prononcerai les plus vides
possibles, aiguisant ainsi les esprits curieux qui auront la bonne volonté d'y chercher ce qui n'y sera pas.
Aujourd'hui, c'en est assez ; je meurs de soif. Mais, en
finissant, je vous fais la promesse de traiter prochainement la grave difficulté du budget ; c'est une matière qui a besoin d'être préparée longtemps à l'avance,
pour être embrouillée à point et obscure suivant la
convenance. Peut-être auriez-vous aussi le désir de
m'entendre causer religion. Ne voulant pas vous tromper dans votre attente, je dois vous déclarer, dès à
présent, que je compte ne jamais m'expliquer sur ce
sujet. Epargnez-moi donc des demandes indiscrètes,
et ne me pressez jamais d'avoir un avis en cette matière, qui m'est particulièrement désagréable. Sur ce,
mes bien-aimés sujets, que Dieu vous tienne en joie. »

Tel fut le discours de Médéric. Tu entends de reste
que je t'en donne ici un résumé succinct, car il dura
six heures d'horloge, et les limites de ce conte ne me
permettent point de le transcrire en entier. L'orateur
ne devait-il pas allonger ses phrases, cadencer ses périodes, et noyer si bien ses pensées dans un déluge de
mots, que le sens en puisse échapper au peuple qui
l'écoutait? En tous cas, mon résumé est conforme au

véritable esprit du discours, et si l'armée entendit ce qu'il lui plut d'entendre, ce fut grâce aux précautions oratoires et à la longueur des tirades. N'en est-il pas toujours de même en pareille circonstance?

Tant que son frère parla, Sidoine travailla rudement des bras et des mâchoires. Il eut des gestes fort applaudis, tantôt familiers sans trivialité, tantôt d'une ampleur noble et d'un lyrisme entraînant. S'il faut tout dire, il se permit par instants d'étranges contorsions et des hauts-le-corps qui n'étaient précisément pas de bon goût ; mais cette mimique risquée fut mise sur le compte de l'inspiration. Ce qui enleva les suffrages, ce fut la manière remarquable dont il ouvrait la bouche. Il baissait le menton, puis le relevait par petites saccades régulières ; il faisait prendre à ses lèvres toutes les figures géométriques, depuis la ligne droite jusqu'à la circonférence, en passant par le triangle et le carré ; même, au trait final de chaque tirade, il montrait la langue, hardiesse poétique qui eut un succès prodigieux.

Lorsque Médéric se tut, Sidoine comprit qu'il lui restait à finir par un coup de maître. Il saisit l'instant favorable, et, se cachant de la main, sans plus bouger, il cria d'une voix terrible :

— Vive Sidoine Ier, roi des Bleus!

Le seigneur géant savait placer son mot à l'occasion. Aux éclats de cette voix, chaque bataillon pensa avoir entendu le bataillon voisin pousser ce cri d'enthousiasme, et, comme rien n'est plus contagieux

qu'une grosse bêtise, l'armée entière se mit à chanter
en chœur :

— Vive Sidoine Ier, roi des Bleus !

Ce fut, dix minutes durant, un vacarme effroyable.
Pendant ce temps, Sidoine, de plus en plus civilisé,
prodiguait les révérences.

Les soldats parlèrent de le porter en triomphe. Mais
le prince des orateurs, ayant rapidement calculé son
poids à vue d'œil, leur démontra les difficultés de
l'entreprise, et se chargea de terminer avec lui. Il lui
rendit hommage comme à son roi, au nom du peuple,
et lui conféra les titres et les priviléges de sa nouvelle
position. Il l'invita ensuite à marcher en tête de l'armée,
pour faire son entrée dans son royaume, distant d'une
centaine de lieues.

Cependant Médéric se tenait les côtes et pensait
mourir de rire. Son propre discours l'avait singulièrement égayé, et ce fut bien autre chose, lorsque Sidoine
s'acclama lui-même.

— Bravo, Majesté mignonne ! lui dit-il à voix basse.
Je suis content de toi et ne désespère plus de ton éducation. Laisse faire ces braves gens. Essayons du métier de roi, quittes à l'abandonner dans huit jours, s'il
nous ennuie. Pour ma part, je ne suis pas fâché d'en
tâter, avant d'épouser l'aimable Primevère. Or çà, continue à ne pas faire de sottises, marche royalement,
contente-toi des gestes et laisse-moi le soin de la parole. Il est inutile d'apprendre à ce bon peuple que
nous sommes deux, ce qui pourrait l'autoriser à se

croire en état de république. Maintenant, mon mignon, entrons vite dans notre capitale.

Les annales des Bleus relatent ainsi l'avénement au trône du grand roi Sidoine Iᵉʳ. On peut y lire tout au long les événements mentionnés ci-dessus, et y remarquer comme quoi l'historien officiel observe, en différents passages, que ces faits se passaient en Egypte, sur le coup de midi, par une température de quarante-cinq degrés.

VI

MÉDÉRIC MANGE DES MURES.

Je t'épargnerai la description de l'entrée triomphale de nos héros et des réjouissances publiques qui eurent lieu en cette occasion.

Sidoine joua noblement son rôle de majesté. Il accueillit avec bienveillance une cinquantaine de députations qui vinrent à la file lui prêter serment, et écouta, sans trop bâiller, les harangues des différents corps de l'Etat. A vrai dire, il avait grand besoin de sommeil et aurait volontiers envoyé ces bonnes gens se coucher, pour aller lui-même en faire autant, si Médéric ne lui eût dit tout bas qu'un roi appartenait à son peuple et dormait lorsque les portefaix de son royaume le voulaient bien.

Enfin les grands dignitaires le conduisirent à son palais, sorte de grange monumentale, haute d'une quinzaine de mètres, et devant laquelle les écoliers tiraient leurs chapeaux. Les fourmis saluent ainsi les cailloux du chemin. Sidoine, qui se servait d'une pyramide en guise d'escabeau, témoigna par un geste expressif combien il trouvait le logis insuffisant, et Médéric déclara de sa voix la plus douce avoir remarqué, aux portes de la ville, un vaste champ de blé, demeure plus digne d'un grand prince. Les épis lui feraient une belle couche dorée, d'une merveilleuse souplesse, et il aurait pour ciel de lit les larges rideaux célestes que les clous d'or du bon Dieu retiennent aux murs du paradis.

Comme le peuple était très-friand de spectacles et de mascarades, il déclara, désirant se rendre populaire, abandonner l'ancien palais aux montreurs d'ours, danseurs de corde et diseurs de bonne aventure. De plus, il y serait établi un théâtre de marionnettes, toutes d'une exécution parfaite, au point de les prendre pour des hommes. La foule accueillit cette offre avec reconnaissance.

Lorsque la question du logement fut vidée, Sidoine se retira, ayant hâte de se mettre au lit. Il ne tarda pas à remarquer, derrière lui, une troupe de gens armés qui le suivaient avec respect. En bon roi, il les prit pour des soldats enthousiastes et ne s'en soucia pas davantage. Cependant, quand il se fut voluptueusement étendu sur sa couche de paille fraîche, il vit les soldats se poster aux quatre coins du champ, et, l'épée au poing, se promener de long en large. Cette manœuvre piqua sa curiosité. Il se dressa à demi, et Médéric, comprenant son désir, appela un de ces hommes, qui s'était avancé tout proche de l'oreiller royal.

— Hé! l'ami, cria-t-il, pourrais-tu me dire ce qui vous force, tes compagnons et toi, à quitter vos lits à cette heure, pour venir rôder autour du mien? Si vous avez de méchants projets sur les passants, il est peu convenable d'exposer votre roi à servir de témoin pour vous faire pendre, et si ce sont vos belles que vous attendez, certes je m'intéresse à l'accroissement du nombre de mes sujets, mais je ne veux en aucune façon me mêler de ces détails de famille. Ça, franchement, que faites-vous ici?

— Sire, nous vous gardons, répondit le soldat.

— Vous me gardez? et contre qui, je vous prie? Les ennemis ne sont pas aux frontières, que je sache, et ce n'est point avec vos épées que vous me protégerez des moucherons. Voyons, parle. Contre qui me gardez-vous?

— Je ne sais pas, Sire. Je vais appeler mon capitaine.

Lorsque le capitaine fut arrivé et qu'il eut entendu la demande du roi :

— Bon Dieu! Sire, s'écria-t-il, comment Votre Majesté peut-elle me faire une question aussi simple? Ignore-t-elle ces menus détails? Tous les rois se font garder contre leurs peuples. Il y a ici cent braves qui

n'ont d'autre charge que d'embrocher les curieux.
Nous sommes vos gardes du corps, Sire, et, sans nous,
vos sujets, gens très-gourmands de monarques, en
auraient déjà fait une effroyable consommation.

Cependant Sidoine riait aux larmes. L'idée que ces
pauvres diables le gardaient lui avait d'abord paru
d'une joyeuseté rare ; mais, quand il apprit qu'ils le
gardaient contre son peuple, il eut un nouvel accès de
gaieté dont il faillit étouffer. De son côté, Médéric pouf-
fait à pleines joues et déchaînait une véritable tempête
dans l'oreille de son mignon.

— Holà ! manants, cria-t-il, pliez bagages et décam-
pez au plus vite. Me croyez-vous assez sot pour imiter
vos rois trembleurs, qui ferment dix ou douze portes
sur eux et plantent une sentinelle à chacune? Je me
garde moi-même, mes bons amis, et je n'aime pas à
être regardé quand je dors ; car ma nourrice m'a toujours dit que je n'étais pas beau en ronflant. S'il vous
faut absolument garder quelqu'un, au lieu de garder
le roi contre le peuple, gardez, je vous prie, le peuple
contre le roi ; ce sera mieux employer vos veilles et
gagner plus honnêtement votre argent. Les soirs d'été,
pour peu que vous désiriez m'être agréables, envoyez-
moi vos femmes avec des éventails, ou, s'il pleut, votez-
moi une armée de parapluies. Mais vos épées, à quoi
diable voulez-vous qu'elles me servent? Et, maintenant, bonne nuit, messieurs les gardes du corps.

Sans plus de zèle, capitaine et soldats se retirèrent,
enchantés d'un prince si facile à servir. Alors nos

amis, satisfaits d'être seuls, purent causer à l'aise des surprenantes aventures qui leur étaient arrivées depuis le matin. Je veux dire, tu m'entends, que Médéric bavarda une petite demi-heure, philosophant sur toute chose et priant son mignon de suivre avec soin le fil de son raisonnement. Le mignon, dès les premiers mots, ronflait, les poings fermés. Notre bavard, ne s'entendant plus lui-même, remit la suite de ses observations au lendemain. C'est ainsi que le roi Sidoine Ier dormit sa nuit à la belle étoile, dans un champ désert situé aux portes de sa capitale.

Les événements qui se passèrent les jours suivants ne méritent pas d'être rapportés tout au long, bien qu'ils aient été prodigieux et bizarres, comme tous ceux auxquels se trouvèrent mêlés les héros que j'ai choisis. Notre roi en deux personnes, — vois à quoi tient un mystère ! — ayant accepté la couronne par simple complaisance, se garda de tenter la moindre réforme, et laissa le peuple agir selon ses volontés ; ce qui se rencontra être la meilleure façon de régner, la plus commode pour le souverain et la plus profitable pour les sujets.

Au bout de huit jours, Sidoine avait déjà gagné cinq batailles rangées. Il crut devoir mener son armée aux deux premières. Mais il s'aperçut bientôt qu'au lieu de lui donner aide et secours, elle l'embarrassait, se mettant en travers de ses jambes, et risquant d'attraper quelque taloche. Il se décida donc à licencier les troupes et déclara entendre à l'avenir se mettre seul en cam-

pagne. Ce fut là le sujet d'une belle proclamation. Elle
débutait par cet exorde remarquable : « Il n'est rien de
« tel pour se gourmer d'importance, comme de savoir
« pourquoi on se gourme. Or, puisque le roi, lorsqu'il
« déclare la guerre, connaît seul les causes de son bon
« plaisir, la logique veut que le roi se batte seul. » Les
soldats goûtèrent beaucoup ces pensées ; à la vérité,
faute d'une bonne raison pour taper plus longtemps,
ils avaient tourné le dos dans maintes batailles. Souvent aussi ils s'étaient étonnés, causant le soir dans
les ambulances avec des blessés ennemis, de l'origi-
nale méthode des princes, ayant des poings, comme
tout le monde, et faisant tuer plusieurs milliers d'hommes, pour vider leurs querelles particulières.

Seulement, les Bleus, s'il te souvient de la charte,
avaient pris un maître, dans l'unique but de s'égayer
à le voir frapper et à l'entendre discourir ; l'armée obtint donc de suivre son chef à deux kilomètres de distance, et, de cette façon, elle eut l'agréable spectacle
des combats, sans en courir les dangers.

Médéric harangua plus encore que Sidoine ne se
battit. Au bout d'une semaine, il avait déjà enrichi la
littérature du pays de treize gros volumes. Le troisième jour, en s'éveillant, il se trouva savoir le grec et
le latin, sans avoir appris ces langues dans aucun
collége ; il put de la sorte répondre par dix pages de
Démosthènes au prince des orateurs, qui pensait l'em-
barrasser en lui récitant cinq pages de Cicéron. Depuis
ce moment, qui fut celui où le peuple cessa de com-

prendre, le roi orateur eut encore plus de popularité que le roi guerrier.

Somme toute, la nation Bleue était dans le ravissement. Elle possédait enfin le prince rêvé, un prince idéal, mettant tous ses soins aux menus plaisirs et ne se mêlant jamais des détails sérieux. Cependant, comme un peuple, même un peuple satisfait, murmure toujours un peu, on accusait l'excellent homme de certains goûts bizarres, par exemple de sa singulière obstination à vouloir dormir à la belle étoile. De plus, je crois te l'avoir dit, Sidoine péchait par une grande coquetterie; dès qu'il eut un budget sous la main, il échangea vite ses peaux de loup contre de splendides vêtements de soie et de velours, trouvant à se regarder quelques dédommagements aux ennuis de sa nouvelle profession. On le blâmait de cet innocent plaisir, et, bien qu'il ne fît autre dépense, on lui reprochait d'user trop de satin et de dentelle. La rosée, il est vrai, tache les étoffes fines, et rien ne les coupe comme la paille. Or, Sidoine couchait tout habillé.

Pour en finir, on comptait à peine cinq à six milliers de mécontents dans cet empire de trente millions d'hommes : des courtisans sans emploi dont l'échine se roidissait, des gens de nerfs irritables auxquels les longs discours donnaient la fièvre, surtout des pervers que fâchait la paix publique. Après une semaine de règne, Sidoine aurait pu sans crainte tenter de nouveau le suffrage universel.

Le neuvième jour, Médéric fut pris au réveil d'une

irrésistible envie de courir les champs. Il était las de vivre enfermé au logis, j'entends l'oreille de Sidoine, et s'ennuyait de son rôle de pur esprit. Il descendit doucement, et, son mignon dormant encore, il ne l'avertit pas de sa promenade, se promettant de ne prendre l'air que pendant un petit quart d'heure.

C'est une charmante chose qu'une fraîche matinée d'avril. Le ciel se creusait, pâle et profond, et, sur les montagnes, se levait un soleil clair, sans chaleur et d'une lumière blanche. Les feuillages, nés de la veille, luisaient par touffes vertes dans la campagne; les roches et les terrains se détachaient en grandes masses jaunes et rouges. On eût dit, à voir comme tout semblait propre et vigoureux, que la nature était neuve.

Médéric, avant d'aller plus loin, s'arrêta sur un coteau. Après quoi, ayant suffisamment applaudi en grand l'œuvre de Dieu, il songea à profiter de la gaieté des sentiers, sans plus s'inquiéter des horizons. Il prit le premier chemin venu; puis, quand il fut au bout, il en prit un autre; il se perdit au milieu des églantiers, courut dans l'herbe, s'étendit sur la mousse; il fatigua les échos de sa voix, cherchant à faire beaucoup de bruit, parce qu'il se trouvait dans beaucoup de silence; il admira les champs en détail et à sa façon, qui est la bonne, regardant le ciel par petits coins à travers les feuilles, se faisant un univers d'un buisson creux et découvrant de nouveaux mondes à chaque détour des haies; il se grisa pour trop boire de cet air pur et un peu froid qu'il trouvait sous les allées, et finit par s'arrêter, haletant, charmé des blancs rayons du soleil et des bonnes couleurs de la campagne.

Or, il s'arrêta au pied d'une grosse haie faite de ronces, de ces ronces aux feuilles rudes, aux longs bras épineux, qui produisent à coup sûr les meilleurs fruits que puisse manger un homme d'un goût recherché. Je veux parler de ces belles grappes de mûres sauvages, toutes parfumées du voisinage des lavandes et des romarins. Te souvient-il comme elles sont appétissantes, noires sous les feuilles vertes, et quelle fraîche saveur, moitié sucre, moitié vinaigre, elles ont pour les palais dignes de les apprécier ?

Médéric, ainsi que tous les gens d'humeur libre et de vie vagabonde, était un grand mangeur de mûres. Il en tirait quelque vanité, ayant pour toutes rencontres, dans ses repas le long des haies, trouvé des simples d'esprit, des rêveurs et des amants ; ce qui l'avait amené à conclure que les sots ne savaient faire cas de ces grappes savoureuses, et que c'étaient là festins donnés par les anges du paradis aux bonnes âmes de ce monde. Les sots sont bien trop maladroits pour un tel régal ; ils se trouvent seulement à l'aise devant une table, à couper de grosses bêtes de poires se fondant en eau claire. Belle besogne vraiment, qui ne demande qu'un couteau. Tandis que, pour manger des mûres, il faut une douzaine de rares qualités : la justesse du coup d'œil qui découvre les baies les plus exquises, celles que les rayons et la rosée ont mûries à point ; la science des épines, cette science merveilleuse de fouiller les broussailles sans se piquer ; l'esprit de savoir perdre son temps, de mettre une matinée entière à déjeuner, tout en faisant deux ou trois lieues dans un sentier long de cinquante pas. J'en passe et des plus méritantes. Jamais certaines gens ne s'aviseront de vivre cette vie des élus : se nourrir d'air pur et de liberté, philosopher ou dormir entre deux bouchées. Seuls, les paresseux, fils bien-aimés du ciel, savent les finesses de ce joli métier.

Voilà pourquoi Médéric se vantait d'aimer les mûres.

Les ronces devant lesquelles il venait de s'arrêter étaient chargées de grappes longues et nombreuses. Il fut émerveillé.

— Tudieu ! dit-il, les beaux fruits et le beau prodige ! Des mûres en avril, et des mûres d'une telle grosseur : voilà qui me paraît tout aussi étonnant qu'un baquet d'eau changée en vin. On a raison de le dire, rien ne fortifie la foi comme la vue des faits surnaturels, et désormais je veux croire les contes de nourrice dont on m'a bercé. Moi, c'est ainsi que j'entends les miracles, lorsqu'ils emplissent mon verre ou mon assiette. Ça, déjeunons, puisqu'il plaît à Dieu de changer le cours des saisons pour me servir selon mon goût.

Ce disant, Médéric allongea délicatement les doigts et saisit une grosse mûre qui eût suffi au repas de deux moineaux. Il la savoura avec lenteur, puis fit claquer la langue, hochant la tête d'un air satisfait, comme un buveur émérite qui déguste un vieux vin. Alors, le cru étant connu, le déjeuner commença. Le gourmand alla de buisson en buisson, humant le soleil dans les intervalles, établissant des différences de goût et de couleur, ne pouvant se fixer. Tout en allant, il discourait à haute voix, car il avait pris l'habitude du monologue en compagnie du silencieux Sidoine, et, quand il se trouvait seul, il ne s'en adressait pas moins à son mignon, estimant que sa présence importait peu à la conversation.

— Mon mignon, disait-il, je ne connais pas de besogne plus philosophique que celle de manger des mûres, le long des sentiers. C'est là tout un apprentissage de la vie. Vois quelle adresse il faut déployer pour atteindre les hautes branches, et, remarque-le, toujours les hautes branches portent les plus beaux fruits. Je les incline en attirant à petits coups les tiges basses ; un sot les briserait, moi je les laisse se redresser, en prévision de la saison prochaine. Il y a encore les épines, où les maladroits se blessent ; moi j'utilise les épines, qui me servent de crochets dans cette délicate opération. Veux-tu jamais juger un homme, le connaître aussi bien que Dieu qui l'a fait : mets-le, le ventre vide, devant une ronce chargée de baies, par une claire matinée. Ah ! le pauvre homme ! Pour ameuter les sept péchés capitaux dans une conscience, il suffit d'une mûre au bout d'une haute branche.

Et Médéric, tout aise de vivre, mangeait, pérorait, clignait les yeux pour mieux embrasser son petit horizon. D'ailleurs, il oubliait parfaitement S. M. Si-

döine Ier, la nation Bleue et toute la royale comédie.
Le roi en deux personnes avait laissé son corps chez
son peuple ; son esprit battait la campagne, perdu dans
les haies et se donnant du bon temps. Ainsi, la nuit,
l'âme s'envole sur l'aile d'un songe et s'en va prendre
ses ébats, dans quelque coin inconnu, insoucieuse de
la prison dont elle s'est échappée. Cette comparaison
n'est-elle pas très-ingénieuse, et, bien que je me sois
défendu d'avoir caché quelque sens philosophique sous
le voile léger de cette fiction, ne te dit-elle pas clairement ce qu'il te faut penser de mon géant et de mon
nain ?

Cependant, comme Médéric faisait les yeux doux à
une mûre, il fut, de la façon la plus imprévue, rappelé aux tristes réalités de cette vie. Un dogue, non
des plus minces, se précipita brusquement dans le sentier, aboyant avec force, les dents blanches, les paupières sanglantes. As-tu remarqué, Ninette, quel bon
caractère hospitalier ont les chiens dans la campagne?
Ces fidèles animaux, lorsqu'ils ont reçu de l'homme les
bienfaits de l'éducation, possèdent au plus haut point
le sentiment de la propriété. Il y a vol pour eux à fou-
ler la terre d'autrui. Le nôtre, qui eût dévoré Médéric
pour le peu de boue qu'un passant emporte à ses se-
melles, devint furieux, à le voir manger les mûres
poussées librement au gré de la pluie et du soleil. Il se
précipita, la gueule ouverte.

Médéric ne l'attendit certes pas. Il avait une haine
raisonnée pour ces grosses bêtes, aux allures brutales,

qui sont chez les animaux ce que sont les gendarmes
chez les hommes. Il se mit à fuir, à toutes jambes, fort
effrayé et très-inquiet des suites de cette mauvaise
rencontre. Ce n'est pas qu'il raisonnât beaucoup en
cette circonstance ; mais comme il avait, par usage,
une grande habitude de la logique, tout en ayant la
tête perdue, il posa en principe : Ce chien a quatre
pattes, moi j'en ai deux plus faibles et moins exercées;
— en tira comme conséquence : Il doit courir plus
longtemps et plus vite que moi ; — fut naturellement conduit à penser : Je vais être dévoré; — enfin arriva victorieusement à conclure : Ce n'est plus
qu'une simple question de temps. La conclusion lui
donna froid dans les jambes. Il se tourna et vit le dogue
à une dizaine de pas ; il courut plus fort, le dogue
courut plus fort ; il sauta un fossé, le dogue sauta le
fossé. Étouffant, les bras ouverts, il allait sans volonté ;
il sentait des crocs aigus s'enfoncer dans ses chairs,
et, les yeux fermés, voyait luire dans l'ombre deux
paupières sanglantes ; les abois du chien l'entouraient,
le serraient à la gorge, comme font les vagues pour
l'homme qui se noie.

Encore deux sauts, c'en était fait de Médéric. Et ici,
permets-moi, Ninon, de me plaindre du peu de secours prêté par notre esprit à notre corps, quand ce
dernier se trouve dans quelque embarras. Je le demande, où baguenaudait l'esprit de Médéric, tandis
que son corps n'avait que deux misérables jambes à
son service ? La belle avance, de fuir pour se sauver !

tout le monde en fait autant. Si son esprit n'eût pas
couru la pretantaine, l'ingénieux enfant, sans tant
s'essouffler ni risquer une pleurésie, aurait, dès les
premiers pas, monté tranquillement sur un arbre,
comme il le fit, au bout d'un quart d'heure de course
folle. C'est là ce que j'appelle un trait de génie; l'inspiration lui vint d'en haut. Quand il fut à califourchon
sur une maîtresse branche, il s'étonna d'avoir songé à
une chose aussi simple.

Le dogue, dans son élan furieux, vint se heurter violemment contre l'arbre, puis se mit à tourner autour
du tronc, en poussant des abois féroces. Médéric prit
ses aises et retrouva la parole.

— Hélas! hélas! cria-t-il, mon pauvre mignon, je
me trouve vertement puni d'avoir voulu prendre l'air
sans emmener tes poings avec moi. Voilà qui me
prouve une fois de plus combien nous nous sommes
indispensables l'un à l'autre; notre amitié est œuvre de
la Providence. Que fais-tu loin de moi, ayant tes seuls
bras pour te tirer d'affaire? que fais-je ici moi-même,
logé sur une branche, n'ayant pas la moindre taloche
à appliquer sur le museau de ce vilain animal. Hélas!
hélas! c'en est fait de nous!

Le dogue, las d'aboyer, s'était gravement assis sur
son derrière, le cou allongé, la lèvre retroussée. Il regardait Médéric, sans bouger d'une ligne. Celui-ci,
voyant la bête prêter une attention soutenue, crut
comprendre qu'elle l'invitait à parler, et résolut de profiter d'un pareil auditeur, désireux de se faire écouter

une fois dans sa vie. D'ailleurs, il n'avait que des phrases à sa disposition pour sortir d'embarras.

— Mon ami, dit-il d'une voix mielleuse, je ne veux
pas vous retenir plus longtemps. Allez à vos affaires.
Je retrouverai parfaitement mon chemin. Je vous l'a-
vouerai même, il y a, à quelques lieues d'ici, un bon
peuple que mon absence doit plonger dans la plus vive
inquiétude. Je suis roi, s'il faut tout dire. Vous ne l'i-
gnorez pas, les rois sont des bijoux précieux, et les nations n'aiment point à les perdre. Retirez-vous donc.
Il serait peu convenable de forcer l'histoire à écrire un
jour comme quoi le sot entêtement d'un chien a suffi
pour bouleverser un grand empire. Voulez-vous une
place à ma cour ? être le gardien des viandes du palais? Dites, quelle charge puis-je vous offrir pour que
Votre Excellence daigne s'éloigner?

Le dogue ne bougeait pas. Médéric pensa l'avoir
gagné par l'appât d'un titre officiel : il fit mine de descendre. Sans doute le dogue n'était point ambitieux,
car il se mit à hurler de nouveau, se dressant contre
l'arbre.

— Le diable t'emporte! murmura Médéric.

A bout d'éloquence, il fouilla ses poches. C'est là
un moyen qui, chez les hommes, réussit généralement.
Mais allez donc jeter une bourse à un chien, si ce n'est
pour lui faire une bosse à la tête. Médéric n'était pas
d'ailleurs un garçon à avoir une bourse dans ses
chausses; il considérait l'argent comme parfaitement
inutile, ayant toujours vécu de libres échanges. Il

trouva mieux qu'une poignée de sous, je veux dire qu'il trouva un morceau de sucre. Mon héros étant fort gourmand de sa nature, cette trouvaille n'a rien qui doive t'étonner. Je tiens à te faire remarquer comme les détails de ce récit arrivent naturellement et portent un haut caractère de véracité.

Médéric, tenant le morceau de sucre entre deux doigts, le montra au chien, qui ouvrit la gueule sans façons. Alors l'assiégé descendit doucement. Quand il fut près de terre, il laissa tomber la proie; le chien la happa au passage, donna un coup de gosier, ne se lécha même pas et se précipita sur Médéric.

— Ah! brigand! s'écria celui-ci en remontant vivement sur sa branche, tu manges mon sucre et tu veux me mordre! Allons, ton éducation a été soignée, je le vois, et tu es bien le fidèle élève de l'égoïsme de tes maîtres : rampant devant eux et toujours affamé de la chair des passants.

VII

OU SIDOINE DEVIENT BAVARD

Il allait continuer sur ce ton, lorsqu'il entendit derrière lui s'élever un bruit sourd, semblable au roulement lointain d'une cataracte. Pas un souffle de vent n'agitait les feuilles, et la rivière voisine coulait avec un murmure trop discret pour se permettre de pareilles plaintes. Étonné, Médéric écarta les branches et interrogea l'horizon. Au premier abord, il ne vit rien ; la campagne, de ce côté, s'étendait, grise et nue, sorte de plaine s'élevant de coteaux en coteaux, jusqu'aux montagnes qui la bornaient. Le bruit augmentant toujours, il regarda mieux. Alors il remarqua, surgissant d'un pli de terrain, une roche d'une structure singulière. Cette roche, — car il était difficile de la prendre pour autre chose qu'une roche, — avait la forme exacte et la couleur d'un nez, mais d'un nez colossal, dans lequel on eût aisément taillé plusieurs centaines de nez ordinaires. Tourné d'une façon désespérée vers le ciel, ce nez avait toutes les allures d'un nez troublé dans sa quiétude par quelque grande douleur. A coup sûr le bruit partait de ce nez.

Médéric, quand il eut examiné la roche avec attention, hésita un instant, n'osant en croire ses yeux. Enfin, se retrouvant en pays de connaissance, ne pouvant douter :

— Hé ! mon mignon ! cria-t-il émerveillé, pourquoi diable ton nez se promène-t-il tout seul dans les champs ? Que je meure si ce n'est lui qui est là, à se pâmer comme un veau qu'on égorge !

A ces mots, le nez, — contre toute croyance, la roche n'était en effet autre chose qu'un nez, — le nez s'agita d'une manière déplorable. Il y eut comme un éboulement de terrain. Un long bloc grisâtre, qui ressemblait assez à un énorme obélisque couché sur le sol, s'agita, se replia sur lui-même, se relevant d'un bout et se dédoublant de l'autre. Une tête surgit, une poitrine se dessina, le tout emmanché de deux jambes, qui, pour être démesurées, n'en auraient pas moins été des jambes dans toutes les langues, tant anciennes que modernes.

Sidoine, quand il eut ramené ses membres, s'assit sur son séant, les poings dans les yeux, les genoux hauts et écartés. Il sanglotait à fendre l'âme.

— Oh! oh! dit Médéric, je le savais bien, il n'y a que mon mignon dans le monde pour avoir un nez d'une telle encolure. C'est là un nez que je connais comme le clocher de mon village. Hé! mon pauvre frère, nous avons donc aussi de gros chagrins. Je te le jure, je voulais m'absenter dix minutes au plus; si tu me retrouves au bout de dix heures, la faute en est assurément au soleil et aux buissons chargés de mûres. Nous leur pardonnerons. Ça! jette-moi ce dogue à la porte : nous causerons plus à l'aise.

Sidoine, toujours pleurant, allongea le bras et prit le dogue par la peau du cou. Il le balança une seconde, et l'envoya, hurlant et se tordant, droit dans le ciel, avec une vitesse de plusieurs milliers de lieues à la seconde. Médéric prit le plus grand plaisir à cette ascension. Il suivit la bête de l'œil, et, quand il la vit entrer dans la sphère d'attraction de la lune, il battit des mains et félicita son compagnon d'avoir enfin peuplé ce satellite, pour le plus grand bonheur des astronomes futurs.

— Or ça, mon mignon, dit-il en sautant à terre, et notre peuple?

Sidoine, à cette question, éclata de plus belle en gémissements, dodelinant de la tête et se barbouillant le visage de ses larmes.

— Bah! reprit Médéric, notre peuple serait-il mort? L'aurais-tu massacré dans un moment d'ennui, réfléchissant que les peuples rois sont sujets aux abdications tout comme les autres monarques?

— Frère, frère, sanglota Sidoine, notre peuple s'est mal conduit.

— Vraiment?

— Il s'est mis en colère à propos d'un rien...

— Le vilain!

— ... et m'a jeté à la porte...

— Le grossier!

— ... comme jamais grand seigneur n'a jeté un laquais.

— Voyez-vous, l'aristocrate!

A chaque virgule, Sidoine poussait un profond soupir. Lorsqu'il rencontra un point dans sa phrase, son émotion étant au comble, il fondit de nouveau en larmes.

— Mon mignon, reprit Médéric, il est triste, sans doute, pour un maître d'être congédié par ses valets, mais je ne vois pas là matière à tant se désoler. Si ta douleur ne me prouvait une fois de plus l'excellence de ton âme et ton ignorance des rapports sociaux, je te gronderais de t'affliger ainsi d'une aventure très-fréquente. Nous lirons l'histoire un de ces jours ; tu le verras, c'est une vieille habitude des nations de malmener les princes dont elles ne veulent plus. Malgré le dire de certaines gens, Dieu n'a jamais eu la singulière fantaisie de créer une race particulière, dans le but d'imposer à ses enfants des maîtres élus par lui de père en fils. Ne t'étonne donc pas si les gouvernés veulent devenir gouvernants à leur tour, puisque tout homme a le droit d'avoir cette ambition. Cela soulage de pouvoir raisonner logiquement son malheur. Allons, sèche tes larmes. Elles seraient bonnes chez un efféminé, un glorieux nourri de louanges, qui aurait oublié son métier d'homme en exerçant trop longtemps celui de roi ; mais nous, monarques d'hier, nous savons encore marcher sans autre escorte que notre ombre, et vivre au soleil, n'ayant pour royaume que le peu de poussière où se posent nos pieds.

— Eh ! répondit Sidoine d'un ton dolent, tu en parles à ton aise. La profession me plaisait. Je me battais à poing que veux-tu, je mettais tous les jours mes habits du dimanche, je dormais sur de la paille fraîche. Raisonne et explique tant que tu voudras. Moi, je veux pleurer.

Et il pleura ; puis, s'arrêtant brusquement au milieu d'un sanglot :

— Voici, dit-il, comment les choses se sont passées :

— Mon mignon, interrompit Médéric, tu deviens bavard : le désespoir ne te vaut rien.

— Ce matin, vers six heures, comme je rêvais inno-
cemment, un grand bruit m'a éveillé. J'ai ouvert un
œil. Le peuple entourait mon lit, paraissant fort ému
et attendant mon réveil, en quête de quelque jugement.
Bon! me suis-je dit, voilà qui regarde Médéric : dor-
mons encore. Et je me suis rendormi. Au bout de je
ne sais combien de minutes, j'ai senti mes sujets me
tirer respectueusement par un coin de ma blouse
royale. Force m'a été d'ouvrir les deux yeux. Le
peuple s'impatientait. Qu'a donc mon frère Médéric?
ai-je pensé, de méchante humeur. Et, en pensant cela,
je me suis mis sur mon séant. Ce que voyant, les braves
gens qui m'entouraient ont poussé un murmure de
satisfaction. Me comprends-tu, frère, et ne sais-je pas
conter à l'occasion?

— Parfaitement, mais si tu contes de ce train-là, tu
conteras jusqu'à demain. Que voulait notre peuple?

— Ah! voilà. Je crois n'avoir pas trop bien compris.
Un vieux s'est approché de moi, traînant sur ses talons une vache au bout d'un cordeau. Il l'a plantée à
mes pieds, la tête dirigée de mon côté. A droite et à
gauche de la bête, en face de chaque flanc, se sont
formés deux groupes se montrant le poing. Celui de
droite criait : « Elle est blanche! » Celui de gauche :
« Elle est noire! » Alors le vieux, avec force saluts,
m'a dit d'un ton humble : « Sire, est-elle noire, est-
elle blanche? »

— Mais, interrompit Médéric, c'était de la haute philosophie, cela. La vache était-elle noire, mon mignon?

— Pas précisément.

— Alors, elle était blanche ?

— Oh! pour cela, non. D'ailleurs, je m'inquiétais peu d'abord de la couleur de la bête. C'était à toi de répondre, et je n'avais que faire de regarder. Tu ne répondais toujours pas. Moi, te pensant en train de préparer ton discours, je m'apprêtais à me rendormir sournoisement. Le vieux, qui s'était courbé en deux pour recevoir ma réponse, se sentant des démangeaisons dans l'échine, me répétait : « Sire, est-elle blanche, est-elle noire ? »

— Mon mignon, tu dramatises ton récit selon toutes les règles de l'art. Pour peu que j'aie le temps, je ferai de toi un auteur tragique. Mais continue.

— Ah! le paresseux! me dis-je enfin, il dort comme un roi. Cependant le peuple commençait à s'impatienter de nouveau. Il s'agissait de t'éveiller, le plus doucement possible, sans qu'il s'aperçût du fait. Je glissai un doigt dans mon oreille gauche ; elle était vide. Je le glissai dans mon oreille droite ; vide également. C'est à partir de ces gestes que le peuple s'est fâché.

— Pardieu! mon mignon, ignores-tu la mimique à ce point? Se gratter une oreille est signe d'embarras, et toi, lorsque tu as un jugement à rendre, tu vas te gratter les deux!

— Frère, j'étais fort troublé. Je me levai, sans plus faire attention au peuple, et je fouillai énergiquement mes poches, celles de la blouse, celles de la culotte, toutes enfin. Rien dans les poches de gauche, rien dans les poches de droite. Mon frère Médéric n'était plus sur moi. J'avais espéré un instant le rencontrer se promenant dans quelque gousset écarté. Je visitai les coutures, j'inspectai chaque pli. Personne. Pas plus de Médéric dans mes vêtements que dans mes oreilles. Le peuple, stupéfait de ce singulier exercice, me soupçonna sans doute de chercher des raisons dans mes poches ; il attendit quelques minutes, puis se mit à me huer, sans plus de respect, comme si j'eusse été le dernier des manants. Avoue-le, frère, il eût fallu une forte tête pour se sauver saine et sauve d'une pareille situation.

— Je l'avoue volontiers, mon mignon. Et la vache ?

— La vache ! c'est en effet la vache qui m'embarrassait. Lorsque j'eus acquis la triste certitude qu'il allait me falloir parler en public, je rassemblai le plus de raison possible pour regarder la vache et la voir sans prévention aucune. Le vieux venait de se relever et me criait d'une voix colère cette éternelle phrase, reprise en chœur par le peuple : « Est-elle blanche ? est-elle noire ? » En mon âme et conscience, mon frère Médéric, elle était noire et elle était blanche, le tout ensemble. Je m'apercevais bien que les uns la voulaient noire, les autres blanche ; c'était justement là ce qui me troublait.

— Tu es un simple d'esprit, mon mignon. La couleur des objets dépend de la position des gens. Ceux de gauche et ceux de droite, ne voyant à la fois qu'un des flancs de la vache, avaient également raison, tout en se trompant de même. Toi, la regardant en face, tu la jugeais d'une façon autre. Était-ce la bonne? Je n'oserais le dire; car, observe, quelqu'un placé à la queue aurait pu émettre un quatrième jugement tout aussi logique que les trois premiers.

— Eh! mon frère Médéric, pourquoi tant philosopher? Je ne prétends pas être le seul qui ait eu raison. Seulement, je dis que la vache était blanche et noire, le tout ensemble; et, certes, je puis bien le dire, puisque c'est là ce que j'ai vu. Ma première pensée a été de communiquer à la foule cette vérité que mes yeux me révélaient, et je l'ai fait avec complaisance, ayant la naïveté de croire cette décision la meilleure possible, car elle devait contenter tout le monde en ne donnant tort à personne.

— Eh quoi! mon pauvre mignon, tu as parlé?

— Pouvais-je me taire? Le peuple était là, les oreilles grandes ouvertes, avides de phrases comme la terre d'eau de pluie, après deux mois de sécheresse. Les plaisants, à me voir l'air niais et embarrassé, criaient que ma voix de fauvette s'en était allée, juste à la saison des nids. Je tournai sept fois ma phrase dans la bouche, et, fermant les paupières à demi, arrondissant les bras, je prononçai ces mots du ton le plus flûté possible :

« Mes bien-aimés sujets, la vache est noire et blanche, le tout ensemble. »

— Oh la la! mon mignon, à quelle école as-tu ap-

14.

pris à faire des discours d'une phrase? T'ai-je jamais donné de mauvais exemples? Il y avait là matière à emplir deux volumes, et tu vas jeter tout le fruit de tes observations en treize mots! Je jurerais qu'on t'a compris : ton discours était pitoyable!

— Je te crois, mon frère. J'avais parlé très-doucement. Tous, hommes, femmes, enfants, vieillards, se bouchèrent les oreilles, se regardant épouvantés, comme s'ils eussent entendu le tonnerre gronder sur eur tête; puis ils poussèrent de grands cris:

« Eh quoi! disaient-ils, quel est le malotru qui se permet de pareils beuglements? On nous a changé notre roi. Cet homme n'est pas notre doux seigneur, dont la voix suave faisait les délices de nos oreilles. Sauve-toi vite, vilain géant, bon tout au plus à effrayer nos filles quand elles pleurent. Entendez-vous l'imbécile déclarer cette vache blanche et noire? Elle est blanche. Elle est noire. Voudrait-il se moquer de nous, en affirmant qu'elle est noire et blanche? Allons, vite, décampe! Oh! quelle sotte paire de poings! La laide parure, quand il les balance niaisement, comme s'il ne savait qu'en faire. Jette-les dans un coin pour courir plus vite. Tu nous guérirais des rois, si nous pouvions guérir de cette maladie. Hé! plus vite encore. Vide le royaume. Où avions-nous l'idée d'aimer les hommes hauts de plusieurs toises? Rien n'est plus artistement organisé que les moucherons. Nous voulons un moucheron! »

Sidoine, au souvenir de cette scène de tumulte, ne

put maîtriser són émotion ; ses larmes coulèrent de nouveau. Médéric ne souffla mot, car son mignon attendait sûrement ses consolations pour se désoler davantage.

— Le peuple, reprit-il après un silence, me poussait lentement hors du territoire. Je reculais pas à pas, sans songer à me défendre, n'osant plus desserrer les lèvres et cherchant à cacher mes poings qui excitaient de telles huées. Je suis fort timide de ma nature, tu le sais, et rien ne me fâche comme de voir une foule s'occuper de moi. Aussi, quand je me trouvai en pleins champs, mon parti fut-il bientôt pris : je tournai le dos à mes révolutionnaires et me mis à courir de toute la longueur de mes jambes. Je les entendis se fâcher de ma fuite, plus fort qu'ils ne l'avaient fait, deux minutes auparavant, de ma lenteur à reculer. Ils m'appelèrent lâche, me montrèrent le poing, oubliant qu'ils risquaient de me faire souvenir des miens, et finirent par me jeter des pierres, lorsque je fus trop loin pour en être atteint. Hélas ! mon frère Médéric, voilà de bien tristes aventures.

— Ça ! courage ! répondit sagement Médéric. Tenons conseil. Que penses-tu d'une légère correction administrée à notre peuple, non pour le faire rentrer dans le devoir, — car, après tout, il n'avait pas le devoir de nous garder, lorsque nous ne lui plaisions plus, — mais pour lui montrer qu'on ne jette pas impunément à la porte des gens comme nous. Je vote une courte averse de soufflets.

— Oh! dit Sidoine, de pareilles corrections se lisent-elles dans l'histoire?

— Mais oui. Parfois, les rois rasent une ville; d'autres fois, les villes coupent le cou aux rois. C'est une douce réciprocité. Si cela peut te distraire, nous allons assommer ceux pour le compte desquels nous assommions hier.

— Non, mon frère, ce serait une triste besogne. Je suis de ceux qui n'aiment pas à manger les poulets de leur basse-cour.

— Bien dit, mon mignon. Léguons alors le soin de nous faire regretter au roi notre successeur. D'ailleurs, ce royaume était trop petit; tu ne pouvais te remuer sans passer les frontières. C'est assez nous amuser aux bagatelles de la porte. Il nous faut chercher au plus vite le Royaume des Heureux, qui est un grand royaume où nous régnerons à l'aise. Surtout, marchons de compagnie. Nous emploierons quelques matinées à parfaire notre éducation, à prendre une idée précise de ce monde, dont nous allons gouverner un des coins. Est-ce dit, mon mignon?

Sidoine ne pleurait plus, ne réfléchissait plus, ne parlait plus. Les larmes, un instant, lui avaient mis des pensées au cerveau et des paroles aux lèvres. Le tout s'en était allé ensemble.

— Ecoute et ne réponds pas, ajouta Médéric; nous allons enjamber notre royaume d'hier et nous diriger vers l'Orient, en quête de notre royaume de demain.

VIII

L'AIMABLE PRIMEVÈRE, REINE DU ROYAUME DES HEUREUX

Il est grand temps, Ninon, de te conter les merveilles du Royaume des Heureux. Voici les détails que Médéric tenait de son ami le bouvreuil.

Le Royaume des Heureux est situé dans ce monde que les géographes n'ont encore pu découvrir, mais qu'ont bien connu les braves cœurs de tous les temps, pour l'avoir maintes fois visité en songe. Je ne saurais rien te dire sur la mesure de sa surface, la hauteur de ses montagnes, la longueur de ses fleuves ; les frontières n'en sont point parfaitement arrêtées, et, jusqu'à ce jour, la science du géomètre consiste, dans ce fortuné pays, à mesurer la terre par petits coins, selon les besoins de chaque famille. Le printemps n'y règne pas éternellement, comme tu pourrais le croire ; la fleur a ses épines ; la plaine est semée de grands rocs ; les crépuscules sont suivis de nuits sombres, suivies à leur tour de blanches aurores. La fécondité, le climat salubre, la beauté suprême de ce royaume proviennent de l'admirable harmonie, du savant équilibre des éléments. Le soleil mûrit les fruits que la pluie a fait croître ; la nuit repose le sillon du travail fécondant du jour. Jamais le ciel ne brûle les moissons, jamais les froids n'arrêtent les rivières dans leur course. Rien n'est vainqueur ; tout se contre-balance, se met pour sa part dans l'ordre universel ; de sorte que ce monde, où entrent en égale quantité toutes les influences contraires, est un monde de paix, de justice et de devoir.

Le Royaume des Heureux est très-peuplé ; depuis quand ? on l'ignore ; mais, à coup sûr, on ne donnerait pas dix ans à cette nation. Elle ne paraît pas encore se douter de la perfectibilité du genre humain, et vit paisiblement, sans avoir besoin de voter chaque jour, pour maintenir une loi, vingt lois qui chacune en demanderont à leur tour vingt autres pour être également maintenues. L'édifice d'iniquité et d'oppression n'en est qu'aux fondements. Quelques grands sentiments, simples comme des vérités, y tiennent lieu de règles : la fraternité devant Dieu, le besoin de repos, la connaissance du néant de la créature, le vague espoir d'une tranquillité éternelle. Il y a une entente tacite entre ces passants d'une heure, qui se demandent à quoi bon se coudoyer, lorsque la route est large et mène petits et grands à la même porte. Une nature harmonieuse, toujours semblable à elle-même, a influé sur le caractère des habitants : ils ont, comme elle, une âme riche d'émotions, accessible à tous les sentiments, et cette âme, où la moindre passion en plus amènerait des tempêtes, jouit d'un calme inaltérable, par la juste répartition des facultés bonnes et mauvaises.

Tu le vois, Ninon, ce ne sont pas là des anges, et

leur monde n'est pas un paradis. Un rêveur de nos pays
fiévreux s'accommoderait mal de cette région tempérée
où le cœur doit battre d'un mouvement régulier, aux
caresses d'un air pur et tiède. Il dédaignerait ces horizons tranquilles, baignés d'une lumière blanche, sans
orages, sans midis éblouissants. Mais quelle douce
patrie pour ceux qui, sortis hier de la mort, se sou-
viennent en soupirant du bon sommeil qu'ils ont dormi
dans l'éternité passée, et qui attendent d'heure en
heure le repos de l'éternité future. Ceux-là se refusent
à souffrir la vie ; ils aspirent à cet équilibre heureux, à
cette sainte tranquillité, qui leur rappelle leur véritable
essence, celle de n'être pas. La croyance en la mort
s'en est allée, et, se sentant à la fois bons et méchants,
ils ont pris pour loi d'effacer autant que possible la
créature sous le ciel, de lui rendre sa place dans la
création, en réglant les harmonies de leur âme sur les
harmonies de l'univers.

Chez un tel peuple, il ne peut exister grande hié-
rarchie. Il se contente de vivre, sans se séparer en
castes ennemies, ce qui le dispense d'avoir une histoire. Il refuse ces choix du hasard qui appellent certains hommes à la domination de leurs frères, en leur
donnant une part d'intelligence plus grande que la
commune part dont le ciel peut disposer envers chacun de ses enfants. Courageux et poltrons, idiots et
hommes de génie, bons et méchants, se résignent en
ce pays à n'être rien par eux-mêmes, à se reconnaître pour tout mérite celui de faire partie de la fa-

mille humaine. De cette pensée de justice est née une société modeste, un peu monotone au premier regard, n'ayant pas de fortes personnalités, mais d'un ensemble admirable, ne nourrissant aucune haine et constituant un véritable peuple, dans le sens le plus élevé de ce mot.

Donc, ni petits ni grands, ni riches ni pauvres, pas de dignités, pas d'échelle sociale, les uns en haut, les autres en bas, et ceux-ci poussant ceux-là ; une nation insouciante, vivant de tranquillité, aimante et philosophe ; des hommes qui ne sont plus des hommes. Cependant, aux premiers jours du royaume, pour ne pas trop se faire montrer au doigt par leurs voisins, ils avaient sacrifié aux idées reçues en nommant un roi. Ils n'en sentaient pas le besoin ; ils virent dans cette mesure une simple formalité, même un moyen ingénieux d'abriter leur liberté à l'ombre d'une monarchie. Ils choisirent le plus humble des citoyens, non point assez bête pour qu'il pût devenir méchant à la longue, mais d'une intelligence suffisante pour qu'il se sentît le frère de ses sujets. Ce choix fut une des causes de la paisible prospérité du royaume. La mesure prise, le roi oublia peu à peu qu'il avait un peuple, le peuple, qu'il avait un roi. Le gouvernant et les gouvernés s'en allèrent ainsi côte à côte dans les siècles, se protégeant mutuellement, sans en avoir conscience ; les lois régnaient par cela même qu'elles ne se faisaient pas sentir ; le pays jouissait d'un ordre parfait, résultant de sa position unique dans l'histoire : une monarchie libre dans un peuple libre.

Ce seraient de curieuses annales, celles qui conte-
raient l'histoire des rois du Royaume des Heureux.
Certes, les grands exploits et les réformes humani-
taires y tiendraient peu de place et offriraient un
mince intérêt; mais les braves gens prendraient plaisir à voir avec quelle naïve simplicité se succédait
sur le trône cette race d'excellents hommes qui nais-
saient rois tout naturellement et qui portaient la
couronne, comme on porte au berceau des cheveux
blonds ou noirs. La nation, ayant au commencement
pris la peine de se donner un maître, entendait bien
ne plus s'occuper de ce soin, et comptait avoir voté
une fois pour toutes. Elle n'agissait pas précisément
ainsi par respect pour l'hérédité, mot dont elle ignorait le sens; mais cette façon de procéder lui paraissait de beaucoup la plus commode.

Aussi, lors du règne de l'aimable Primevère, aucun
généalogiste n'aurait-il pu, en remontant le cours des
temps, suivre, dans ses différents membres, cette longue
descendance de rois, tous issus du même père. L'héri-
tage royal les avait suivis dans les âges, sans qu'ils
aient eu jamais à s'inquiéter si quelque mendiant ne le
leur volait pas en route. Maints d'entre eux parurent
même ignorer toute leur vie la haute sinécure qu'ils
tenaient de leurs aïeux. Pères, mères, fils, filles, frères,
sœurs, oncles, tantes, neveux, nièces s'étaient passé
le sceptre de main en main, comme un joyau de
famille.

Le peuple aurait fini par ne plus reconnaître son roi du moment, dans une parenté devenue nombreuse à la longue et fort embrouillée, sans la bonhomie mise par les princes eux-mêmes à se faire reconnaître. Parfois il se présentait telle circonstance où un roi était d'une nécessité absolue. Comme, à tout prendre, le cours ordinaire des choses est préférable, les sujets sommaient leur maître légitime de se nommer. Alors celui qui possédait le bâton de bois doré dans un coin de sa maison le prenait modestement et jouait son personnage, quitte à se retirer, la farce jouée. Ces courtes apparitions d'une majesté mettaient un peu d'ordre dans les souvenirs de la nation.

Il faut le faire remarquer, au grand honneur de la famille régnante, jamais, à l'appel du peuple, deux rois ne s'étaient présentés ; entre héritiers, le fait mérite d'être constaté : pas d'arrière-neveu envieux du gros lot échu à la branche aînée. Je ne puis affirmer cependant que l'aimable Primevère fût issue directement du roi fondateur de la dynastie. Tu le sais de reste, on n'est pas toujours la fille de son père. En toute certitude, la dignité de reine s'était transmise jusqu'à elle, d'après les lois civiles de parenté. Elle avait dans les veines un sang rose où peut-être pas une goutte de sang royal ne se trouvait mêlée, mais qui certainement gardait encore quelques atomes du sang du premier homme. Magnifique exemple, pour les peuples et les princes de nos contrées, que cette dynastie se développant

sans secousse et descendant les âges, au gré des nais-
sances et des morts.

Le père de l'aimable Primevère, comme il vieillis-
sait, oubliant le grand art de ses ancêtres, eut la singulière idée de vouloir apporter quelques réformes
dans le gouvernement. Une république faillit bel et
bien être déclarée. Sur ces entrefaites, le bonhomme
mourut, ce qui évita à ses sujets la peine de se fâcher.
Ils n'eurent garde, dès lors, de changer un système
politique dont ils se trouvaient au mieux depuis tant
de siècles, et laissèrent tranquillement monter sur le
trône la fille unique du défunt, l'aimable Primevère,
âgée de douze ans.

L'enfant, qui avait un grand sens pour son âge, se
garda de suivre l'exemple de son père. Ayant appris
ce qu'il en coûtait de vouloir le bonheur d'une nation
qui déclarait jouir d'une parfaite félicité, elle chercha
ailleurs des êtres à consoler, des existences à rendre
plus douces. Selon l'histoire, elle tenait du ciel une
de ces âmes de femmes, faites de pitié et d'amour,
souffles d'un Dieu meilleur, et d'une essence si pure
que les hommes, pour expliquer cette bonté pénétrante,
ont été forcés d'inventer tout un peuple d'anges et de
chérubins. Eh! oui, Ninon, nous peuplons le ciel de
nos amoureuses, de nos sœurs à la voix tendre et en-
courageante, de nos mères, ces saintes âmes, les
anges gardiens de nos prières. Dieu ne perd rien à
cette croyance, qui est la mienne. S'il lui faut une
milice céleste, il a là-haut, autour de son trône, les

pensées miséricordieuses de tous les braves cœurs de femmes aimant en ce monde.

Primevère donna, dès sa naissance, plusieurs preuves de sa mission; elle naissait pour protéger les faibles et faire des œuvres de paix et de justice. Je ne te dirai point, quand sa mère l'enfanta, qu'on remarqua plus de soleil aux cieux, plus d'allégresse dans les âmes. Cependant, ce jour-là, les hirondelles du toit causèrent de l'événement plus tard que de coutume. Les loups ne s'attendrirent pas, les larmes de joie n'étant guère dans leur nature; mais les brebis, passant devant la porte, bêlèrent doucement, se regardant avec des yeux humides. Il y eut parmi les bêtes du pays, j'entends les bonnes bêtes, une sorte d'émotion qui adoucit pour une heure leur triste condition de brute. Un Messie était né, attendu de ces pauvres intelligences; je te le demande, et cela sans raillerie sacrilége, dans leurs souffrances et leurs ténèbres, ne doivent-elles pas, comme nous, espérer un Sauveur?

Couchée dans son berceau, Primevère, en ouvrant les yeux, accorda son premier sourire au chien et au chat de la maison, assis sur leurs derrières, aux deux bords du petit lit, gravement, comme il sied à de hauts dignitaires. Elle versa sa première larme, tendant les mains vers une cage où chantait tristement un rossignol; lorsque, pour l'apaiser, on lui eut remis la frêle prison, elle l'ouvrit et reprit son sourire, à voir l'oiseau étendre larges ses ailes et monter dans l'air sa patrie.

Je ne puis te conter, jour par jour, sa jeunesse

passée à placer près des fourmilières des poignées de
blé, non tout à fait au bord, pour ne pas ôter aux
ouvrières le plaisir du travail, mais à une courte distance, afin de ménager les pauvres membres de ces
infiniment petits ; sa belle jeunesse dont elle fit une
longue fête, soulageant son besoin de bonté et donnant à son cœur la continuelle joie de faire le bien et
d'aider les misérables : pierrots et hannetons sauvés
des mains de méchants garçons, chèvres consolées
par une caresse de la perte de leurs chevreaux, bêtes
domestiques nourries grassement d'os et de soupes
cuites, pain émietté sur les toits, fétu de paille tendu
aux insectes naufragés, bienfaits et douces paroles de
toutes sortes.

Je l'ai dit, elle eut de bonne heure l'âge de raison.
Ce qui d'abord avait été chez elle instinct du cœur
devint bientôt jugement et règle de conduite. Ce
ne fut plus seulement sa bonté naturelle qui lui
fit aimer les bêtes ; ce bon sens dont nous nous
servons pour dominer eut en elle ce rare résultat, de
lui donner plus d'amour, en l'aidant à comprendre
combien ces créatures ont besoin d'être aimées. Quand
elle allait par les sentiers, avec les fillettes de son
âge, elle prêchait parfois sa mission, et c'était un charmant spectacle que ce docteur aux lèvres roses, d'une
naïveté grave, expliquant à ses disciples la nouvelle
religion, celle qui apprend à tendre la main, dans la
création, aux êtres les plus déshérités. Elle disait souvent qu'elle avait eu jadis de grandes pitiés en son-

géant aux bêtes privées de la parole, et ne pouvant
ainsi nous témoigner leurs besoins ; elle craignait,
dans ses premières années, de passer à leur côté,
quand elles avaient faim ou soif, et de s'éloigner sans
les soulager, leur laissant ainsi la haineuse pensée du
mauvais cœur d'une petite fille se refusant à la charité.
De là, disait-elle, vient toute la mésintelligence entre
les fils de Dieu, depuis l'homme jusqu'au ver ; ils n'entendent point leurs langages et se dédaignent, faute
de se comprendre assez pour se secourir en frères.

Bien des fois, en face d'un grand bœuf qui arrêtait,
des heures entières, ses yeux mornes sur elle, elle
avait cherché avec angoisse ce que pouvait désirer la
pauvre créature qui la regardait si tristement. Mais
maintenant, pour sa part, elle ne craignait plus de passer pour méchante. La langue de chaque bête lui était
connue ; elle devait cette science à l'amitié de ses
chers malheureux qui la lui avaient enseignée dans une
longue fréquentation. Et quand on lui demandait la
façon d'apprendre ces milliers de langages, pour mettre fin à un malentendu qui rend la création mauvaise,
elle répondait avec un doux sourire : « Aimez les bêtes,
vous les comprendrez. »

Ce n'étaient pas d'ailleurs des raisonnements bien
profonds que les siens ; elle jugeait avec le cœur et ne
s'embarrassait pas d'idées philosophiques qu'elle ignorait. Sa façon de voir avait ceci d'étrange, en notre
siècle d'orgueil, qu'elle ne considérait pas l'homme
seul dans l'œuvre de Dieu. Elle aimait la vie sous

toutes les formes ; elle voyait les êtres, du plus humble jusqu'au plus grand, gémir sous une même loi de souffrance, et, dans cette fraternité des larmes, elle ne pouvait distinguer ceux qui ont une âme de ceux auxquels nous n'en accordons pas. La pierre seule la laissait insensible ; et encore, par les rudes gelées de janvier, elle songeait à ces pauvres cailloux qui devaient avoir si froid sur les grands chemins. Dans cette tendre miséricorde dont elle entourait la création entière, elle s'était attachée aux bêtes, comme nous nous attachons aux aveugles et aux muets, parce qu'ils ne voient ni n'entendent. Elle allait chercher les plus misérables de tous, par besoin d'aimer beaucoup.

Certes, elle n'avait pas la sotte idée de croire un homme caché sous la peau d'un âne ou d'un loup ; ce sont là d'absurdes inventions pouvant venir à un philosophe, mais peu faites pour la tête blonde d'une petite fille. Voilà encore un parfait égoïste, le sage qui a déclaré aimer les bêtes, parce que les bêtes sont des hommes déguisés ! Pour elle, Dieu merci ! elle croyait les bêtes des bêtes complètes. Elle les aimait naïvement, songeant qu'elles vivent, qu'elles sentent la joie et la douleur comme nous. Elle les traitait en sœurs, et cela en comprenant toute la différence qui existe entre leur être et le nôtre, mais en se disant aussi que Dieu, leur ayant donné la vie, les a faites pour être consolées.

Lorsque l'aimable Primevère monta sur le trône, voyant qu'elle ne pouvait faire œuvre de charité en travaillant au bonheur de son peuple, elle prit la réso-

lution de travailler à celui des bêtes de son royaume.
Puisque les hommes se déclaraient parfaitement heureux, elle se consacrait à la félicité des insectes et des
lions. Ainsi elle apaisait son besoin d'aimer.

Il faut le dire, si la concorde régnait dans les villes,
il n'en était pas de même dans les bois. De tous temps,
Primevère avait éprouvé de douloureux étonnements
à voir la guerre éternelle que se livrent entre elles les
créatures. Elle ne pouvait s'expliquer l'araignée buvant le sang de la mouche, l'oiseau se nourrissant de
l'araignée. Un de ses plus pesants cauchemars consistait à voir, par les mauvaises nuits d'hiver, une sorte
de ronde effrayante, un cercle immense emplissant
les cieux ; ce cercle était formé de tous les êtres placés à la file, se dévorant les uns les autres ; il tournait
sans cesse, emporté dans la furie du terrible festin.
L'épouvante mettait au front de l'enfant une sueur
froide, lorsqu'elle comprenait que ce festin ne pouvait
finir et que les êtres tourneraient ainsi éternellement,
au milieu de cris d'agonie.

Mais c'était là un rêve pour elle ; la chère fillette
n'avait pas conscience de la loi fatale de la vie, qui ne
peut être sans la mort. Elle croyait au pouvoir souverain de ses larmes.

Voici le beau projet qu'elle forma, dans son innocence et sa bonté, pour le plus grand bonheur des
bêtes de son royaume.

A peine maîtresse du pouvoir, elle fit publier à son
de trompe, aux carrefours de chaque forêt, dans les

basses-cours et sur les places des grandes villes, que
toute bête se sentant lasse du métier de vagabond
trouverait un asile sûr à la cour de l'aimable Primevère. En outre, disait la proclamation, les pension-
naires seraient instruits dans l'art difficile d'être
heureux, selon les lois du cœur et de la raison, et joui-
raient d'une nourriture abondante, exempte de larmes.
Comme l'hiver approchait, les repas devenant rares,
des loups maigres, des insectes frileux, tous les animaux domestiques de la contrée, les chats et les chiens
errants, et enfin cinq à six douzaines de bêtes fauves
curieuses se rendirent à l'appel de la jeune reine.

Elle les logea commodément dans un grand hangar,
leur donnant mille douceurs des plus nouvelles pour
eux. Son système d'éducation était simple comme son
âme; il consistait à beaucoup aimer ses élèves, leur
prêchant d'exemple un amour mutuel. Elle fit cons-
truire pour chacun d'eux une cellule semblable, sans
se soucier de leurs différences de nature, et les pour-
vut de bonnes couches de paille et de bruyère, d'auges
propres et à hauteur convenable, de couvertures en
hiver et de branches de feuillage en été. Le plus possible, elle voulait les amener à oublier leur vie vagabonde, aux joies cuisantes et pénibles; aussi avait-
elle, bien à regret, fait entourer le hangar de fortes
grilles, pour aider à la conversion et mettre une bar-
rière entre l'esprit de révolte des bêtes du dehors et
les excellentes dispositions de ses disciples. Matin et
soir, elle les visitait, les réunissant dans une salle

commune, et les caressait, chacune selon le mérite.
Elle ne leur tenait pas elle-même de longs discours, mais les excitait à des discussions amicales,
sur des cas délicats de fraternité et d'abnégation, en-
courageant les orateurs bien pensants et réprimandant
avec bonté ceux qui élevaient un peu trop la voix. Son
but était de les confondre peu à peu en un même peuple; elle espérait faire perdre à chaque espèce sa langue et ses habitudes, et les conduire toutes insensi-
blement à une unité universelle, en brouillant pour
elles, par un continuel contact, leurs diverses façons
de voir et d'entendre. Ainsi elle posait les faibles sous
les pattes des forts, et amenait à converser entre eux
la cigale, au cri aigre, et le taureau, ronflant à pleins
naseaux ; elle logeait à côté des lévriers les lièvres et
les perdrix, et les renards, au beau milieu des poules.
Mais la mesure qu'elle pensa la plus habile fut de servir dans les écuelles de tous une même nourriture.
Cette nourriture ne pouvant être ni chair ni poisson,
l'ordinaire se composa pour chacun d'une écuelle de
lait par jour, plus ou moins profonde, selon l'appétit
du pensionnaire.

Tout se trouvant réglé de la sorte, l'aimable Primevère attendit les résultats. Ils ne pouvaient manquer
d'être bons, pensait-elle, puisque les moyens employés
étaient excellents en eux-mêmes. Les hommes de son
royaume se déclaraient de plus en plus heureux, se
fâchant dès qu'un philanthrope cherchait à leur démontrer leur misère. Les bêtes, au contraire, avouaient

leur malheur et travaillaient à se donner une félicité parfaite. L'aimable Primevère, à cette époque, se trouvait être sans aucun doute la meilleure et la plus satisfaite des reines.

Médéric n'en savait pas plus long sur le Royaume des Heureux. Son ami le bouvreuil lui avait fait entendre qu'il s'était envolé, un beau matin, du hangar hospitalier, sans lui confier la raison de cette fuite inexplicable. Franchement, ce bouvreuil devait être un méchant garnement, n'aimant pas le lait et préférant le soleil et les ronces.

IX

OU MÉDÉRIC VULGARISE LA GÉOGRAPHIE, L'ASTRONOMIE, L'HISTOIRE, LA THÉOLOGIE, LA PHILOSOPHIE, LES SCIENCES EXACTES, LES SCIENCES NATURELLES ET AUTRES MENUES SCIENCES.

Cependant le géant et le nain s'en allaient par les champs, baguenaudant au soleil, désireux d'arriver et s'oubliant à chaque coude des sentiers. Médéric s'était de nouveau logé dans l'oreille de Sidoine; le logis lui convenait de tous points, et il y découvrait sans cesse de nouvelles commodités.

Les deux frères marchaient au hasard. Médéric se laissait conduire au gré des jambes de Sidoine, insou-

cieux de la route ; et, comme ces jambes mesuraient
sans peine dans un de leurs pas vingt degrés d'un mé-
ridien terrestre, il s'ensuivit qu'au bout de la première
matinée les voyageurs avaient déjà fait le tour du
monde un nombre incalculable de fois. Vers midi, Médéric, las de se taire, ne put laisser de nouveau passer
les mers et les continents sans donner une leçon de
géographie à son compagnon.

— Hé ! mon mignon, dit-il, il y a, en ce moment,
des millions de pauvres enfants, enfermés dans des
salles froides et obscures, qui se tuent les yeux et
l'esprit à épeler le monde sur de sales bouts de papier,
peints de bleu et de rouge, couverts de lignes, de
noms bizarres, tout comme un grimoire cabalistique.
L'homme est à plaindre de ne voir les grands spectacles que rapetissés à sa mesure. Jadis, j'ai par hasard
regardé un de ces livres renfermant les contrées connues
en vingt ou trente feuilles ; c'est une collection peu ré-
créative, bonne tout au plus à meubler la mémoire des
enfants. Que ne peut-on leur ouvrir le livre sublime
qui s'étend devant nous, le leur faire lire d'un regard,
dans son immensité ! Mais les marmots, fils de nos
mères, n'ont pas la taille pour embrasser la page entière. Les anges seuls peuvent faire de la vraie science,
si quelque vieux saint d'esprit morose donne là-haut
des leçons de géographie. Or, puisqu'il plaît à Dieu de
mettre sous nos yeux cette belle carte naturelle, je
désire profiter de cette rare faveur pour attirer ton
attention sur les diverses façons d'être de la terre.

— Mon frère Médéric, interrompit Sidoine, je suis un ignorant et je crains fort de ne pas te comprendre. Si peu que parler te fatigue, il est plus profitable pour nous deux que tu gardes le silence.

— Comme toujours, mon mignon, tu dis une sottise. J'ai en ce moment un intérêt considérable à t'entretenir sur les connaissances humaines ; car, sache-le, je ne me propose rien moins que de vulgariser ces connaissances. Avant tout, sais-tu ce que c'est que vulgariser ?

— Non. Quitte à dire une nouvelle sottise, l'expression me paraît barbare.

— Vulgariser une science, mon mignon, c'est la délayer, l'affadir autant que possible, pour la rendre d'une digestion facile aux cerveaux des enfants et des pauvres d'esprit. Voici ce qui arrive : les savants dédaignent ces vérités cachées sous de lourdes et inutiles draperies, et leur préfèrent les vérités nues ; les enfants, jugeant avec raison les études sérieuses venir en leur temps, toujours assez tôt, continuent à jouer jusqu'à l'âge où ils peuvent monter le rude chemin du savoir, sans se bander les yeux ; les pauvres d'esprit, je parle de ceux qui n'ont pas la sagesse de se boucher les oreilles, écoutent tant bien que mal les plus belles vulgarisations, s'en bourrent immodérément le cerveau et deviennent des sots complets. Ainsi, personne ne profite de cette idée éminemment philanthropique qui consiste à mettre la science à la portée de tout le monde, personne, si ce n'est le vulgarisateur. Il a

fait un tour de force. Tu ne peux décemment m'empêcher de faire un tour de force, mon mignon, si j'ai la
moindre vanité d'en vouloir faire un.

— Parle, mon frère Médéric, tes discours ne m'em-
pêchent pas de marcher.

— Voilà de sages paroles. Mon mignon, je te prie de
regarder un peu attentivement aux quatre points de
l'horizon. De cette hauteur, nous ne distinguons pas les
hommes nos frères, et nous pouvons prendre aisément
leurs villes pour des tas de pavés grisâtres jetés au
fond des plaines ou sur la pente des coteaux. La terre,
ainsi considérée, offre un spectacle d'une grandeur
singulière : ici des rochers par longues arêtes, là des
flaques d'eau dans les trous ; puis, de loin en loin,
quelques forêts faisant des taches sombres sur la
blancheur du sol. Cette vue a la beauté des horizons
immenses ; mais l'homme trouvera toujours plus de
charme à contempler une chaumière adossée à une
rampe de roches, ayant deux églantiers et un filet
d'eau à sa porte.

Sidoine fit une grimace en entendant ce détail poétique. Médéric continua :

— A de longs intervalles, assure-t-on, d'effrayantes
secousses brisent les continents, soulèvent les mers,
changent les horizons. Un nouvel acte commence dans
la grande tragédie de l'Éternité. En ce moment, je me
figure regarder un de ces mondes antérieurs, alors que
les géographes n'étaient pas. Bienheureuses montagnes, fleuves fortunés, calmes océans, vous vivez en

paix vos milliers de siècles, sans noms devant Dieu, formes passagères d'une terre qui changera peut-être demain. Mon mignon et moi, nous vous voyons de bien haut, comme doit vous voir votre Créateur, et nous n'avons point souci de la profondeur des flots, de la hauteur des monts ni des diverses températures des contrées. Ouvre l'oreille, Sidoine, je vulgarise plus que jamais ; je suis en plein dans la géographie physi-, que du globe. Pour l'Éternel, il devra exister autant de différents mondes qu'il y aura eu de bouleverse-ments. Tu dois comprendre cela. Mais l'homme, créa-ture d'une époque, ne peut envisager la terre que sous une seule façon d'être. Depuis la naissance d'Adam, les paysages n'ont pas changé ; ils sont tels que les eaux du dernier déluge les ont laissés à nos pères. Voilà ma besogne singulièrement simplifiée. Nous avons seule-ment à étudier des lignes immobiles, une certaine con-figuration nettement arrêtée. La mémoire du regard va suffire. Regarde et tu seras savant. La carte est belle, je pense, et tu as assez d'intelligence pour ouvrir les yeux.

— Je les ouvre, mon frère, et, je l'avoue, je vois des océans, des montagnes, des rivières, des îles, et mille autres choses ; même, lorsque je ferme les pau-pières, je revois encore ces choses dans la nuit, et c'est là sans doute ce que tu as appelé la mémoire du re-gard. Mais il serait bon, je crois, de me dire le nom de ces merveilles et de me parler un peu des habitants, après m'avoir décrit la maison.

— Eh! mon pauvre mignon, j'ai pu te faire en quatre mots un cours de géographie à l'usage des anges ; s'il me fallait t'enseigner maintenant les sornettes débitées aux écoliers dont je te parlais tantôt, je n'aurais pas fini ton éducation dans dix ans d'ici. L'homme s'est plu à tout brouiller sur la terre ; il a donné vingt noms différents à la même pointe de rocher ; il a inventé des continents et en a nié plus encore ; il a tant fondé de royaumes et en a tant anéanti que chaque caillou, dans les champs, a sûrement servi de frontière à quelque nation morte. Cette rigueur des lignes, cette éternité des mêmes divisions, existent pour Dieu seul. En introduisant l'humanité sur ce vaste théâtre, il se produit un effrayant pêle-mêle. Il est si aisé, chaque cent ans, de prendre une feuille de papier et de dessiner une nouvelle terre, celle du moment ! Si la terre du Créateur avait subi tous les changements de la terre de l'homme, nous aurions devant nous, au lieu de cette carte naturelle si nette au regard, le plus étrange mélange de couleurs et de lignes. Je ne puis m'amuser aux caprices de nos frères. Je te répète de regarder attentivement l'œuvre de Dieu. Tu en sauras plus dans un regard que tous les géographes du monde ; car tu auras vu de tes yeux les grandes lignes de la croûte terrestre, et ces messieurs les cherchent encore avec leurs niveaux et leurs compas. Voilà, si je ne me trompe, une leçon de géographie physique et politique un peu bien vulgarisée.

Comme le maître cessa de parler, l'élève, qui voya-

geait pour l'instant au milieu des glaces, enjamba le
pôle, sans plus de façons, et posa le pied dans l'autre
hémisphère. Il était midi d'un côté, minuit de l'autre.
Nos compagnons, qui quittaient un blanc soleil d'avril,
continuèrent leur voyage par le plus beau clair de
lune qu'on puisse voir. Sidoine, naïf de son naturel,
pensa tomber à la renverse du manque de logique que
lui parurent avoir en ce moment la lune et le soleil. Il
leva le nez, considérant les étoiles.

— Mon mignon, lui cria Médéric dans l'oreille, voici
l'instant ou jamais de te vulgariser l'astronomie. L'astronomie est la géographie des astres. Elle enseigne
que la terre est un grain de poussière jeté dans l'immensité. C'est une science saine entre toutes, quand
elle est prise à dose raisonnable. D'ailleurs, je ne
m'appesantirai pas sur cette branche des connaissances
humaines; je te sais modeste et peu curieux de for-
mules mathématiques. Mais, si tu avais le moindre orgueil, il me faudrait bien, pour te guérir de cette
vilaine maladie, te faire entrevoir, chiffres en mains,
les effrayantes vérités de l'espace. Un homme, si fou
qu'il puisse être, quand il considère les étoiles par
une nuit claire, ne saurait conserver une seconde la
sotte pensée de Dieu créant l'univers, pour le plus
grand agrément de l'humanité. Il y a là, au front du
ciel, un démenti éternel à ces théories mensongères et
vaines qui, considérant l'homme seul dans la création,
disposent des volontés de Dieu à son égard, comme si
Dieu avait à s'occuper uniquement de la terre. Les

autres mondes, qu'en fait-on? Si l'œuvre a un but,
toute l'œuvre ne sera-t-elle pas employée à atteindre
ce but? Nous, les infiniment petits, apprenons l'astronomie pour savoir quelle place nous tenons dans
l'infini. Regarde le ciel, mon mignon, regarde-le bien.
Tout géant que tu es, tu as au-dessus de ta tête l'immensité avec ses mystères; et, si jamais il te prenait la
malencontreuse idée de philosopher sur ton principe
et sur ta fin, cette immensité t'empêcherait de conclure.

— Mon frère Médéric, vulgariser est un joli jeu.
J'aimerais à apprendre la raison du jour et de la nuit.
Voilà d'étranges phénomènes auxquels je n'avais jamais
songé.

— Mon mignon, il en est de même de toutes choses.
Nous les voyons sans cesse et nous n'en savons pas le
premier mot. Tu me demandes ce que c'est que le
jour; je n'ose te vulgariser cette grave question de
physique. Sache seulement que les savants ignorent,
comme toi, la cause de la lumière; chacun d'eux s'est
fait une petite théorie à l'appui de son raisonnement, et
le monde n'en est ni plus ni moins éclairé. Mais je
puis tenter, pour mon plus grand honneur, une vulgarisation du phénomène de la nuit. Avant tout, apprends que la nuit n'existe pas.

— La nuit n'existe pas, mon frère Médéric : cependant je la vois.

— Eh! mon mignon, ferme les yeux et écoute-moi.
Ne le sais-tu pas? seule, l'intelligence de l'homme

voit distinctement; les yeux sont un cadeau de l'esprit
du mal, induisant la créature en erreur. La nuit n'existe
pas, cela est certain, si le jour existe. Tu vas me comprendre. L'été, au temps des moissons, lorsque le ciel
brûle et que les voyageurs ne peuvent supporter l'éclat
des routes blanches, ils cherchent un mur et continuent à marcher le long du talus. Ils s'en vont ainsi, à
l'ombre de ce mur, dans une nuit relative. Nous, en
ce moment, nous nous promenons à l'ombre de la
terre, dans ce que le vulgaire appelle une nuit absolue.
Mais, parce que les voyageurs marchent à l'ombre, les
champs voisins n'ont-ils plus les chaudes caresses du
soleil? parce que nous ne voyons goutte et ne savons
où poser nos pieds, l'infini a-t-il perdu un seul rayon
de lumière? Donc, la nuit n'existe pas, si le jour existe.

— Pourquoi cette dernière restriction, mon frère?
Le jour peut-il ne pas exister?

— Certes, mon mignon, le jour n'existe pas, si la
nuit existe. Oh! la belle vulgarisation, et que je voudrais avoir quelques douzaines d'enfants pour leur faire
oublier leurs jouets! Ecoute : la lumière n'est pas une
des conditions essentielles de l'espace ; elle est sans
doute un phénomène tout artificiel. Notre soleil pâlit,
assure-t-on ; les astres s'éteindront forcément. Alors
l'immense nuit régnera de nouveau dans son empire, cet empire du néant dont nous sommes sortis.
Tout bien considéré, la nuit existe, si le jour n'existe pas.

— Moi, frère, je suis tenté de croire qu'ils n'existent ni l'un ni l'autre.

— Peut-être bien, mon mignon. Si nous avions le temps nécessaire pour prendre une idée sommaire de toutes les connaissances, je veux dire plusieurs existences d'homme, je te prouverais, par un troisième raisonnement, que la nuit et le jour existent l'un et l'autre. Mais c'est assez nous occuper des sciences physiques; passons aux sciences naturelles.

Médéric et Sidoine ne s'arrêtaient par pour causer. Comme, après tout, le seul but de leur promenade était de découvrir le Royaume des Heureux, ils descendaient le globe du nord au midi, le traversaient de l'est à l'ouest, sans se permettre la moindre halte. Cette façon de chercher un empire avait certainement de grands avantages, mais on ne saurait dire qu'elle fût exempte de désagréments. Sidoine risquait depuis la veille des rhumes et des engelures, à passer sans transition des chaleurs accablantes des tropiques aux vents glacés des pôles. Ce qui le contrariait le plus était la brusque disparition du soleil, quand il entrait d'un hémisphère dans l'autre. Toutes les vulgarisations du monde n'auraient pu lui expliquer ce phénomène, qui produisait à ses yeux le va-et-vient de lumière irritant que fait, dans une chambre, un volet ouvert et fermé avec rapidité. Tu peux juger par là le bon pas dont marchaient nos deux compagnons. Quant à Médéric, voituré à l'aise dans l'oreille de son mignon, plus mollement que sur les coussins de la calèche la mieux suspendue, il s'inquiétait peu des incidents de la route, se garait du froid et du chaud, et, d'ailleurs, n'était pas écolier à se soucier du miroitement du jour et de la nuit.

Les voyageurs venaient de rentrer dans l'hémisphère éclairé. Médéric mit le nez dehors.

— Mon mignon, dit-il, dans les sciences naturelles, l'étude la plus intéressante est celle des diverses races d'une même espèce animale. D'autre part, l'étude de l'espèce humaine offre un attrait tout particulier aux savants, car elle affirme avoir coûté au Créateur toute une journée de travail et n'être pas de la même création que les autres créatures. Nous allons donc examiner les différentes races de la grande famille des hommes. Reste au soleil, afin de voir nos frères et de lire sur leurs faces la vérité de mes paroles. Dès le premier regard, tu peux t'en convaincre, leurs visages, pour l'observateur désintéressé, est aussi laid en tous pays. Dans chaque contrée, je le sais, ils trouvent, chez certains d'entre eux, une rare beauté de lignes; mais c'est là une pure imagination, puisque les peuples ne s'accordent pas sur l'idée de beauté absolue et que chacun adore ce que dédaigne le voisin; une vérité est vraie, à la condition d'être vraie toujours et pour tous. Je n'appuierai pas davantage sur la laideur universelle. Les races humaines, — tu les vois à tes pieds, — sont au nombre de quatre : la noire, la rouge, la jaune et la blanche. Il y a certainement des teintes intermédiaires; en cherchant, on arriverait à établir la gamme entière, du noir au blanc, en passant par toutes les couleurs. Une question, la seule que je veuille approfondir aujourd'hui, se pose d'abord pour

l'homme qui veut vulgariser avec honneur. Voici cette
question : Adam était-il blanc, jaune, rouge ou noir?
Si j'affirme qu'il était blanc, étant blanc moi-même, je
ne sais comment expliquer les singuliers changements
de couleurs survenus chez mes frères. Eux-mêmes font
sans doute le premier père à leur image, et les voilà
tout aussi embarrassés que moi, lorsqu'ils me considè-
rent. Avouons-le, la question est épineuse. Ceux qui
font métier de la haute science t'expliqueraient peut-
être le fait par les influences diverses des climats et
des aliments, par cent belles raisons difficiles à prévoir
et à comprendre. Moi, je vulgarise, et tu m'entendras
sans peine. Mon mignon, si l'on trouve aujourd'hui des
hommes de quatre couleurs, des noirs, des rouges, des
jaunes et des blancs, c'est que Dieu, au premier jour,
a créé quatre Adams, un blanc, un jaune, un rouge et
un noir.

— Mon frère Médéric, ton explication me satisfait
pleinement. Mais, dis-moi, n'est-elle pas un peu im-
pie? Où serait la fraternité universelle des hommes?
et, en outre, n'existe-t-il pas un saint livre, dicté par
Dieu lui-même, qui parle d'un seul Adam? Je suis un
simple d'esprit, et il serait mal à toi de me mettre en
tentation de mal penser.

— Mon mignon, tu es trop exigeant. Je ne puis avoir
raison et ne pas donner tort aux autres. Sans doute,
ma façon de voir en cette matière, qui m'est d'ailleurs
personnelle, attaque une vieille croyance, très-respec-
table pour son grand âge. Mais quel mal cela peut-il

faire à Dieu, d'étudier son œuvre en toute liberté, puisqu'il nous a laissé cette liberté? Ce n'est pas le nier que de discuter son ouvrage, et, quand même je nierais le Créateur sous une certaine forme, ce serait pour te le présenter sous une autre. Eh ! mon mignon, je vulgarise la théologie à cette heure! La théologie est la science de Dieu.

— Bon ! interrompit Sidoine, je la sais, celle-là. Il suffit pour y être passé maître d'avoir l'esprit droit. Enfin je trouve une science simple, qui ne doit pas demander deux mots de raisonnement.

— Que dis-tu là, mon mignon ! La théologie, une science simple ! Pas deux mots de raisonnement ! Certes, il est simple, pour les cœurs naïfs, de reconnaître un Dieu et de borner là leur science, ce qui leur permet d'être savants à peu de frais. Mais les esprits inquiets, une fois Dieu trouvé, en font leur Dieu. Chacun a le sien, qu'il a abaissé à son niveau, afin de le comprendre ; chacun défend son idole, attaque l'idole d'autrui. De là un effroyable entassement de volumes, une éternelle matière à querelle : les façons d'être de Celui qui est, la meilleure méthode de l'adorer, ses manifestations sur la terre, le but final qu'il se propose. Le ciel me garde de vulgariser une telle science ; je tiens trop à mon bon sens.

Médéric se tut, ayant l'âme attristée de ces mille vérités qu'il remuait à la pelle. Sidoine, ne l'entendant plus, hasarda une enjambée et arriva droit en Chine. Les habitants, leurs villes et leur civilisation l'étonnèrent profondément. Il se décida à poser une question.

— Mon frère Médéric, demanda-t-il, voici un peuple qui me fait désirer de t'entendre vulgariser l'histoire. Certainement cet empire doit tenir une large place dans les annales des hommes ?

— Mon mignon, répondit Médéric, puisque tu ne peux te lasser de t'instruire, je veux bien te faire en peu de mots un cours d'histoire universelle. Ma méthode est fort simple, et je compte l'appliquer tout au long, un de ces jours. Elle repose sur le néant de l'homme. Lorsque l'historien interroge les siècles, il voit les sociétés, parties de la naïveté première, s'élever jusqu'à la plus haute civilisation, puis retomber de nouveau dans l'antique barbarie. Ainsi, les empires se succèdent, en s'écroulant tour à tour; chaque fois qu'un peuple se croit parvenu à la suprême science, cette science elle-même cause sa ruine, et le monde est ramené à son ignorance native. Au commencement des temps, l'Égypte bâtit ses pyramides et borde le Nil de ses cités; dans l'ombre de ses temples, elle résout les grands problèmes dont l'humanité cherche encore aujourd'hui les solutions; la première, elle a l'idée de l'unité de Dieu et de l'immortalité de l'âme; puis elle meurt, au soir des fêtes de Cléopâtre, et emporte avec elle les secrets de dix-huit siècles. La Grèce sourit alors, parfumée et mélodieuse; son nom nous parvient mêlé à des cris de liberté et à des chants sublimes; elle peuple le ciel de ses rêves et divinise le marbre de son ciseau; bientôt, lasse de gloire et d'amour, elle s'efface et ne laisse que des ruines pour témoigner de sa grandeur passée. Enfin Rome s'élève, grandie des dépouilles du monde; la guerrière soumet les peuples, règne par le droit écrit et perd la liberté en acquérant la puissance; elle hérite des richesses de l'Égypte, du courage et de la poésie de la Grèce; elle est toute volupté et splendeur; mais, lorsque la guerrière s'est changée en courtisane, un ouragan venu du nord passe sur la ville éternelle et en dissipe aux quatre vents les arts et la civilisation.

Si jamais discours fit bâiller Sidoine, ce fut celui que Médéric déclamait de la sorte.

— Et la Chine? demanda-t-il d'un ton modeste.

— La Chine! s'écria Médéric, le diable t'emporte! Voilà mon histoire universelle inachevée, et j'ai perdu l'élan nécessaire pour une pareille tâche. Est-ce que la Chine existe? Tu crois la voir, et les apparences te donnent raison, je l'avoue; mais ouvre le premier traité d'histoire venu, et tu ne trouveras pas dix pages sur cet empire prétendu si grand par ces mauvais plaisants de géographes. Une moitié du monde a toujours parfaitement ignoré l'histoire de l'autre moitié.

— Le monde n'est pourtant pas si grand, remarqua Sidoine.

— D'ailleurs, mon mignon, sans plus vulgariser, j'estime singulièrement la Chine, et je la crains même un peu, comme tout ce qui est inconnu. Je crois voir en elle la grande nation de l'avenir. Demain, quand

16

notre civilisation tombera, ainsi qu'ont tombé toutes les civilisations passées, l'extrême Orient héritera sans doute des sciences de l'Occident, et deviendra à son tour la contrée polie et savante par excellence. C'est là une déduction mathématique de ma méthode historique.

— Mathématique! dit Sidoine, qui venait de quitter la Chine à regret. C'est cela. Je veux apprendre les mathématiques.

— Les mathématiques, mon mignon, ont fait bien des ingrats. Je consens cependant à te faire goûter à ces sources de toutes vérités. La saveur en est âpre; il faut de longs jours pour que l'homme s'habitue à la divine volupté d'une éternelle certitude. Car, sache-le, les sciences exactes donnent seules cette certitude vainement cherchée par la philosophie.

— La philosophie! Tu ne pouvais mieux parler, mon frère Médéric. La philosophie me paraît devoir être une étude très-agréable.

— Sûrement, mon mignon, elle a certains charmes. Les gens du peuple aiment à visiter les maisons d'aliénés, attirés par leur goût du bizarre et par le plaisir qu'ils prennent au spectacle des misères humaines. Je m'étonne de ne pas leur voir lire avec passion l'histoire de la philosophie; car les fous, pour être philosophes, n'en sont pas moins des fous très-récréatifs. La médecine...

— La médecine! que ne le disais-tu plus tôt? Je veux être médecin pour me guérir lorsque j'aurai la fièvre.

— Soit. La médecine est une belle science ; quand elle guérira, elle deviendra une science utile. Jusquelà, il est permis de l'étudier en artiste, sans l'exercer, ce qui est plus humain. Elle a quelque parenté avec le droit, qu'on étudie par simple curiosité d'amateur, pour ne plus s'en préoccuper ensuite.

— Alors, mon frère Médéric, je ne vois aucun inconvénient à commencer par l'étude du droit.

— Quelques mots d'abord sur la rhétorique, mon mignon.

— Oui, la rhétorique me convient assez.

— En grec...

— Le grec, je ne demande pas mieux.

— En latin...

— Le latin d'abord, le grec ensuite, comme tu voudras, mon frère Médéric. Mais ne serait-il pas bon de connaître auparavant l'anglais, l'allemand, l'italien, l'espagnol et les autres langues modernes ?

— Oh la la ! mon mignon ! cria Médéric essoufflé, vulgarisons avec mesure, je te prie. J'ai la langue sèche, et je reconnais humblement ne pouvoir dire qu'un nombre limité de mots par minute. Chaque science, s'il plaît à Dieu, viendra à son heure. Par grâce, un peu de méthode. Ma première leçon n'est pas précisément remarquable par la clarté de l'exposition ni l'enchaînement logique des sujets. Causons toujours, si cela te plaît, et causons à l'avenir avec l'ordre et le calme qui distinguent la conversation des honnêtes gens.

— Mon frère Médéric, tes sages paroles me donnent

à réfléchir. J'aime peu à parler, encore moins à écouter, parce que, dans le second cas, il me faut penser
pour comprendre, besogne inutile dans le premier.
Certes, il me plairait d'approfondir toutes les connaissances humaines ; mais, vraiment, je préfère les ignorer ma vie entière, si tu ne peux me les communiquer
toutes ensemble en trois mots.

— Eh ! mon mignon, que ne me confiais-tu ton horreur des détails ? Je t'aurais, dès le début et sans ouvrir la bouche, donné la pure essence des mille et une
vérités de ce monde, cela dans un simple geste. N'é-
coute plus et regarde. Voici la suprême science.

Ce disant, Médéric grimpa sur le nez de Sidoine, ce
nez qu'il avait si heureusement comparé au clocher de
son village. Il s'assit à califourchon sur l'extrémité, les
jambes dans l'abîme, et se renversa un peu en arrière,
regardant son mignon d'une façon sournoise et raille-
leuse. Puis il leva la main droite grande ouverte, ap-
puya délicatement son pouce au bout de son propre
nez, et, se tournant aux quatre points de l'horizon,
salua la terre en agitant les doigts de l'air le plus galant qu'on puisse voir.

— Oh ! alors, dit Sidoine, les ignorants ne sont pas
ceux qu'on pense. Grand merci de la vulgarisation.

X

DE DIVERSES RENCONTRES, ÉTRANGES ET IMPRÉVUES,
QUE FIRENT SIDOINE ET MÉDÉRIC

Le soir venu, Sidoine s'arrêta court. Je dis le soir, et je m'exprime mal. Les moments que nous nommons soir et matin n'existaient pas pour des gens suivant le soleil dans sa course et faisant le jour et la nuit à leur volonté. En toute vérité, nos voyageurs couraient le monde depuis environ douze heures.

— Les poings me démangent, dit Sidoine.

— Gratte-les, mon mignon, répondit Médéric. Je ne puis t'offrir d'autre soulagement. Mais, dis-moi, l'éducation n'a-t-elle pas un peu adouci ton naturel batailleur?

— Non, frère. A vrai dire, mon métier de roi m'a dégoûté des taloches. Les hommes sont vraiment trop faciles à tuer.

— Voilà, mon mignon, de l'humanité bien entendue. Hé! marche donc! Tu le sais, nous cherchons le Royaume des Heureux.

— Si je le sais! Cherchons-nous réellement le Royaume des Heureux?

— Comment! mais nous ne faisons autre chose. Jamais homme n'est allé aussi droit au but. Ce Royaume

des Heureux doit être singulièrement situé, je l'avoue,
pour toujours échapper à nos regards. Il serait peut-
être bon de demander notre chemin.

— Oui, frère, occupons-nous des sentiers, si nous
voulons qu'ils nous conduisent quelque part.

En ce moment, Sidoine et Médéric se trouvaient sur
une grande route, non loin d'une ville. Des deux côtés
s'étendaient de vastes parcs, enclos de murs peu élevés, au-dessus desquels passaient des branches d'arbres fruitiers, chargées de pommes, de poires, de pêches, appétissantes à voir, et qui auraient suffi au des-
sert d'une armée.

Comme ils avançaient, ils avisèrent, assis contre un
de ces murs, un bonhomme d'aspect misérable. A leur
approche, la pauvre créature se leva et vint à eux,
traînant les pieds et grelottant de faim.

— La charité, mes bons Messieurs! demanda-t-il.

— La charité! lui cria Médéric; mon ami, je ne sais
où elle est. Seriez-vous égaré comme nous? Vous nous
obligeriez, si vous pouviez nous indiquer le Royaume
des Heureux.

— La charité, mes bons Messieurs! répéta le mendiant. Je n'ai pas mangé depuis trois jours.

— Pas mangé depuis trois jours! dit Sidoine émerveillé. Je ne pourrais en faire autant.

— Pas mangé depuis trois jours! reprit Médéric. Eh!
mon ami, pourquoi tenter une pareille expérience? il est
universellement reconnu qu'il faut manger pour vivre.

Le bonhomme s'était de nouveau assis au pied du

mûr. Il se frottait les mains l'une contre l'autre et souriait, fermant les yeux de faiblesse.

— J'ai bien faim, dit-il à voix basse.

— Vous n'aimez donc ni les pêches, ni les poires, ni les pommes? demanda Médéric.

— J'aime tout, mais je n'ai rien.

— Eh! mon ami, êtes-vous aveugle. Allongez la main. Il y a là, sur votre nez, une pêche magnifique qui vous donnera à boire et à manger, le tout ensemble.

— Cette pêche n'est pas à moi, répondit le pauvre.

Les deux compagnons se regardèrent, stupéfaits de cette réponse, ne sachant s'ils devaient rire ou se fâcher.

— Écoutez, bonhomme, reprit Médéric, nous n'aimons pas qu'on se moque de nous. Si vous avez fait gageure de vous laisser mourir de faim, gagnez tout à votre aise votre pari. Si, au contraire, vous désirez vivre le plus longtemps possible, mangez et digérez au soleil.

— Monsieur, répondit le mendiant, je le vois, vous n'êtes pas de ce pays. Vous sauriez qu'on y meurt parfaitement de faim sans en faire la gageure. Ici, les uns mangent, les autres ne mangent pas. On se trouve dans l'une ou l'autre classe, selon le hasard de la naissance. D'ailleurs, c'est là un état de choses accepté, et il faut que vous veniez de loin pour vous en étonner.

— Voilà de singulières histoires. Et combien êtes-vous qui ne mangez pas?

— Mais plusieurs centaines de mille.

— Ah! mon frère Médéric, interrompit Sidoine, la rencontre me paraît des plus étranges et des plus imprévues. Je n'aurais jamais cru qu'on pût trouver sur la terre des gens qui eussent le singulier don de vivre sans manger. Tu ne m'as donc pas tout vulgarisé?

— Mon mignon, j'ignorais cette particularité. Je la recommande aux naturalistes, comme un nouveau caractère bien tranché séparant l'espèce humaine des autres espèces animales. Je comprends maintenant que, dans ce pays, les pêches ne soient pas à tout le monde. Les petitesses de l'homme ont leurs grandeurs. Du moment où tous n'ont pas une commune richesse, il naît de cette injustice une belle et suprême justice, celle de conserver à chacun son bien.

Le mendiant avait repris son sourire doux et navrant. Il s'affaissait sur lui-même, comme ne pensant plus et s'abandonnant au bon plaisir du ciel. Il ouvrit les lèvres, sans le savoir.

— La charité, mes bons Messieurs! reprit-il.

— La charité, bonhomme, dit Médéric, je sais où elle est. Cette pêche n'est pas à toi, et tu n'oses la prendre, obéissant en cela aux lois de ton pays et à cette idée du respect de la propriété que tu as sucée avec le lait de ta mère. Ce sont là de bonnes croyances qui doivent être fortement enseignées chez les hommes,

s'ils veulent que le tremblant échafaudage de leur société ne croule pas aux premières attaques de l'esprit
d'examen. Moi, qui ne suis pas de cette société, qui
refuse toute fraternité avec mes frères, je puis enfrein-
dre leurs lois, sans porter le moindre tort à leur légis-
lation ni à leurs croyances morales. Prends donc ce
fruit et mange-le, pauvre misérable. Si je me damne,
je le fais de gaieté de cœur.

Médéric, en parlant ainsi, cueillait la pêche et
l'offrait au mendiant. Celui-ci s'empara du fruit et le
considéra avidement. Puis, au lieu de le porter à la
bouche, il le rejeta dans le parc, par-dessus le mur.
Médéric le regarda faire sans s'étonner.

— Mon mignon, dit-il à Sidoine, je te prie de regarder cet homme. Il est le type le plus pur de l'humanité. Il souffre, il obéit ; il est fier de souffrir et
d'obéir. Je le crois un grand sage.

Sidoine fit quelques enjambées, le cœur triste d'a-
bandonner ainsi un pauvre diable mourant de faim.
D'ailleurs, il ne cherchait pas à s'expliquer la conduite
du misérable ; il fallait être un peu plus homme qu'il ne
l'était pour résoudre un pareil problème. Au départ,
il avait ramassé la pêche, et regardait maintenant devant lui, cherchant du regard quelque pauvre moins
scrupuleux à qui la donner.

Comme il approchait de la ville, il vit sortir d'une
des portes, un cortége de riches seigneurs, accompa-
gnant une litière où se trouvait couché un vieillard. A

dix pas, il reconnut que le vieillard n'avait guère plus de quarante ans ; l'âge ne pouvait avoir flétri ses traits ni blanchi ses cheveux. Assurément, le malheureux mourait de faim, à voir sa face pâle et la faiblesse qui alanguissait ses membres.

— Mon frère Médéric, dit Sidoine, offre donc ma pêche à cet indigent. Je ne puis comprendre comment il manque de tout, couché dans le velours et la soie. Mais il a si mauvaise mine que ce ne peut être qu'un pauvre.

Médéric pensait comme son mignon.

— Monsieur, dit-il poliment à l'homme de la litière, vous n'avez sans doute pas mangé ce matin. La vie a ses hasards.

L'homme ouvrit les yeux à demi.

— Depuis dix ans, je ne mange plus, répondit-il.

— Que disais-je ! s'écria Sidoine. L'infortuné !

— Hélas ! reprit Médéric, ce doit être une double souffrance, de manquer de pain au milieu de ce luxe qui vous entoure. Tenez, mon ami, prenez cette pêche et apaisez votre faim.

L'homme n'ouvrit pas même les yeux. Il haussa les épaules.

— Une pêche, dit-il, voyez si mes porteurs ont soif. Ce matin, mes servantes, de belles filles aux bras nus, se sont agenouillées devant moi, m'offrant leurs corbeilles, pleines des fruits qu'elles venaient de cueillir dans mes vergers. L'odeur de toute cette nourriture m'a fait mal.

— Vous n'êtes donc pas un mendiant ? interrompit Sidoine désappointé.

— Les mendiants mangent quelquefois. Je vous ai dit que je ne mangeais jamais.

— Et le nom de cette laide maladie ?

Médéric, ayant compris quelle était la misère de cet indigent paré de bijoux et de dentelle, se chargea de répondre à Sidoine.

— Cette maladie est celle des pauvres millionnaires, dit-il. Elle n'a pas de nom savant, parce que les drogues n'ont aucun effet sur elle ; elle se guérit par une forte dose d'indigence. Mon mignon, si ce seigneur ne mange plus, c'est qu'il a trop à manger.

— Bon ! s'écria Sidoine, voici un monde bien. étrange! Que l'on ne mange pas, quand on manque de pêches, je le comprends jusqu'à un certain point; mais que l'on ne mange pas davantage, quand on possède des forêts d'arbres à fruits, je me refuse à accepter cela comme logique. Dans quel absurde pays sommes-nous donc?

L'homme à la litière se souleva à demi, soulagé dans son ennui par la naïveté de Sidoine.

— Monsieur, répondit-il, vous êtes en plein pays de civilisation. Les faisans coûtent fort cher ; mes chiens n'en veulent plus. Dieu vous garde des festins de ce monde. Je me. rends chez une brave femme de ma connaissance, pour essayer de manger une tranche de bon pain noir. Votre gaillarde mine m'a mis en appétit.

L'homme se recoucha, et le cortége se remit lentement en marche. Sidoine, en le suivant des yeux, haussa les épaules, hocha la tête, fit claquer les doigts, donnant ainsi des signes fort clairs de dédain et d'étonnement. Puis il enjamba la ville, tenant toujours à la main la pêche dont il avait tant de peine à faire l'aumône. Médéric songeait.

Au bout d'une dizaine de pas, Sidoine sentit une légère résistance à la jambe gauche. Il crut que sa culotte venait de rencontrer quelque ronce. Mais, s'étant baissé, il demeura fort surpris : c'était un homme, d'air avide et cruel, qui gênait ainsi sa marche. Cet homme demandait tout simplement la bourse aux voyageurs.

Sidoine ne voyait plus que mendiants et affamés sur les routes ; sa charité de fraîche date avait hâte de s'exercer. Il n'entendit pas bien la demande de l'homme et le prit par la peau du cou, l'élevant à hauteur de son visage, pour converser plus librement.

— Hé ! pauvre hère, lui dit-il, n'as-tu pas faim ? Je te donne volontiers cette pêche, si elle peut te soulager dans tes souffrances.

— Je n'ai pas faim, répondit le brigand mal à l'aise. Je sors d'une excellente taverne où j'ai bu et mangé pour trois jours.

— Alors que me veux-tu ?

— Je ferais un joli métier, si je ne détroussais les passants que pour leur prendre des pêches. Je veux ta bourse.

— Ma bourse ! et pourquoi faire, puisque tu n'auras pas faim de trois jours ?

— Pour être riche.

Sidoine, stupéfait, prit Médéric dans son autre main et le regarda gravement.

— Mon frère, dit-il, les gens de ce pays s'entendent pour se moquer de nous. Dieu ne peut avoir créé des créatures aussi peu sensées. Voici maintenant un imbécile n'ayant pas faim et arrêtant les passants pour leur demander leur bourse, un fou qui a un bon appétit et qui cherche à le perdre en devenant riche.

— Tu as raison, répondit Médéric, tout ceci est parfaitement ridicule. Seulement tu ne me parais pas avoir bien compris quelle sorte de mendiant tu tiens là, entre tes doigts. Les voleurs font métier d'accepter uniquement les aumônes qu'ils prennent.

— Ecoute, dit alors Sidoine au brigand : d'abord tu n'auras pas ma bourse, et cela pour une excellente raison. Ensuite je crois juste de t'infliger une légère correction. Tout bien examiné, ce qui est doit être ; je ne puis te laisser manger en paix, lorsque je viens de quitter un pauvre diable mourant de faim. Mon frère Médéric me lira un jour le code, et alors je reviendrai te pendre dans les formes. Aujourd'hui je me contenterai de laver ta laide mine dans la mare qui est là, à mes pieds. Bois pour trois jours, mon ami.

Sidoine ouvrit les doigts, et le voleur tomba dans la mare. Un honnête homme se serait noyé ; le coquin se sauva à la nage.

Les voyageurs, sans regarder derrière eux, continuèrent à marcher, Sidoine tenant toujours sa pêche, Médéric songeant aux trois dernières rencontres.

— Mon mignon, dit soudain ce dernier, tu alignes assez proprement les phrases, maintenant. Jamais tu n'as si bien parlé.

— Oh! répondit Sidoine, c'est une simple habitude à prendre. Je ne me bats plus, je parle.

— Tais-toi, je te prie, j'ai à te faire part de graves réflexions. Je reconstruis en pensée la triste société qui a pu nous offrir au regard, en moins d'une heure, un honnête homme mourant de faim, un gueux le ventre plein pour trois jours, un puissant frappé d'impuissance. Il y a là un grand enseignement.

— Plus d'enseignement, par pitié, mon frère! Je veux croire simplement que nous avons rencontré aujourd'hui des hommes de race particulière, qui n'ont encore été décrits par aucun voyageur.

— Je t'entends, mon mignon. J'ai lu de bien curieux détails dans de vieux livres. Il est des pays dont les habitants n'ont qu'un œil au milieu du front, d'autres où leurs corps sont mi-partis homme et cheval, d'autres encore où leurs têtes et leurs poitrines ne font qu'un. Sans doute nous traversons, en ce moment, une contrée dont les habitants ont l'âme dans les talons, ce qui les empêche de juger sainement les choses et leur donne une remarquable absurdité d'actes et de paroles. Ce sont des monstres. L'homme, fait à l'image de son Dieu, est une créature bien autrement supérieure.

— C'est cela, mon frère Médéric, nous sommes dans un pays de monstres. Hé! regarde. Vois-tu venir à nous ce quatrième mendiant que j'attendais? Est-il assez déguenillé, assez maigre, assez affamé, assez effarouché? Certes, celui-là marche sur son âme, comme tu le disais tantôt.

L'homme qui s'avançait suivait le bord du fossé, faisant avec amour des miracles d'équilibre. Il venait, les mains derrière le dos, le nez au vent; son pauvre corps flottait dans ses minces vêtements, et sa face exprimait je ne sais quel singulier mélange de béatitude et de souffrance. Il paraissait rêver, le ventre vide, d'un large et plantureux festin.

— Je ne comprends plus rien à la terre, reprit Sidoine, si ce vagabond n'accepte pas ma pêche. Il meurt de faim et ne me paraît ni un coquin ni un honnête homme. Le tout est de la lui offrir poliment. Mon frère Médéric, charge-toi de cette délicate expédition.

Médéric descendit à terre. Comme il était sur le bout du soulier de Sidoine, l'homme vint à l'apercevoir.

— Oh! dit-il, le joli petit insecte! Mon bel ami, buvez-vous la rosée et vous nourrissez-vous de fleurs?

— Monsieur, répondit Médéric, l'eau pure m'indispose, et je ne puis, sans maux de tête, endurer les parfums.

— Eh! l'insecte parle! L'excellente rencontre! Vous me sauvez d'une grande disette, mon aimable scarabée.

— Ainsi, vous avouez que vous avez faim?

— Faim! ai-je dit cela? Certes, j'ai toujours faim.

— Et vous mangerez volontiers une pêche?

— La pêche est un fruit que j'estime pour le velouté de sa peau. Merci, je ne puis manger. J'ai bien autre chose en tête. Enfin je viens de trouver ce que je cherchais depuis une heure.

— Ça, dit Sidoine impatienté, que cherchiez-vous donc, monsieur l'affamé, si ce n'est un morceau de pain?

— Bon! s'écria le pauvre diable, seconde trouvaille! Un géant en chair et en os. Monsieur le géant, je cherchais une idée.

A cette réponse, Sidoine s'assit sur le bord de la route, prévoyant de longues explications.

— Une idée! reprit-il, quel est ce mets?

— Monsieur le géant, continua l'homme sans répondre, je suis poëte de naissance. Vous ne l'ignorez pas, la misère est mère du génie. J'ai donc jeté ma bourse à la rivière. Depuis cet heureux jour, je laisse aux sots le triste soin de chercher leur repas. Moi, qui n'ai plus à m'occuper de ce détail, je cherche des idées, le long des routes. Je mange le moins possible pour avoir le plus possible de génie. Ne perdez pas votre pitié à me plaindre; je n'ai vraiment faim que lorsque je ne trouve pas mes chères idées. Les beaux festins parfois! Tantôt, en voyant votre petit ami d'une tournure si galante, il m'est venu à la pensée deux ou trois strophes exquises : un mètre harmonieux, des rimes

riches, un trait final du meilleur esprit. Jugez si je me
suis rassasié. Puis, quand je vous ai aperçu, franchement, j'ai craint les suites d'un pareil régal. Je tenais
une antithèse, une belle et bonne antithèse, le plus fin
morceau qui puisse être servi à un poëte. Vous le voyez,
je ne puis accepter votre pêche.

— Bon Dieu! s'écria Sidoine après un moment de
silence, le pays est décidément plus absurde que je ne
croyais. Voilà un fou d'une étrange sorte.

— Mon mignon, répondit Médéric, celui-ci est un
fou, mais un fou innocent, un mendiant d'âme géné-
reuse, donnant aux hommes plus qu'il ne reçoit. Je me
sens aimer comme lui les grandes routes et la jolie
chasse aux idées. Pleurons ou rions, si tu veux, à le
voir grand et ridicule; mais, je t'en prie, ne le rangeons
pas parmi les trois monstres de tantôt.

— Range-le comme tu voudras, mon frère, reprit
Sidoine de méchante humeur. La pêche me reste, et
ces quatre imbéciles ont tellement troublé mes idées
sur les biens de la terre, que je n'ose y porter la
dent.

Cependant le poëte s'était assis au bord de la route,
écrivant du doigt sur la poussière. Un bon sourire
éclairait sa figure maigre, donnant à ses pauvres traits
fatigués une expression enfantine. Dans son rêve, il
entendit les dernières paroles de Sidoine, et, comme
s'éveillant :

— Monsieur, dit-il, êtes-vous véritablement embarrassé de cette pêche? Donnez-la-moi. Je sais, près

d'ici, un buisson aimé des moineaux d'alentour. J'irai
y déposer votre offrande, et je vous assure qu'elle ne
sera pas refusée. Demain, je reprendrai le noyau et le
planterai dans quelque coin, pour les moineaux des
printemps à venir.

Il prit la pêche et se remit à écrire.

— Mon mignon, dit Médéric, voilà notre aumône donnée. Pour te tranquilliser l'esprit, je veux bien te faire
remarquer que nous rendons aux moineaux ce qui appartenait aux moineaux. Quant à nous, puisque l'homme
ne jouit pas d'une nourriture providentielle, nous tâ-
cherons de ne plus manger ce que le ciel nous enverra.
Notre passage en ce pays a fait naître dans nos esprits
de nouvelles et tristes questions. Nous les étudierons
prochainement. Pour l'instant, contentons-nous de
chercher le Royaume des Heureux.

Le poëte écrivait toujours, couché dans la poussière,
la tête nue au soleil.

— Hé! Monsieur, lui cria Médéric, pourriez-vous
nous indiquer le Royaume des Heureux?

— Le Royaume des Heureux? répondit le fou en levant la tête, vous ne sauriez mieux vous adresser. Je
me rends souvent dans cette contrée.

— Eh quoi! serait-elle près d'ici? Nous venons de
battre le monde, sans pouvoir la trouver.

— Le Royaume des Heureux, Monsieur, est partout
et nulle part. Ceux qui suivent les sentiers, les yeux
grands ouverts, et qui le cherchent, comme un royaume
de la terre, étalant au soleil ses villes et ses cam-

pagnes, passeront à son côté toute leur vie, sans jamais le découvrir. Si vaste qu'il soit, il tient bien peu de place en ce monde.

— Et le chemin, je vous prie?

— Oh! le chemin est simple et direct. Quel que soit le pays où vous vous trouviez, au nord ou au midi, la distance reste la même, et vous pouvez d'une enjambée passer la frontière.

— Bon! interrompit Sidoine, voici qui me regarde. Dans quel sens dois-je faire cette enjambée?

— Dans n'importe quel sens, vous dis-je. Voyons, laissez-moi vous introduire. Avant tout, fermez les yeux. Bien. Maintenant, levez la jambe.

Sidoine, les yeux fermés, la jambe en l'air, attendit une seconde.

— Posez le pied, commanda de nouveau le poëte. Là, vous y êtes, Messieurs.

Il n'avait pas bougé de son lit de poussière et acheva tranquillement une strophe.

Sidoine et Médéric se trouvaient déjà au beau milieu du Royaume des Heureux.

XI

UNE ÉCOLE MODÈLE

— Sommes-nous au port, mon frère? demanda Sidoine. Je suis las et j'ai grand besoin d'un trône pour m'asseoir.

— Marchons toujours, mon mignon, répondit Médéric. Il nous faut connaître notre royaume. Le pays me
paraît paisible, et nous y dormirons, je crois, nos
grasses matinées. Ce soir, nous nous reposerons.

Les deux voyageurs traversaient les villes et les
campagnes, regardant autour d'eux. La terre les avait
attristés, et ils trouvaient un délassement dans les purs
horizons et les foules silencieuses de ce coin perdu
de l'univers. Je l'ai dit, le Royaume des Heureux n'é-
tait pas un paradis aux ruisseaux de lait et de miel,
mais une contrée de clarté douce et de sainte tranquillité.

Médéric comprit l'admirable équilibre de ce royaume.
Un rayon de moins, et la nuit eût été faite; un rayon
de plus, et la lumière aurait blessé les yeux. Il se dit
que là devait être la sagesse, où l'homme consentait
à se mesurer le bien comme le mal, à accepter sa condition sous le ciel, sans se révolter par ses dévoue-
ments ou par ses crimes.

Comme ils avançaient, lui et son compagnon, ils
trouvèrent, au milieu d'un champ, un hangar fermé
de grilles. Médéric reconnut l'école modèle fondée par
l'aimable Primevère, pour ses chers animaux. Depuis
longtemps il désirait connaître les suites de cet essai
de perfectibilité. Il fit coucher Sidoine au pied du mur,
et tous deux, appuyant leurs fronts aux barreaux, ils
purent contempler et suivre dans ses détails une scène
étrange qui acheva leur éducation.

Au premier regard, ils ne surent quelles créatures

bizarres, ils avaient devant eux. Trois mois de caresses, d'enseignement mutuel et de régime frugal
avaient mis les pauvres bêtes sur les dents. Les lions,
pelés et galeux, semblaient d'énormes chats de gout-
tière; les loups portaient la tête basse, plus maigres et
plus honteux que des chiens errants; quant aux
autres bêtes de complexion plus délicate, elles gisaient
pêle-mêle sur le sol, n'offrant à la vue que des côtes
saillantes et des museaux allongés. Les oiseaux et les
insectes étaient encore moins reconnaissables, ayant
perdu les belles couleurs de leurs ajustements. Tous
ces êtres misérables tremblaient de faim et de froid,
n'étant plus ce que Dieu les avait créés, mais se trouvant d'ailleurs parfaitement civilisés.

Médéric et Sidoine, peu à peu, finirent par reconnaître les différents animaux. Malgré leur respect du
progrès et des bienfaits de l'instruction, ils ne purent
s'empêcher de plaindre ces victimes du bien. Il y a
tristesse à voir la création s'amoindrir.

Cependant, les bêtes de l'école modèle se traînèrent
en gémissant au centre du hangar et se rangèrent en
cercle. Elles allaient tenir conseil.

Un lion, comme ayant gardé le plus de souffle, porta
le premier la parole.

— Mes amis, dit-il, notre plus cher désir, à nous
tous qui avons le bonheur d'être enfermés ici, est de
persévérer dans l'excellente voie de fraternité et de
perfection que nous suivons avec des résultats si remarquables.

Un grognement d'approbation l'interrompit.

— Je n'ai que faire, reprit-il, de vous présenter le
délicieux tableau des récompenses qui attendent nos
efforts. Nous formerons un seul peuple dans l'avenir,
nous aurons une seule langue, et une suprême joie
naîtra pour chacun de n'être plus soi et d'ignorer qui
on est. Vous dites-vous bien le charme de cette heure
où il n'existera plus de races, où toutes les bêtes auront une pensée unique, un même goût, un même intérêt? O mes amis, le beau jour, et combien il sera gai !

Un nouveau grognement témoigna de l'unanime satisfaction de l'assemblée.

— Puisque nous hâtons de nos vœux la venue de ce
jour, continua le lion, il serait urgent de prendre des
mesures pour que nous puissions le voir se lever. Le
régime suivi jusqu'ici est certainement excellent, mais
je le crois peu substantiel. Avant tout, il nous faut
vivre, et nous maigrissons avec constance ; la mort ne
saurait être loin si, dans le but louable de nourrir nos
âmes, nous continuons à négliger de nourrir nos corps.
Il serait absurde, songez-y, de tenter un paradis dont
nous ne saurions jouir, par la nature même des moyens
employés. Une réforme radicale est nécessaire. Le lait
est une nourriture très-moralisante et d'une digestion
facile, ce qui adoucit singulièrement les mœurs ; mais
je pense résumer toutes les opinions en disant que nous
ne pouvons supporter le lait plus longtemps, que rien
n'est plus fade et qu'en fin de compte il nous faut un
ordinaire plus varié et moins écœurant.

Une véritable ovation de hurlements et de bruits de mâchoires accueillit ces dernières paroles de l'orateur. La haine du lait était populaire parmi ces honnêtes animaux vivant depuis trois mois de cette boisson sucrée. L'écuelle quotidienne leur donnait des nausées. Ah ! qu'un peu de fiel leur eût semblé doux !

Lorsque le silence se fut rétabli :

— Mes amis, reprit le lion, le sujet de notre délibération se trouve donc fixé. Nous tenons conseil pour proscrire le lait et le remplacer par un aliment nous engraissant et nous aidant tout à la fois aux bonnes pensées. Ainsi, nous allons proposer chacun notre mets et nous décider en faveur de celui qui réunira le plus de suffrages. Ce mets constituera dès lors notre commun ordinaire. Je crois inutile de vous faire observer quel esprit doit vous guider dans votre choix : cet esprit est l'entière abnégation de vos goûts personnels, la recherche d'une nourriture convenant également à chacun, et offrant surtout des garanties de morale et de santé.

A ce point de l'allocution, l'enthousiasme fut au comble. Rien n'est plus doux que de faire cas de la morale, quand le ventre est préalablement rempli. Une même pensée, une touchante unanimité de sentiments animait l'assemblée.

Le lion, pour sa part, discourait d'un ton humble et affable. Le regard baissé, il eût converti ses frères du désert, tant il offrait un spectacle édifiant. Du geste il réclama l'attention et termina en ces termes :

— Je me crois autorisé par ma longue expérience à vous donner le premier mon avis en cette matière délicate. Je le ferai avec toute la modestie qui convient à un simple membre de cette assemblée, mais aussi avec toute l'autorité d'une bête convaincue. C'est dire que je désespère de notre unité future, si mon plat n'est pas accepté à l'unanimité. En mon âme et conscience, ayant longtemps réfléchi au mets nous convenant le mieux, prenant en considération l'intérêt commun, je déclare, j'affirme hautement que rien ne contentera l'estomac et le cœur de chacun, comme une large tranche de chair saignante mangée le matin, une seconde tranche à midi et une troisième le soir.

Le lion s'arrêta sur cette parole pour recueillir les justes applaudissements que lui semblait mériter sa proposition. Il était de bonne foi et demeura tout étonné du manque d'ensemble des grognements. Adieu l'unanimité ! L'assemblée n'approuvait plus avec un complet abandon. Les loups et autres bêtes fauves, les oiseaux et les insectes d'appétits sanguinaires, s'extasièrent sur l'excellence du choix. Mais les animaux de nature différente, ceux qui vivent dans les prairies ou sur le bord des étangs, témoignèrent, par leur silence et leurs mines contristées, du peu de vertu civilisatrice qu'ils accordaient à la chair.

Quelques minutes s'écoulèrent, pleines de froideur et de malaise. On risque gros à combattre l'avis des puissants, surtout lorsqu'ils parlent au nom de la fraternité. Enfin une brebis, plus osée que ses sœurs, se décida à prendre la parole.

— Puisque nous sommes ici, dit-elle, pour émettre franchement nos opinions, laissez-moi vous donner la mienne avec la naïveté qui sied à ma nature. J'avoue n'avoir aucune expérience du mets proposé par mon frère le lion ; il peut être excellent pour l'estomac et d'une rare délicatesse de goût ; je me récuse sur ce point de la discussion. Mais je crois ce mets d'une influence nuisible, quant à la morale. Une des plus fermes bases de notre progrès doit être le respect de la vie ; ce n'est point la respecter que de nous nourrir de corps morts. Mon frère le lion ne craint-il pas de s'égarer en son zèle, et de créer une guerre sans fin, en choisissant un tel ordinaire, au lieu d'arriver à cette belle unité dont il a parlé en termes si chaleureux ? Je le sais, nous sommes d'honnêtes bêtes, et il n'est pas question de nous dévorer entre nous. Loin de moi cette vilaine pensée ! Puisque les hommes déclarent pouvoir nous manger, sans cesser d'être de bonnes âmes et des créatures selon l'esprit de Dieu, nous pouvons assurément manger les hommes et rester de sages et fraternels animaux, tendant à une perfection absolue. Toutefois, je crains les mauvaises tentations, les forces de l'habitude, si un jour les hommes venaient à manquer. Aussi ne puis-je voter une nourriture aussi imprudente. Croyez-moi, un seul mets nous convient, un mets que la terre produit en abondance, sain, rafraîchissant, d'une quête amusante et facile, varié à l'infini. O les plantureux festins, mes bons frères ! Luzerne, légumes, toutes les herbes des plaines, toutes les herbes des montagnes ! J'en parle savamment, sans arrière-pensée, et je n'ai que l'innocent désir de vivre sans tuer. Je vous le dis en vérité : hors de l'herbe, pas d'unité.

La brebis se tut, constatant à la dérobée l'effet produit par son discours. Quelques maigres adhésions s'élevèrent du côté de l'assemblée occupé par les chevaux, les bœufs et autres mangeurs de grains et de verdure. Quant aux bêtes qui avaient approuvé le choix du lion, elles parurent accueillir la nouvelle proposition avec un singulier mépris et une grimace de mauvais présage pour l'orateur.

Un ver à soie, de vue basse et privé de tact, prit alors la parole. C'était un philosophe austère, s'inquiétant peu du jugement d'autrui, et prêchant le bien pour le bien.

— Vivre sans tuer, dit-il, est une belle maxime. Je ne puis qu'applaudir aux conclusions de ma sœur la brebis. Seulement, ma sœur me paraît très-gourmande. Pour un mets que nous cherchons, elle nous en offre cinquante, et paraît se complaire dans la pensée d'un menu de prince, aux plats nombreux et de goûts divers. Oublie-t-elle que la sobriété et le dédain des fins morceaux sont des vertus nécessaires à des bêtes se piquant de progrès ? L'avenir d'une société dépend de la table : manger peu et d'un seul plat, là est l'unique moyen de hâter la venue d'une haute civilisation, forte et durable. Je propose donc, pour ma part, de veiller

sur notre appétit et surtout de nous contenter d'une
seule sorte de feuilles. Le choix n'étant plus qu'une
affaire de goût, je pense satisfaire celui de chacun en
choisissant la feuille du mûrier.

— Ça, vieux radoteur, cria un pélican, ne sommes-
nous pas assez maigres, sans risquer des coliques, à
nous nourrir d'herbe humide ? Fraternise avec la brebis. Moi, je pense comme mon frère le lion, si ce n'est
qu'il me paraît faire un choix regrettable en proposant
de la chair saignante. La chair seule donne au corps la
force de faire le bien, mais j'entends la chair de poisson, blanche et délicate; c'est là une nourriture d'un
manger savoureux, aimée de tout le monde. Enfin, et
ce dernier argument doit vous convaincre, les mers
occupant sur le globe deux fois plus de place que les
continents, nous ne saurions avoir un plus vaste
garde-manger. Mes frères comprendront ces raisons.

Les frères se gardèrent de comprendre et jugèrent à
propos, pour clore les débats, de crier tous à la fois.
Autant d'animaux, autant d'opinions; pas deux pauvres
esprits pensant de compagnie, pas deux natures semblables. Chaque bête se mit à gesticuler, à pérorer,
offrant son mets et le défendant au nom de la morale et
de la gourmandise. A les en croire, si tous les plats
proposés avaient été acceptés, le monde entier aurait
passé en ragoût; il n'est matière qui ne fut déclarée
excellente nourriture, depuis la feuille jusqu'au bois,
depuis la chair jusqu'au caillou. Profond enseignement,

comme disait Médéric, montrant ce qu'est la terre, un fœtus ne vivant encore qu'à demi, où la vie et la mort luttent dans nos temps à forces égales.

Au milieu du vacarme, un jeune chat s'évertuait pour faire comprendre à l'assemblée qu'il désirait lui communiquer une vérité décisive. Il joua fort et ferme des pattes et du gosier, et finit par obtenir un peu de silence.

— Hé! dit-il, mes bons frères, par pitié, cessez cette discussion qui afflige ici les âmes tendres. Mon cœur saigne à voir cette scène pénible. Hélas! nous sommes loin de ces mœurs douces, de cette sagesse de paroles que, pour ma part, je cherche depuis mes jeunes ans. Voilà bien un grand sujet de querelle, une méchante nourriture, soutien d'un corps périssable! Rappelez vos esprits; vous rirez de votre colère et laisserez là cette misérable question. Le choix plus ou moins heureux d'un vil aliment n'est pas digne de nous occuper une seconde. Vivons comme nous avons vécu, n'ayant souci que de réformes morales. Philosophons, mes bons frères, et buvons notre écuelle de lait. Après tout, le lait est d'un goût fort agréable, et je l'estime supérieur aux plats par lesquels vous voulez le remplacer.

Des hurlements épouvantables accueillirent ces derniers mots. La malencontreuse idée du jeune chat acheva de rendre les bêtes furieuses, en leur rappelant le fade breuvage dont elles s'étaient lavé les entrailles pendant trois longs mois. Il leur vint une faim terrible, aiguisée de toute leur colère. La nature l'emporta. Ils oublièrent en une seconde les bons procédés que se doivent entre eux des animaux civilisés, et se sautèrent simplement à la gorge les uns des autres. Ceux qui avaient choisi la chair, à bout d'arguments, trouvèrent plus commode de prêcher d'exemple. Les autres, n'ayant ni grain, ni herbe, ni poisson, ni aucun plat pour se venger, se contentèrent de servir à la vengeance de leurs frères.

Ce fut, pendant quelques minutes, une mêlée effrayante. Le nombre des affamés diminuait rapidement, sans qu'il restât un seul blessé à terre. Singulière lutte, dans laquelle les morts tombaient on ne savait où. A peine rassasié, le mangeur était mangé. Tous s'engraissaient mutuellement; la fête commençait au plus faible pour finir au plus fort. Au bout d'un quart d'heure, le plancher se trouva net. Seules, dix ou douze bêtes fauves, assises sur leurs derrières, se léchaient complaisamment, les yeux demi-clos, les membres alanguis, ivres de nourriture.

L'école modèle avait donc eu pour résultat la plus grande unité possible, celle qui consiste à s'assimiler autrui corps et âme. Peut-être est-ce là l'unité dont l'homme a vaguement conscience, le but final, le travail mystérieux des mondes tendant à confondre tous les êtres en un seul. Mais quelle rude raillerie aux idées de notre âge qui promettent perfection et fraternité à des créatures différentes d'instincts et d'habitudes, parcelles de fange où un même souffle de

vie produit des effets contraires ! Sans philosopher davantage, les lions sont les lions.

— Mon frère Médéric, dit Sidoine, voici devant nous
dix ou douze scélérats qui ont sur la conscience un
poids énorme de péchés. Ils ont parlé le mieux du
monde et ont agi comme des sacripants. Voyons si mes
poings ne sont pas rouillés.

Ce disant, il asséna sur le hangar un renfoncement
formidable qui pulvérisa les poutres et fit voler les
pierres de taille en éclats. Les animaux restants, seul
espoir de la régénération des bêtes, ne poussèrent pas
un cri. Médéric parut chagrin de cette exécution.

— Hé ! mon mignon, cria-t-il, que ne m'as-tu con-
sulté ? Voilà un coup de poing dont tu auras tristesse
et remords. Ecoute-moi.

— Quoi ! mon frère, n'ai-je pas frappé justement ?

— Oui, selon l'idée que nous nous faisons du bien.
Mais, entre nous, et ceci je le dis tout bas pour ne pas
troubler une croyance nécessaire, le bien et le mal
ne sont-ils pas de création humaine ? Un loup commet-
il vraiment une mauvaise action, lorsqu'il mange un
agneau ? L'homme, ami des agneaux, qui lui porterait
un plat de légumes, ne serait-il pas plus ridicule que
le loup ne serait coupable ?

— Voudrais-tu, frère, induire logiquement de là que
le bien et le mal n'existent pas ?

— Peut-être, mon mignon. Vois-tu, nous voulons
trop souvent devancer l'heure fixée par Dieu. Il est
certaines lois, sans doute d'une essence divine, qui

échappent à notre intelligence et auxquelles nous avons donné le vilain nom de fatalités. Nous désirons sottement réagir contre l'œuvre du Créateur. Nous admettons, par un rare blasphème, que le mal a pu être créé, et nous voilà nous érigeant en juges, récompensant et punissant, parce que nos sens sont trop faibles pour pénétrer chaque chose et nous montrer que tout est bien devant Dieu. Remarque l'absurde justice de ton coup de poing. Tu as puni ces bêtes d'agir selon les lois d'après lesquelles elles doivent vivre. Tu les as jugées en égoïste, au point de vue purement humain, surtout poussé par cet effroi de la mort qui a donné à l'homme le respect de la vie. Enfin, tu t'es scandalisé de voir une race en dévorer une autre, lorsque toi-même tu ne te fais aucun scrupule de te nourrir de la chair des deux.

— Mon frère Médéric, parle plus clairement, ou je n'aurai aucun remords de mon coup de poing.

— Je t'entends, mon mignon. Somme toute, je le veux bien : le mal existe; ce qui me dispense de te prouver que le bien absolu est impossible. D'ailleurs, les décombres sur lesquels nous sommes assis en sont la preuve. Mais, dis-moi, voulais-tu manger ces bêtes fauves?

— Certes non. Je n'aime pas le gros gibier.

— Alors, mon mignon, pourquoi les tuer?

A cette question, Sidoine demeura fort sot. Il chercha une réponse et ne la trouva pas. Le plus vif éton-

nement se peignit dans ses gros yeux bleus, et, comme
un homme qui découvre enfin une vérité :

— Eh! mais, cria-t-il, tu l'as dit, mon coup de poing
est absurde. On ne doit tuer que pour manger. Voilà
un précepte éminemment pratique et ayant au plus
haut point cette justice relative et humaine dont tu
m'as parlé. Les hommes devraient le faire écrire en
lettres d'or sur les murs de leurs tribunaux et sur les
drapeaux de leurs armées. Hélas! mes pauvres poings!
On ne doit tuer que pour manger.

XII

MORALE

Le soleil venait de disparaître derrière les collines
du couchant. La terre, voilée d'une ombre douce,
sommeillait déjà à demi, rêveuse et mélancolique.
Au-dessus des horizons, s'étendait un ciel blanc, sans
transparence. Il est une heure, chaque soir, d'une
profonde tristesse : la nuit n'est pas encore, la lumière
s'éteint lentement, comme à regret; et l'homme, dans
cet adieu, se sent au cœur une vague inquiétude, un
besoin immense d'espérance et de foi. Les premiers
rayons du matin mettent des chansons sur les lèvres;
les derniers rayons du soir mettent des larmes dans
les yeux. Est-ce la pensée désolante du labeur sans

cesse repris et sans cesse abandonné, l'âpre désir et l'effroi d'un repos éternel? Est-ce la ressemblance de toutes choses humaines avec cette lente agonie de la lumière et du bruit?

Sidoine et Médéric s'étaient assis sur les décombres du hangar. Dans l'effacement de la terre et du ciel, une étoile brillait au-dessus des branches noires d'un chêne, et tous deux regardaient cette lueur consolatrice trouant d'un rayon d'espoir le voile morne du crépuscule.

Une voix qui sanglotait ramena leurs regards sur le sentier. Entre les haies, ils virent venir à eux Primevère, blanche dans les ténèbres. Elle s'avançait à petits pas, les cheveux dénoués.

Elle s'assit au côté de Médéric, et, appuyant la tête à son épaule :

— O mon ami, dit-elle, que les bêtes sont méchantes !

Et elle pleurait toutes ses larmes, les laissant couler sur ses joues, les mains jointes, sans les essuyer.

— Les pauvres dédaignées, reprit-elle, je les aimais comme des sœurs. Je croyais par mes caresses leur avoir fait oublier leurs dents et leurs griffes. Est-ce donc si difficile de n'être pas cruel?

Médéric se garda de répondre. La science du bien et du mal n'était pas faite pour cette enfant.

— Dites-moi, demanda-t-il, n'êtes-vous pas l'aimable Primevère, reine du Royaume des Heureux?

— Oui, répondit-elle, je suis Primevère.

— Alors, ma mie, essuyez vos larmes. Je viens pour vous épouser.

Primevère essuya ses larmes, et, mettant les mains dans les mains de Médéric, le regarda en face.

— Je ne suis qu'une ignorante, dit-elle doucement. Voilà des yeux mauvais, et pourtant ils ne me font pas peur. Il y a de la bonté et je ne sais quelle triste raillerie dans ces yeux-là. Avez-vous besoin de mes caresses pour devenir meilleur?

— J'en ai besoin, répondit Médéric. J'ai couru le monde et je suis las.

— Le ciel est bon, reprit l'enfant. Il ne laisse pas chômer ma tendresse. Je vous épouserai, cher seigneur.

Ce disant, elle s'assit de nouveau. Elle songeait à cette pitié inconnue qui naissait en elle; jamais elle n'avait senti pareil désir de consoler. Dans sa naïveté, elle se demandait si elle ne venait pas de trouver enfin la mission confiée par Dieu en ce monde aux jeunes reines d'âme tendre et charitable. Les hommes jouissent d'une félicité si parfaite qu'ils se fâchent au moindre bienfait; les bêtes ont de méchants caractères, malaisés à comprendre. Sûrement, puisque le ciel lui donnait des pleurs et des caresses, elle ne pouvait les donner à son tour à aucune créature, si ce n'était à son cher seigneur, qui lui disait en avoir grand besoin. Pour ne rien cacher, elle se sentait tout autre; elle ne pensait plus à son peuple, elle oubliait même complétement ses pauvres élèves sur le tombeau desquels elle se trouvait. Son amour, offert à la création entière et que la création refusait, venait de grandir encore, en se fixant sur un seul être. Elle s'abîmait dans cet infini, insoucieuse de la terre, ignorante du mal, comprenant qu'elle obéissait à Dieu et qu'une heure de pareille extase est préférable à mille ans de progrès et de civilisation.

Tous trois, Primevère, Sidoine et Médéric, se taisaient. Autour d'eux, un immense silence, de grandes ombres vagues changeant la campagne en un lac de ténèbres, aux flots lourds et immobiles; au-dessus de leurs têtes, un ciel sans lune, semé d'étoiles, voûte noire criblée de trous d'or. Là, suivant chacun leurs pensées, ayant le monde à leurs pieds, ils songeaient dans la nuit, assis sur les ruines de l'école modèle. Primevère, mince et souple, avait passé les bras au cou de Médéric, et se laissait aller sur sa poitrine, les yeux grands ouverts, regardant les ténèbres. Sidoine, renversé à demi, honteux et désespéré, cachait ses poings et pensait en dépit de lui-même.

Soudain il parla, et sa voix rude eut un accent d'indicible tristesse.

— Hélas! dit-il, mon frère Médéric, que ma pauvre tête est vide, depuis le jour où tu l'as emplie de pensées! Où sont mes loups galeux que j'assommais de si bon cœur, mes beaux champs de pommes de terre qu'ensemençaient les voisins, ma brave stupidité qui me garait des vilains songes?

— Mon mignon, demanda doucement Médéric, re-
grettes-tu nos courses et la science acquise?

— Oui, frère. J'ai vu le monde et ne l'ai pas compris. Tu as cherché à me le faire épeler, et tes leçons
ont eu je ne sais quoi d'amer qui a troublé ma sainte
quiétude de pauvre d'esprit. Au départ, j'avais des
croyances d'instinct, une foi entière en mes volontés
naturelles; à l'arrivée, je ne vois plus nettement ma
vie, je ne sais où aller ni que faire.

— J'avoue, mon mignon, t'avoir instruit un peu à
l'aventure. Mais, dis-moi, dans ce tas de sciences im-
prudemment remuées, ne te rappelles-tu pas quelques
vérités vraies et pratiques?

— Eh! mon frère Médéric, ce sont justement ces
belles vérités qui me chagrinent. Je sais à présent que
la terre, ses fruits et ses moissons, ne m'appartiennent
pas; je mets en doute mon droit de me distraire en
écrasant des mouches le long des murs. Ne pouvais-
tu m'épargner le terrible supplice de la pensée? Va,
je te dispense maintenant de tenir tes promesses.

— Que t'avais-je donc promis, mon mignon?

— De me donner un trône à occuper et des hommes
à tuer. Mes pauvres poings, qu'en faire à cette heure?
Sont-ils assez inutiles, assez embarrassants! Je n'aurais pas le courage de les lever sur un moucheron.
Nous nous trouvons dans un royaume sagement indifférent aux grandeurs et aux misères humaines; point
de guerre, point de cour, presque point de roi. Hélas!
et nous voici cette ombre de monarque. C'est là sans

doute le châtiment de notre ambition ridicule. Je t'en prie, mon frère Médéric, calme le trouble de mon esprit.

— Ne t'inquiète ni ne t'afflige, mon mignon, nous sommes au port. Il était écrit que nous serions rois, mais c'est là une fatalité dont nous saurons nous consoler. Nos voyages ont eu cet excellent résultat de changer nos idées premières de domination et de conquêtes. En ce sens, notre règne chez les Bleus a été un apprentissage rude et salutaire. Le destin a sa logique. Il nous faut remercier la fortune de ce que, ne pouvant nous épargner la royauté, elle nous a donné un beau royaume, vaste et fertile à souhait, où nous vivrons en honnêtes gens. Nous gagnerons tout au moins la liberté, à ce métier de roi honoraire, n'ayant pas les soucis de la charge; nous vieillirons dans notre dignité, jouissant de notre couronne en avares, je veux dire en ne la montrant à personne; ainsi, notre existence aura un noble but, celui de laisser nos sujets tranquilles, et notre récompense sera la tranquillité qu'ils nous donneront eux-mêmes. Va, mon mignon, ne te désespère. Nous allons reprendre notre vie d'insouciance, oubliant tous les vilains spectacles, toutes les vilaines pensées du monde que nous venons de traverser; nous allons être parfaitement ignorants et n'avoir cure que de nous aimer. Dans nos domaines royaux, au soleil en hiver, en été sous les chênes, moi j'aurai la mission de caresser Primevère, et Primevère aura celle de me rendre deux caresses pour une; toi,

comme tu ne saurais, sans mourir d'ennui, garder tes
poings en repos, pendant ce temps tu laboureras nos
champs, les sèmeras de grains, couperas nos moissons,
vendangeras nos vignes ; de la sorte, nous mangerons
du pain, boirons du vin, qui nous appartiendront, et
nous ne tuerons jamais plus, même pour manger. En
ces questions seules, je consens à rester savant. Je te
le disais bien au départ : « Je te taillerai une si belle
besogne que dans mille ans le monde parlera encore
de tes poings. » Car les laboureurs des temps à venir
s'émerveilleront, en passant au milieu de ces campagnes, et, à voir leur éternelle fécondité, ils se diront
entre eux : « Là travaillait jadis le roi Sidoine. » Je
l'avais prédit, mon mignon, tes poings devaient être
des poings de roi ; seulement ce seront des poings de
roi travailleur, les plus beaux et les plus rares qui
existent.

A ces mots, Sidoine ne se sentit pas d'aise. Sa mission,
dans la vie commune, lui parut de beaucoup la plus
agréable, comme étant celle qui demandait le plus de
force.

— Parbleu ! frère, cria-t-il, raisonner est une belle
chose, quand on conclut sagement. Me voici tout con-
solé. Je suis roi et je règne sur mon champ. On ne
saurait mieux trouver. Tu verras mes sillons droits et
profonds, mon blé haut comme des roseaux, mes ven-
danges à saouler une province. Va, je suis né pour
me battre avec la terre. Dès demain, je travaille et
dors au soleil. Je ne pense plus.

Sidoine, en terminant, croisa les bras et se laissa aller à un demi-sommeil. Primevère regardait toujours les ténèbres, souriante, les bras au cou de Médéric, n'entendant que les battements du cœur de son ami.

Après un silence :

— Mon mignon, reprit celui-ci, il me reste à faire un discours. Ce sera le dernier, je te jure. Toute histoire, assure-t-on, demande une morale. Si jamais quelque pauvre hère, malade de silence, se met un jour en tête de conter l'étonnant récit de nos aventures, il fera bien auprès de ses lecteurs la plus sotte mine du monde, en ce sens qu'il leur paraîtra parfaitement absurde, s'il est véridique. Je crains même qu'on ne le lapide, pour la liberté de paroles et d'allures de ses héros. Comme ce pauvre hère naîtra sans doute sur le tard, au milieu d'une société parfaite en tous points, son indifférence et ses négations blesseront à juste titre le légitime orgueil de ses concitoyens. Il serait donc charitable de chercher, avant de quitter la scène, la moralité de nos aventures et d'éviter ainsi à notre historiographe le chagrin de passer pour un malhonnête homme. Toutefois, s'il a quelque probité, voici ce qu'il écrira sur le dernier feuillet : « Bonnes gens qui « m'avez lu, nous sommes, vous et moi, de parfaits igno- « rants, et, pour nous, rien n'est plus près de la raison « que la folie. Je me suis, il est vrai, moqué de vous ; « mais, auparavant, je me suis moqué de moi-même. Je « crois fermement que l'homme n'est rien. Je doute de « tout le reste. La plaisanterie de notre apothéose a trop

« duré. Je suis las de nous entendre mentir effronté-
« ment, en nous déclarant le dernier mot de Dieu, la
« créature par excellence, celle pour laquelle il a créé
« le ciel et la terre. Sans doute, on ne saurait imaginer
« une fable plus consolante, et si demain mes frères
« venaient à s'avouer ce qu'ils sont, ils iraient se sui-
« cider chacun dans leur coin. Je ne crains pas d'ame-
« ner leur raison à ce point extrême de logique; ils
« ont une inépuisable charité, une copieuse provision
« de respect et d'admiration pour leur être. Donc, je
« n'ai pas même l'espoir de les faire convenir de leur
« néant, ce qui eût été une moralité comme une autre.
« D'ailleurs, pour une croyance que je leur ôterais, je
« ne pourrais leur en donner une meilleure; peut-être
« essayerai-je plus tard. Aujourd'hui, j'ai grande tris-
« tesse; j'ai conté mes mauvais songes de la nuit der-
« nière. J'en dédie le récit à l'humanité. Mon cadeau
« est digne d'elle, et, de toutes manières, peu importe
« une gaminerie de plus parmi les gamineries de ce
« monde. On m'accusera de n'être pas de mon temps,
« de nier le progrès aux jours les plus féconds en con-
« quêtes. Eh! bonnes gens, vos nouvelles clartés ne
« sont encore que des ténèbres. Comme hier, le grand
« mystère nous échappe. Je me désole à chaque pré-
« tendue vérité que l'on découvre, car ce n'est pas là
« celle que je cherche, la Vérité une et entière, qui
« seule guérirait mon esprit malade. En six mille ans,
« nous n'avons pu faire un pas. Que si, à cette heure,
« pour vous éviter le souci de me juger fou à lier, il

« vous faut absolument une morale aux aventures de
« mon géant et de mon nain, peut-être vous conten-
« terai-je en vous donnant celle-ci : Six mille ans et
« six mille ans encore s'écouleront, sans que nous
« achevions jamais notre première enjambée. » Voilà,
mon mignon, ce qu'un historien consciencieux con-
clurait de notre histoire. Mais, tu penses, les beaux
cris qui accueilleraient une pareille conclusion! Je
me refuse nettement à être une cause de scandale
pour nos frères, et, dès ce moment, désireux de voir
notre légende courir le monde dûment autorisée et
approuvée, j'en rédige la morale comme suit : «Bonnes
« gens qui m'avez lu, écrira le pauvre hère, je ne puis
« vous détailler ici les quinze ou vingt morales de ce
« récit. Il y en a pour tous les âges et pour toutes
« les conditions. Il suffit de vous recueillir et de bien
« interpréter mes paroles. Mais la vraie morale, la
« plus moralisante, celle dont je compte moi-même
« faire profit à ma prochaine histoire, est celle-ci :
« Lorsqu'on se met en route pour le Royaume des Heu-
« reux, il faut en connaître le chemin. Êtes-vous édi-
« fiés? J'en suis fort aise. » Hé! mon mignon Sidoine,
tu n'applaudis pas?

Sidoine dormait. Au ciel, la lune venait de se lever ;
une clarté douce emplissait l'horizon, bleuissant l'espace, et tombait en nappes d'argent des hauteurs dans
la campagne. Les ténèbres s'étaient dissipées ; le silence régnait, plus profond. A l'effroi de l'heure précédente avait succédé une sereine tristesse. Dans le

premier rayon, Médéric et Primevère apparurent au sommet des décombres, enlacés, immobiles; à leurs pieds gisait Sidoine, éclairé par larges pans de lumière.

Il ouvrit un œil, et, moitié endormi :

— J'entends, dit-il. Mon frère Médéric, où est la sagesse?

— Mon mignon, répondit Médéric, prends une bêche.

— J'entends, dit Sidoine. Où est le bonheur?

Alors Primevère, lente, repliant les bras, se souleva. Elle allongea les lèvres et baisa les lèvres de Médéric.

Sidoine, satisfait, se rendormit, dodelinant de la tête et tournant les pouces, plus bête que jamais.

FIN DES CONTES A NINON.

TABLE DES MATIÈRES.

——

FIN DE LA TABLE

Paris. — Imprimerie POUPART-DAVYL ET Cⁱᵉ, 30, rue du Bac.

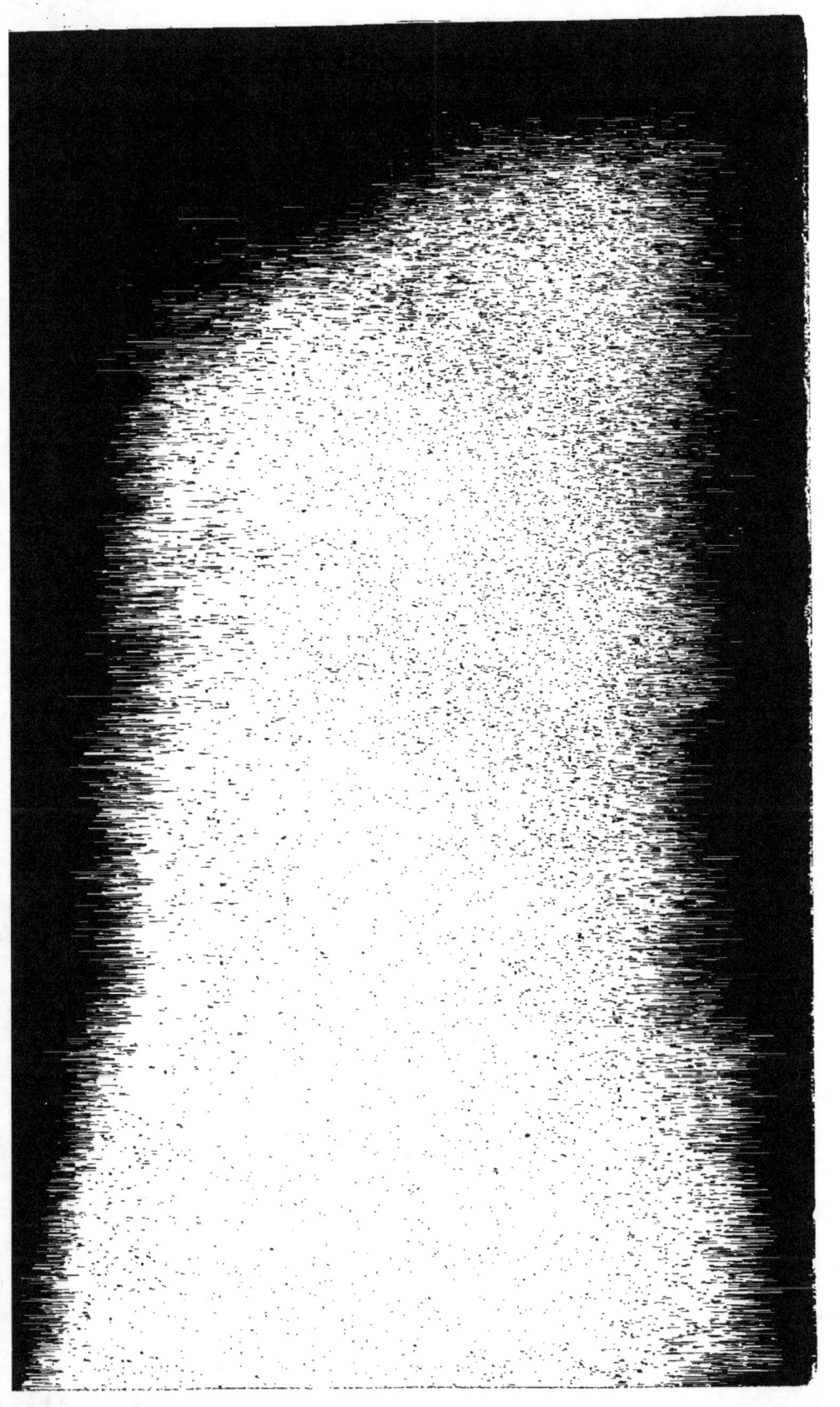

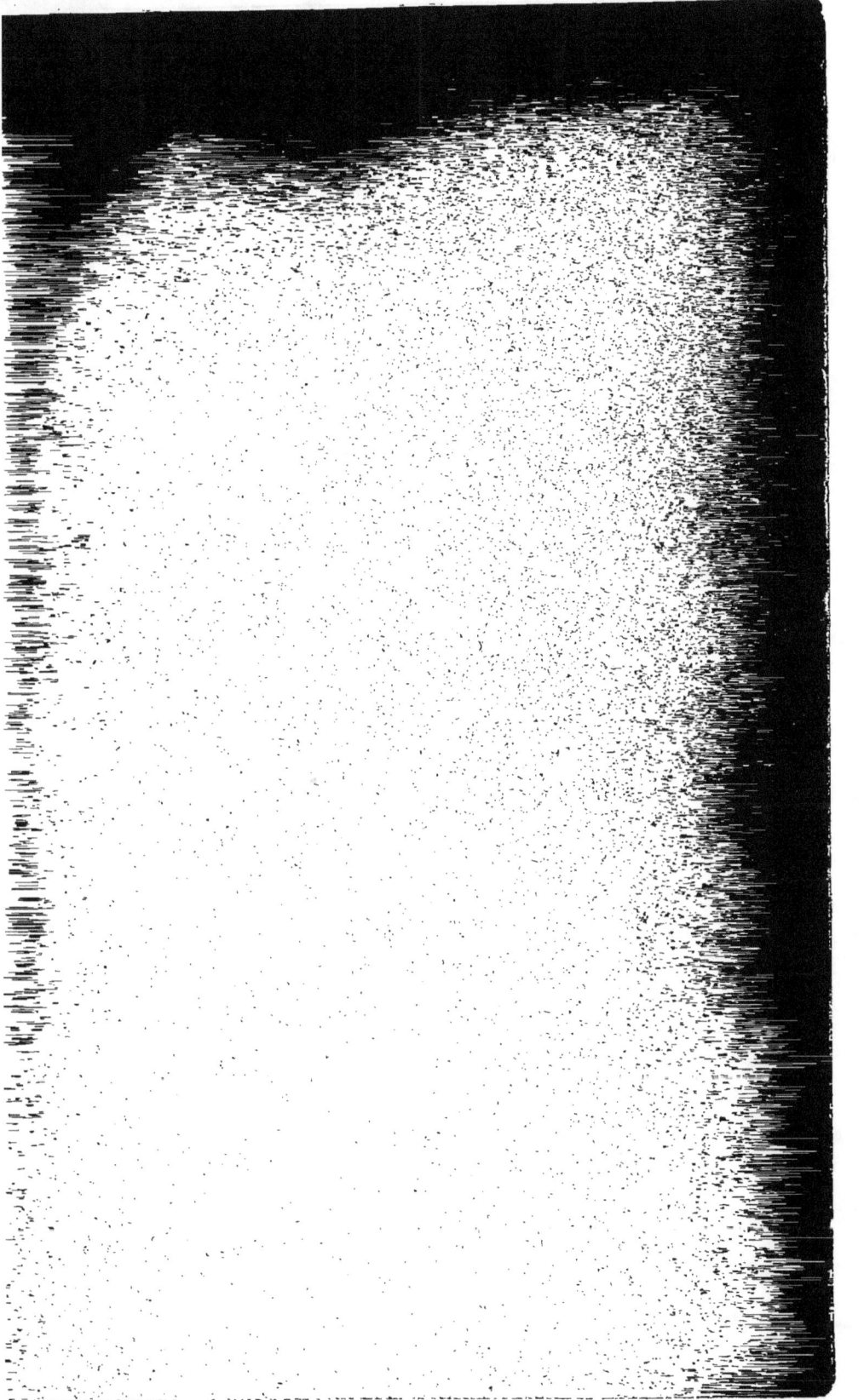

www.ingramcontent.com/pod-product-compliance
Lightning Source LLC
Chambersburg PA
CBHW072348030726
47505CB00014B/1255